藥香賢妻 3

風文創 367

靈溪 著

目錄

第三十二章

咚咚……

不知道什麼時候，外面忽然傳來敲門聲，睡得迷迷糊糊的無憂翻了個身繼續睡。可是外間卻傳來一個人的聲音，就是這個人的聲音讓她睡意馬上就沒有了，一下子就醒了過來。

「誰？」那是沈鈞的聲音。

「二爺，奴婢給您打洗漱的水來了。」外面是秋蘭的聲音。

隨後，外面還傳來連翹的聲音。「二小姐，您醒了嗎？奴婢也給您打來洗漱的水了。」

聽到這話，外面的沈鈞回了一聲。「都等一下。」說罷，沈鈞就趕緊起床，慌亂地抱著外面床榻上的被子和褥子走進來。

看到他懷抱著被褥進來，身上只穿中衣的無憂趕緊用被子擋了擋身上，可是那個沈鈞的眼光卻一直停在她身上，他把被子和褥子鋪好在她的身側，便低頭開始脫自己身上的大紅喜服，大概他昨晚就是和衣而睡，連衣服都沒有脫。不一刻，只見沈鈞便也脫得只剩下中衣，還把自己的衣服扔在床下，並且四處看了看，一看到她昨晚脫下來的大紅喜服，便拿過來扔在他的衣服上。這一刻，無憂終於明白了，他是在製造昨夜的「現場」。

這時候，無憂忽然想到什麼，趕緊把枕頭底下一方雪白緞子做的帕子拿出來，只見上面還繡著鴛鴦戲水的花樣，遞給沈鈞道：「這個怎麼辦？」

接過無憂手中的帕子，低頭一看，沈鈞蹙了下眉頭。是啊，還有這個該怎麼辦？這是昨兒喜娘塞到枕頭底下，並在無憂的耳邊說了一句，讓她和新郎官行房的時候要鋪在身子底下，到時候處子之血就會落到這上頭。這方帕子可是重要得很，是男方驗證女人貞潔的東西，第二天拜見公婆的時候可是要拿出來看的，要是哪家媳婦沒有落紅，那可是奇恥大辱，有的還會被夫家退回娘家去，還有的女子因為這事上吊身亡的呢！所以臨出嫁之前的那個晚上，朱氏特意來到無憂的房裡，把新婚行房之事悄悄地告訴她。無憂當時可是弄了個大紅臉，雖然在現代這都不叫什麼，但是在古代可是女子的第一件大事。

只見沈鈞想了一下，便伸手從靴子裡抽出一把匕首，拔出匕首的鞘，屋內寒光一閃，隨後他拿匕首朝自己的手腕要割去。

無憂見狀，嚇了一跳，趕緊抓住沈鈞的手腕，低呼：「你要做什麼？」

看到無憂皺著眉頭望著自己，沈鈞低聲道：「不如此，這一關是過不去的。」

「那也不用這樣，你等一下，我有辦法。」說完，無憂便轉身走到櫥櫃前，從衣櫃中拿出她平時行醫治病的藥箱，從裡面拿出一支水晶做的透明針管，走到沈鈞的面前。

看到那針管上尖利的大針頭，沈鈞不禁皺了眉頭。「這是什麼？」

看到沈鈞似乎心有芥蒂，無憂不禁一笑，舉了手中的針頭道：「這是專門抽人血的針管。」

「抽人的血？」聽到這話，沈鈞不禁有些驚訝，他可是第一次聽說。無憂沒空跟他多解釋，外面的人都還在等著呢，她伸手抓過沈鈞的手腕，撩開他的袖子，把手中皮帶綁在他的上臂，然後對準他胳膊上的血管，一針扎了進去。

「啊……」感覺手臂上一疼，沈鈞不由得低呼一聲。望著那鮮紅的血液流入那支針管裡，沈鈞不禁好奇起來，他還是第一次看到有人這樣取血的。聽說她在宮中給碧湖長公主輸了宮女的血，才讓公主轉危為安，看來她的醫術還真有兩下子。

等血液差不多達到有半支針管的分量，無憂抽出針頭，並用一粒自己做的酒精棉球壓在沈鈞的胳膊上，並且拉過他的另一隻手按住那粒棉球，道：「按住了，要不然血還會流出來。」

沈鈞只得聽話地用手指死死按住酒精棉球，然後看她把針管裡的血都灑在那條白色帕子上，還用嘴巴吹了幾下，讓它趕快凝固。不多時，只見那條帕子上便血跡斑斑的，也讓人引起對昨夜的無限遐想。

這時候，站在外面端著洗臉水的秋蘭和連翹已經等候半天了，見裡面還沒有動靜，兩個人彼此對望一眼，可是誰也不敢再出聲催促，只得仍舊站在那裡等候。

此時，秋蘭的眼睛死死地盯住那緊閉的房門，看樣子有些失魂落魄的。連翹則是擔憂地望著那緊閉的房門，昨夜大將軍不是喝醉了嗎？不知道昨兒她家小姐到底怎麼樣？怎麼半天了還不開門呢？

這時，只聽身後有腳步聲，幾個下人一回頭，只見是姚氏帶著春花和兩個婆子來了。幾個下人趕緊行禮。「請大奶奶安。」

聽到這話，端著銅盆的連翹抬頭一望，只見是穿著玫紅色褙子，打扮得很喜氣的姚氏來了，她也趕緊福了福身子。「請大奶奶安。」姚氏她還是很熟的，只不過平時和二小姐來給安定侯看病時，她都是一副小廝的打扮，而姚氏那時也不怎麼注意她，所以連翹今日的女裝模樣，姚氏根本就沒有認出她。

「起來吧！」姚氏拿著手帕的手一抬，眼睛卻盯著那緊閉的房門，問一旁的春蘭和秋蘭：「二爺和二奶奶還沒起嗎？」

「還沒呢！已經叫過了，大概正起著呢！」一旁的秋蘭趕緊回道。

聽到這話，姚氏低頭壞壞地笑了一下，然後道：「這新婚第一天也是有的。」

姚氏身後婆子上前笑道：「大奶奶，聽說昨兒二爺喝多了，也許這洞房花燭夜是今兒早上才補上的，所以才起不來了。」

聽到這話，姚氏和那婆子都是捂著嘴巴一笑。「呵呵……」

姚氏和那兩個婆子的笑聲讓在場幾個丫頭都有些臉紅，畢竟她們都是還沒有嫁人的丫頭，提起那檔子事還是很害羞的。幾個丫頭都忍俊不禁，只有秋蘭沒笑，臉上一陣白，還咬了一下嘴唇。

正說笑間，只聽吱呀一聲房門從裡面打開了。眾人聽到聲響，趕緊回頭一望，只見是沈鈞打開房門，而且他身上只穿著白色的中衣，一看就是剛剛起床的。

看到沈鈞這樣子，姚氏抿嘴一笑。

沈鈞看到姚氏來了，站在門裡低首道：「大嫂。」

「嗯。」姚氏點了下頭，便對身後的春蘭、秋蘭、連翹等人做了手勢，她們便趕緊端著銅盆魚貫而入。姚氏也走了進去，幾個丫頭收拾的收拾，伺候主子的伺候主子。只見無憂也是穿著一身中衣坐在梳妝檯前，姚氏便笑道：「二叔，你和弟妹可快一點，梳洗好了，趕快去給母親請安敬茶，母親還等著呢！」

「是。」沈鈞趕緊點頭。

這時候，姚氏緩緩地走到無憂的跟前，無憂見狀，趕緊起身福了福身子，道：「無憂拜見大嫂。」對於姚氏她可是不陌生的，以前見過很多次，只是那個時候她的身分是小王大夫罷了。

姚氏的眼眸上下打量了無憂一眼，遲疑了一下，然後拉著無憂的手笑道：「快別拘禮了，以後咱們都是自家姊妹，只要隨意就好。」

「都說長嫂如母，無憂該有的禮數還是要有的。」無憂笑道。

聽到這話，姚氏轉頭對沈鈞笑道：「二叔，你聽聽，弟妹真是太會說話了。唉呀，一看弟妹就投緣呢！」

無憂笑笑，沒有說話。

沈鈞上前握住無憂的肩膀，道：「大嫂，請妳先去娘那邊陪她老人家說說話，我們洗漱後馬上就過去。」

看到沈鈞的手握住無憂的肩膀，姚氏一怔，趕緊笑道：「好，好，我這就去，你們也麻利點。」說罷，便轉身要走，不過步伐卻故意朝床的方向走了兩步，眼眸往那床上一掃。只見床上鋪著一方雪白的帕子，帕子上的血跡斑斑很是刺目。隨後，姚氏便轉頭朝春蘭使眼色，春蘭趕緊跑過來，姚氏低聲吩咐道：「一會兒把那個給老夫人送過去。」

「是。」春蘭趕緊點點頭，姚氏方才走了。

望著姚氏走出新房大門，無憂一低頭，眼眸落在自己的肩膀上。此刻，沈鈞的那隻大手還在她肩膀上放著，他的手掌很大，也很溫暖，讓她全身像是通過電流一般。這樣的感覺大概已經好些年沒有了，上一次記得還是上一世的時候。

「咳咳……」直到姚氏走遠了，無憂想推開他，又看到屋子裡的幾個丫頭，所以只是低頭咳嗽了一聲。

聽到她的咳嗽聲，沈鈞才趕緊鬆開自己放在她肩膀上的手，轉頭吩咐一旁的春蘭道：「春蘭，伺候我洗漱。」

「欸。」這時，春蘭已經把床上沾染鮮血的帕子遞給門外小丫頭，並囑咐她趕緊送到老夫人那邊去。聽到二爺的招呼，她趕緊回來，拿起毛巾站在銅盆前伺候沈鈞洗漱。

這方，連翹也趕緊伺候無憂洗漱，一旁的秋蘭則是緩緩地走到床笫間，望著床上那凌亂的床單和被子一刻後，才咬了下嘴唇開始收拾起來……

姚氏帶著春花和兩個婆子從新房裡出來後，便吩咐那兩個婆子道：「妳們去廚房看看早飯怎麼樣了，今日的早飯都擺在老夫人的房裡，記得今日要豐盛一些，弄幾樣討喜的小菜和吃食。」

「是，大奶奶。」兩個婆子領命後便趕緊去了。

隨後，姚氏身旁只剩下她的心腹春花，兩個人一邊朝沈老夫人的住處走，一邊小聲地說著話。

「奶奶，奴婢剛才在門外面看得不怎麼真切，彷彿咱們二爺對那二奶奶還挺上心的呢！」春花在姚氏的耳邊道。

聽到這話，姚氏的嘴角掛起冷笑，道：「本來我還以為今兒會有什麼尷尬的場面，沒承想咱們二爺平時冷冰冰的，今兒竟然還會憐香惜玉。」

「奶奶，奴婢聽說二爺昨晚上喝醉了，還是讓丫頭們扶著進洞房的呢！」春花在一旁趕緊道。

「是啊，我以為這洞房昨兒是不行了，今兒還不知道怎麼向老夫人交代呢，可是沒承想二爺早把事給辦成了，還對二奶奶溫柔體貼的，可見男人啊，沒有吃素的。」姚氏呵呵笑道。

「要是得了二爺的另眼相待，那這位以後的日子可就順當多了。」春花陪笑道。

很快，無憂這邊收拾停當，沈鈞也早已經準備好了。兩個人對視一眼，只見沈鈞今日已經把那套紅色喜服換下來，身上穿的仍是一如既往的黑色袍子。無憂不禁眉頭一擰，這個人怎麼就這麼喜歡黑色呢？今日可是成婚的第一天，就不能換個顏色嗎？

大概是看出無憂的疑問，沈鈞說道：「穿黑色的衣服習慣了，妳要不喜歡的話，我再換一套別的顏色。」

一旁的春蘭和秋蘭聽到主子的話，不由得都是一怔，因為她們家主子幾乎從來不穿別的顏色的衣服，除了官服和盔甲以外，還沒有人能改變她們家主子的這個習慣！而且沈鈞今日的話也說得很是柔和，記得她們家主子除了對老夫人以外，還沒有對誰用過這麼柔和的語氣說話。

一旁的連翹和玉竹聽到姑爺對二小姐說話很客氣，兩人的心也放寬許多，因為看昨夜的情形，她們還以為姑爺肯定是不滿意二小姐呢！今日看來，姑爺不僅對小姐柔聲軟語，還很體貼，所以兩人都抿嘴高興地笑了。

聞言，無憂則是一笑。「不必麻煩了，老夫人還等著咱們呢，第一日去拜見婆婆，太晚了總歸是不好。」

「嗯。」聽了無憂的話，沈鈞點點頭，便率先走出房間，無憂跟在沈鈞的後面也走出了新房。

走出新房，沈鈞停了下腳步，故意等著無憂。待無憂走上來，沈鈞便一邊往老夫人住處的方向走，一邊為她介紹，指著前面一處迴廊道：「從這裡往南走是大哥和大嫂的住處，妳悶了可以去找大嫂說說話。往北走是花園，妳也可以去遊玩。那邊是前廳，咱們去的這邊是老夫人的住處。」

這時候，無憂一回頭，卻看到春蘭和秋蘭在不遠處跟著，她不由得一愣，問沈鈞：「她們怎麼還跟著咱們？」

聽到這話，沈鈞眼睛一瞥，果然看到春蘭和秋蘭在後面，他便馬上朝她們揮了揮手，那二人便轉身回去了。

隨後，沈鈞解釋道：「她們是打小伺候我的丫頭。」

聽到這話，無憂心中突然蹦出一個想法——從小伺候？那是一般的丫頭還是通房丫頭？大戶人家在少爺身邊伺候的丫頭，有好多都是通房丫頭，這個沈家也是高門大戶，這種事可是很常見的。不過想想也覺得很噁心，家裡的丫頭白天伺候他，晚上陪睡，唉，這個萬惡的古代啊！

沈鈞一邊往前走，一邊掃了無憂一眼，大概看出她偏著頭在想什麼吧？就問了一句。「妳在想什麼？」

「哦？沒什麼。對了，好像剛才她們看你的眼光很奇怪。」無憂忽然問道。

聽到這話，沈鈞的嘴角一扯，說了一句。「如果我不這樣對妳，妳以後在這個家裡的日子會很難過。」

聞言，無憂愣了一下，立即就明白沈鈞的意思，原來他剛才對自己的體貼和柔聲軟語，都是故意裝出來的，怪不得她剛才感覺那麼彆扭。一直以來她看到的他都是冷冰冰的，從來都不苟言笑，剛才他那樣對自己說話、詢問自己的意見，還真是挺奇怪的，原來他是故意為之。不過想想沈鈞這個人雖然外表冷淡，但還是很細心的，連這一點都為她想到了。也是，在這大宅門裡，如果一個娘家沒有任何權勢的女人嫁進來，又得不到丈夫的寵愛，那麼是沒有人肯把她放在眼裡的，就憑這一點她也應該感謝他。

「謝謝你。」無憂由衷地對前方的沈鈞說了一句。

突然聽到這話，沈鈞停住腳步，轉身一望後面的無憂，說道：「與人方便就是與己方便，妳不必謝我，因為我也有許多地方需要妳幫忙。」

聽到這話，無憂真恨自己怎麼這麼幼稚，人家只不過是也想讓自己配合他罷了。下一刻，她便收起臉上的微笑，道：「那我就認為是理所當然了。」說完，她便繼續往前走，也不理會沈鈞了。

這時候，正堂之上的沈老夫人正聽著站在她身側的姚氏彙報，一旁椅子上坐著安定侯沈鎮。

「母親，本來咱們還擔心二叔不滿意這樁婚事，可是誰承想我剛才過去的時候，看到二叔對新娘子那個體貼啊。我進門這麼多年了，除了您以外，還沒看過他對誰那麼和顏悅色呢！」姚氏在沈老夫人的跟前笑道。

聽到這話，沈老夫人的臉上除了有些驚訝之外，倒也沒有別的表情，只是問了一句。

「那個東西拿過來了嗎？」

一聽這話，姚氏便知道老夫人問的是什麼，趕緊道：「拿過來了，拿過來了。」說罷，便衝著旁邊的春花招了一下手。

「請老夫人過目。」春花馬上就從小丫頭的手裡接過托盤，呈上來給沈老夫人看。

沈老夫人眼眸落在那托盤上，只見托盤裡放著一方繡花帕子，那鴛鴦戲水的花樣上帶著斑斑血跡。一看到這個，她那老眼昏花的眼眸頓時一亮，隨即臉上的褶子也因為笑容而多了起來，遂點點頭。「嗯。」算還是滿意吧！

「收了吧！」沈老夫人過目之後，姚氏衝著春花揮了下手，春花便趕緊端著托盤走開了。

這時候，沈老夫人臉色漸緩地道：「這麼看來倒是還不算大錯，大概外面有人故意破壞人家姑娘的名聲。不過以後妳要多加留心，我老了，不中用了，一切還要靠妳，別讓咱們侯府的臉丟了才是。」

「媳婦記下了。」姚氏趕緊點頭。

隨後，沈老夫人又道：「雖然門第上差了些，但要是以後能拴住鈞兒的心，倒也是件好事。妳那個二弟妳也知道，一心都在疆場上，我這心也一直都是懸著的，這些年來也是在家的少、在外面的多，我也實在是不放心。就像鎮兒一樣，要是萬一有個好歹，我可怎麼受得住？」說著，沈老夫人的眼圈就有些紅。

看到老夫人有些傷感，坐在一旁的沈鎮趕緊道：「是孩兒讓母親擔憂了。」

「別的都不重要，只要你們平安，就是母親最大的欣慰了。」沈老夫人道。

這時候，一個丫頭進來稟告道：「老夫人，二爺和二奶奶來給您請安了。」

聽到這話，沈老夫人不禁正襟危坐起來。要知道，在古代喝新兒媳婦的茶是很鄭重的事，說明是正式定了婆媳關係。隨後，只見沈鈞和無憂肩並肩地走進來，兩個人步伐一致，很登對的樣子。他們兩個看來極和諧，所以沈老夫人也算高興，之前因為這門婚事不如意的壞心情也消除了一點。

無憂抬頭一望，只見沈老夫人正襟危坐地坐在正座，這位沈老夫人她也見過幾次，自然不陌生，也知道是沈家最德高望重的人。旁邊的首座上坐的是她見過好多次的安定侯沈鎮，旁邊站著姚氏自然不必說，侍立在旁的還有位穿著比丫頭們好很多的年輕女子，她也知道是沈鎮的妾室曹姨娘。

這時候，她心裡還有些打鼓，畢竟她原來是女扮男裝給安定侯治過病，不知他們是否會把她認出來？還是在沒有認出她來之前自己先承認了？一時真拿不定主意，所以想看看情形再說。

「孩兒給母親請安。」沈鈞對沈老夫人作揖道。

「嗯。」沈老夫人點了點頭，眼光落在無憂的身上。雖然老眼有些昏花，倒看得出是個眉清目秀的女孩，雖然比不上玉郡主的明豔動人，還算是很耐看的樣子。

姚氏見狀，趕緊走近了，對無憂道：「弟妹，這是老夫人，趕快給老夫人敬茶。」

這時候，早已經有婆子把一張紅色墊子放在老夫人的腳跟前，無憂對姚氏點了下頭，便移步過去，跪在墊子上。伸手接過丫頭遞過來的茶碗，雙手舉過頭頂，用清脆柔和的聲音道：「無憂拜見老夫人，請老夫人喝茶。」

到底也是娶媳婦，沈老夫人見狀，嘴角也抿起笑了笑，伸手接過無憂奉上的茶水，低頭喝了一口，便把一個早就準備好的紅包遞給無憂，道：「從今日起妳我就是婆媳，妳就是我沈家的人了，以後妳就是沈家的一分子。記住以後榮辱都和沈家是一體的，只要妳守住本分，沈家自然不會虧待妳。當然妳如果讓沈家蒙羞，沈家自然也會讓妳萬劫不復，明白了嗎？」

聽到這話，無憂不禁輕輕擰了下眉頭，心想——沈老夫人這話好像是話裡有話，按理說今日婆媳第一次見面，又是跪在地上給婆婆敬茶，對她這個新媳婦說的話未免重了一些。這下，無憂知道沈老夫人大概是對自己有什麼芥蒂了。來不及多想其他，無憂趕緊伸出雙手接過沈老夫人遞來的紅包，並且低眉順眼地說了一句。「以後無憂會謹遵老夫人的教誨，一定守住自己的本分。」她知道這個時候她還是低眉順眼的好。

正座上的沈老夫人看到無憂一副順從的樣子，也滿意地點了點頭。這時候，沈鈞上前一步，伸手把無憂攙扶起來，無憂給了他一個謝謝的笑意。

一旁的姚氏卻是說笑道：「母親，您快瞧瞧，二叔這才剛成了親，就對弟妹如此的體貼了。」

姚氏的話把眾人都給說笑了，沈老夫人則道：「要不怎會說是娶了媳婦忘了娘呢！」

「母親言重了，孩兒實在不敢。」沈鈞趕緊低首道。

「是啊、是啊，老夫人，二叔再心疼媳婦，也不能越過您去的。」姚氏在一旁只怕是老夫人生了氣，趕緊道。

誰知，沈老夫人卻道：「這個我自然知道，我自己的兒子我最瞭解，娶了媳婦忘了娘他倒是還不至於。不過他跟媳婦恩恩愛愛的，我看著也是喜歡，俗話說得好，家和萬事興，家有賢妻才是有福之家呢！」

「老夫人自然是豁達得很。」眾人趕緊附和道。

隨後，姚氏便上前對無憂道：「弟妹，這位是妳大哥。」

聽到這話，無憂便走上前去，抬眼望見沈鎮似笑非笑地望著她。在沈家知道她女扮男裝的就只有沈鎮，只是他雖然知道自己是女兒身，卻從來沒有見過自己穿女裝，不過現在從他的眼神裡看來，彷彿他已經洞穿了一切。隨後，無憂硬著頭皮福了福身子，道：「無憂拜見大哥，還有大嫂。」

「以後都是一家人，弟妹不必客氣。」沈鎮從衣袖中掏出早已準備好的紅包。見狀，姚氏也趕緊掏出自己的紅包道：「這是大嫂的，趕快收起來。」姚氏把自己和沈鎮的紅包都塞進無憂的手裡。

看了一眼手裡的兩個紅包，無憂福了福身子道：「多謝大哥和大嫂。」

「都說了不要客氣，妳再這樣大嫂我可是要生氣了。」姚氏趕緊拉著無憂，不讓她再行禮了。

「是。」無憂無法，只得點頭，不過心裡卻感覺這位姚氏真是太過熱情，熱情得她都有些受不了了。

一時間，無憂該拜見的沈家主子都已經見過了。這時候，一直垂手在一旁的曹姨娘走過來，福了福身子道：「妾身曹氏拜見二奶奶，願二爺和二奶奶永結同心，夫唱婦隨。」

聽見這道柔弱的聲音，無憂抬眼一望，只見是那位被姚氏一直提防著，話都不敢高聲說的曹姨娘，想想她也真是可憐，無憂便笑道：「原來是曹姊姊……」

這時候，姚氏卻打斷無憂的話。「什麼曹姊姊？她是妳大哥的妾室，妳自然沒有叫她姊姊的禮。她的名字叫銀屏，妳以後就叫她的名字，這也是禮數，可別讓人笑話妳了。」

聽到這話，無憂很無語。她也知道禮數確實如此，再說她也是看那曹姨娘比她大幾歲，才禮貌性地叫一聲，可是這個姚氏反應也太大了吧？她防著曹姨娘，怕她搶了她的丈夫無可厚非，可是這麼一聲稱呼就如此不給曹姨娘臉面，也太過了一點吧？可見這個姚氏不是個能容人的，別看她對自己如此熱絡，看來以後還是要小心一點。

曹姨娘倒是還微笑著，並不把姚氏的話放在心上，大概也是無力反抗吧？仍舊低眉順眼地道：「大奶奶說得是，二奶奶您是主子，妾身……也比奴才強不了多少，實在是擔當不起妳這一聲姊姊。」

聽到曹姨娘如此說，無憂心裡有些難受，給人做妾這也太過憋屈了，不知道這些年她是怎麼忍過來的。

這時候，沈老夫人發話了。「鈞兒媳婦，妳大嫂說得是，禮數是該如此。再說咱們家上上下下主子奴才人數眾多，比不得那些小家小戶，妳叫錯了一聲、行錯了一步，雖然那些奴才們當面不會說妳什麼，但是背地裡都會笑話妳的。以後這裡的規矩，妳大嫂會盡數教給妳，有什麼事就聽妳大嫂的好了。」

聽到這話，無憂自然不必多言，只點了點頭道：「無憂謹遵老夫人教誨。」

隨後，沈老夫人對無憂道：「鈞兒媳婦，妳還有兩個姪子沒來，他們現在都上學裡去了。昨兒因為妳和鈞兒成親，已讓他們請了一天的假，今兒就不能讓他們再耽誤了。看看哪天他們回來得早些，讓妳大嫂陪著過去給妳請安。」

聽到這話，無憂趕緊道：「小孩子的學業要緊，自然是不能耽誤的。不如看看哪天他們在的時候，我去大嫂那邊看他們就是。」其實，姚氏和沈鎮有兩個兒子她也知道，只是一直都沒有見過。

「弟妹這話怎麼說的？妳的兩個姪子是晚輩，晚輩就應該去看妳這個長輩才是啊，還是我改日帶他們去給妳請安才是。」姚氏趕緊推辭道。

無憂則笑道：「大嫂言重了，什麼長輩晚輩的，畢竟是小孩子，還沒這麼多講究，再說第一次見面，我這個做嬸娘的應該先過去看看姪兒。」

姚氏還想推辭，沈老夫人這時候卻發話了。「鎮兒媳婦，妳就不用推辭了，嬸娘疼姪兒是應該的。再說我那兩個孫子現在學業很重，就別讓他們跑了，正好妳弟妹也能去妳那裡走動走動。」

「是，就依母親所言，那就讓弟妹辛苦一趟了。」姚氏笑道。

「離得又不遠，沒什麼辛苦的。」無憂很有禮地說。

隨後，早飯就擺上來，沈老夫人發話今兒都在她的屋子裡用早飯。沈老夫人跟前的雙喜早已吩咐廚房準備很豐盛的早點，眾人用過之後，剛剛坐下來喝了一杯茶，外面一個丫頭在門口稟告道：「稟告二爺，沈言已經備好馬，現在二門外候著。」

聽到這話，沈鈞道：「讓他在大門口候著。」

「是。」那丫頭趕緊領命去了。

這時候，沈老夫人突然問：「鈞兒，這剛剛新婚你就要出門？」

沈鈞先是望了旁邊的無憂一眼，然後回道：「母親，大營裡有些事，我去處理一下。」

「有什麼事還非得讓你親自去？因為你新婚，聖上不是准了你一個月的假嗎？」沈老夫人皺著眉頭說。

「大營裡的部隊需要操練，兒子不去，他們就懶散了。反正兒子在家裡也沒什麼事，兒子會早去早回的。」沈鈞道。

這時，姚氏在一旁笑道：「二叔，母親的意思是說你一個大男人是沒什麼，弟妹剛剛嫁過來，怕你委屈了她，你總要在家裡多陪陪她的。」

聽了這話，無憂知道話題是扯到自己身上來了，趕緊道：「我不需要人陪，再說男人總要以事業為重，二爺還是處理軍務要緊，我們女人家在家裡時光到底也好打發些。」她現在絕對是賢妻良母了，不過想想他在家裡的話，她反而還不自在呢！

姚氏則笑道：「母親，您瞧瞧，現在他們就知道謙讓了，真是夫唱婦隨啊。」

一句話惹得眾人都笑出來，雖然是假夫妻，但無憂還是垂下頭，感覺臉都有些發熱，不知道是真害羞還是因為演戲的緣故。一轉頭，看到沈鈞坐在那裡倒是神態自若，面上依舊沒有什麼表情，好像當事人不是他一樣。看得無憂都有些皺了眉頭，心想——這個人的臉部肌肉是不是受過傷不能動啊？

隨後，沈老夫人則笑道：「你們能這樣互敬互讓非常好，鈞兒是將軍，以後帶兵打仗的日子肯定少不了，自然不能常常陪在妳身邊，妳早一點習慣也好。不過鈞兒，話雖然如此說，但到底是新婚燕爾，你儘量也多抽出時間待在家裡才是。」

「是。」沈鈞點了點頭。

一頓飯很快吃完了，沈老夫人自己回房歇著，也就遣散了眾人。送走沈老夫人後，姚氏扶著沈鎮也離開了，最後，沈鈞和無憂也前後離開。

臨出花廳的時候，看到飯桌前只剩下曹姨娘一人，幾個丫頭在一旁伺候著，她才得以坐下來用早飯，吃的也都是桌上剛才眾人剩下的殘羹冷炙。看到這裡，無憂不禁心裡起了一抹深深的同情，這妾室的日子也真是太苦、太沒有尊嚴了。

從沈老夫人的院落出來，姚氏扶著沈鎮先行離開了。這方，沈鈞和無憂一起向來時路走去。見沈鈞沒有朝大門的方向走，無憂不禁停住腳步，好奇地問：「你不是說要出門嗎？沈言還在大門外等著你呢！」

「我先送妳回去。」沈鈞道。

聽到這話，無憂看了一眼四周，立刻明白他是怕自己迷路。沈家的占地是很大的，這裡的亭臺樓閣也很相近，要是第一次來的話，說不定還真會迷路。這裡她雖然沒有怎麼逛過，但是也來過多次了，所以還不至於迷路。不過眼前的人到底心思還是很細的，不知道為什麼，她的心底忽然滑過一抹微微的漣漪，那抹漣漪有著被關懷的安心。不過這也太奇怪了，要說關懷，秦顯對她的關懷才真是細微、很讓人感動，怎麼好像就沒有今日來得讓她感觸這麼多呢？

「我認識回去的路，你快去吧！」無憂趕緊道。

「走吧！」沈鈞卻只有簡單的兩個字。

見他執意要送她，可是她卻不想讓他浪費時間，所以仍舊站著不走，說：「我真的記得來時路，你真的不用白跑這一趟。」

可是，沈鈞卻仍執著得很，堅定地道：「我說我送妳回去。」他的眼神不容置疑，根本就不允許無憂說不。

見他臭著一張臉，根本就不允許別人說不，無憂白了沈鈞一眼，轉頭就走。心裡卻在想——這個沈鈞，明明是一片好心，卻讓人感覺很氣惱。她也是怕他來回走浪費時間嘛，怎麼就不明白自己也是不想麻煩他呢？真是太霸道了。

隨後，沈鈞就大步流星地越過了無憂。見他越過自己走在前面，無憂很不服氣，他的意思是在給自己帶路，可是她明明就認識路。所以下一刻，無憂的強脾氣也上來了，也加快了腳下的步伐。雖然她是女流之輩，但是這一世她從小鍛鍊，所以身體比這裡的嬌小姐要健壯許多，而且還時常出門走動，步子走得也很快很穩。她很快就追上了沈鈞的步伐，並且一直都在他的前面走著，意思很簡單，她根本就不需要他給她帶路的。

跟在無憂身後的沈鈞，看到她的身影飄然而過，不禁皺了下眉頭。又走了一刻，拐了兩個彎後，他便停了步子。此刻走在前面的無憂，忽然感覺好像後面那個人的步子聲沒有了，便頓了一下腳步，側耳傾聽，確定後面的腳步聲真的聽不到了。隨即她馬上一轉身，只見沈鈞站在離她一丈之處，見他停步不前，無憂不由得皺眉問：「你怎麼不走了？」

「看來妳是真的認識回去的路。」沈鈞站在那裡說了一句話。

無憂一笑，說：「所以你不用送我，趕快去忙自己的事吧！」

無憂本以為他會走，但讓她驚訝的是他什麼也沒有說，卻邁步繼續往前走，並越過她，直直地朝他們的住處而去。見狀，無憂真是摸不著頭腦了，這個人怎麼回事？是不是腦子壞掉了？明明都知道自己認識回去的路，怎麼他還往回走？

來不及多想，無憂只好在沈鈞身後跟著，她也不想再超過他去鬥氣了，因為她剛才的目的只是讓他知道她認識回去的路。再說男人的步伐真的很大，不是一般女人可以追得上，更何況沈鈞是軍人出身，身懷武藝，身形更是健壯魁梧，她無論怎麼追也追不上。

沒多久，沈鈞就走到他們居住的院落。到了院門口，他也沒有進去，而是駐足在門口，轉身望著在後面姍姍來遲的無憂。

看到他站在院落門口望著自己，無憂知道他應該是在等自己，所以故意放慢了些腳步，既然他這麼有時間，就讓他多等一下好了。

「妳的腳力還不錯。」等無憂走到沈鈞面前的時候，沈鈞忽然望著她說了一句。

聽到這話，無憂不禁嗤之以鼻。「你在這裡等我，就是為了對我說這句話嗎？」

沈鈞並沒有回答，而是自顧自地道：「我沈鈞向來一言九鼎，我說要送妳回來，就一定會送妳回來。」

此刻，他的眼神在陽光下炯炯有神，春日的風兒吹過他的臉頰，聲音雖然不大，但是語氣卻很重，讓無憂的心一下子受到一抹莫名的震撼。雖然他從來沒有向她證明過他是個言而有信的人，但是這一刻無憂也不得不相信他就是個為了信義可以赴湯蹈火的人。這一刻，他真的像一座高大雄偉的山一樣，彷彿還讓她感覺到一絲安全感。她也知道自己現在並不是他的什麼人，雖然已經拜堂成親，卻只是掛個名。如果一個人在心裡不接受你、不承認你，就算外人都當他們是夫妻，也只是徒具虛名而已。

「……」聽到這話，無憂張了張嘴巴，不知道該說什麼。

這時候，只聽院落裡有人喊：「二爺和二奶奶回來了。」

隨後，就聽到院落裡有好多步伐的聲音，下一刻，只見春蘭、秋蘭、連翹和玉竹幾個都出來了。

「二爺，二奶奶。」

「二小姐，姑爺。」幾個丫頭馬上給他們見禮。

無憂和沈鈞都點了下頭，隨後沈鈞吩咐道：「春蘭、秋蘭，好生伺候二奶奶。」

聽到這話，兩個丫頭趕緊點了點頭，並應聲道：「是。」

隨後，沈鈞的眼眸在無憂的身上掃了一下，柔聲說道：「我走了，晚飯回來陪妳吃。」彷彿真的跟一對新婚燕爾的小夫妻一般。

「嗯。」既然要作戲，無憂也不能不配合，臉上立刻露出如春日陽光般的笑容，並點了點頭。

沈鈞便轉身大步流星地走了。無憂站在院落門口，直到目送他的背影消失，才轉身進了院子。心裡倒是感慨得很，沒想到嫁進沈家來，竟然改行做演員了，而且這場戲還不知道會演多久？

回到屋子，春蘭福了福身子道：「二奶奶，二爺吩咐說等晚上他回來，再讓這個院子的奴才們拜見二奶奶。」

聽到這話，無憂點了點頭，心想——她今日是第一天嫁入沈家，按理說最少二爺身邊伺候的人和撥給她這房伺候的人都要拜見她才是名正言順，而且她還要準備一些見面禮，從此便定了主子和奴才的名分。看來沈鈞還是挺細心的，雖然他有事出去不留在家裡，但這些事都想到了。要知道如果他什麼都不管不顧，她在這裡也是沒有臉面的，這樣看來，他今日做的比她想像的都要好很多，看來以後她的日子不會太難過就是。

瞅了眼站在一旁的春蘭和秋蘭，無憂說：「這裡不用妳們伺候，都下去吧！」

「是。」春蘭和秋蘭應聲退了下去。

春蘭和秋蘭走後，玉竹為坐在八仙桌前的無憂倒了杯茶，道：「二小姐喝口茶吧！」

「嗯。」無憂點了點頭，伸手端起茶碗來喝了兩口。

這時候，連翹笑道：「二小姐，今日拜見老夫人怎麼樣？」

聽到這話，無憂瞥了連翹一眼，笑道：「我就知道妳肯定憋不住好奇的。」說著，便從衣袖中掏出三個紅包，放在桌上，道：「這些是老夫人、大爺和大奶奶給的見面禮，妳收起來吧！」

看了一眼桌上的三個紅包，連翹笑著拿起一個並且拆開道：「讓奴婢看看裡面封了多少銀子？」

無憂嘴上沒說什麼，心裡卻想著沈老夫人是誥命夫人，而且她又是第一次拜見，肯定是少不了的，那個姚氏精明得很，大概不會給太多，但也不會給太少而失了侯爺的顏面。

果不其然，連翹把三個紅包都打開來，笑道：「二小姐，一個裡面封了二百兩的銀票，另外兩個分別是五十兩的銀票。」

無憂聽了，笑而不語。

一旁的玉竹道：「看來老夫人是二百兩，大爺和大奶奶是每人五十兩了。這侯爺府就是不一般，出手都這麼大方。」

連翹卻道：「什麼大方？老夫人這二百兩也就是不失了體面而已，可是大爺和大奶奶就有些寒磣了，畢竟他們是侯爺和侯爺夫人呢！五十兩銀子也拿得出手。妳呀，就是沒有見過世面。」最後連翹說了玉竹一句。

玉竹撇了撇嘴，並沒有反駁，不僅因為連翹是主子身邊的大丫頭，而且又比自己年長好幾歲。她說得沒有錯，以前自己就是薛老太太身邊的粗使丫頭罷了，幹的都是粗活，根本沒機會去見什麼世面。

「好了，別瞎說了，趕快收起來吧！」無憂微笑道。

「是。」隨後，連翹一邊把那幾張銀票疊好，放到櫃中的匣子裡，一邊又道：「二小姐，姑爺好像對您挺細心體貼的。」

「是啊，二小姐，昨兒奴婢和連翹姊姊還有些擔心呢，沒想到姑爺對您這麼好。這下咱們家大奶奶可以放心了。」玉竹在一旁附和著。

聽到她們的話，無憂只低頭喝茶，心想——要是和沈鈞維持這樣的關係倒是也不錯，一則自己可以做自己喜歡的事，二則也可以在沈家立足下去。有他的庇護，在沈家的日子不會太難過，二則家裡的父母也不用為她擔憂了。說起來她是不是還要感謝沈鈞？沈鈞這個人她倒是又瞭解了一點，雖然外表冷冰冰的，但是挺細心的，就是有時候太霸道了，不過倒是霸道得挺可愛的。

見無憂一直低頭喝茶不說話，連翹鎖好櫃子之後，走過來，低首噗哧一聲笑道：「玉竹，二小姐好像害羞了。」

「笑話，我有什麼好害羞的？」無憂放下茶碗道。

連翹卻是一臉壞笑地在無憂的跟前低聲道：「二小姐，昨晚姑爺溫不溫柔啊？」

聽到這話，無憂的臉馬上就紅了，咒罵道：「死丫頭，三天不打就上房揭瓦，妳是不是找打啊？」

「奴婢不敢，奴婢就是好奇問問而已。」連翹趕緊笑道，一旁的玉竹則是一直捂著嘴巴笑著。私下裡，無憂並沒有什麼小姐架子，跟她們說話也都隨和，況且連翹和無憂又是一起長大的，兩個人倒也常常私下裡說笑。玉竹畢竟是後來的，而且自小身分卑微，可是不敢和小姐說笑，只是在一旁看著笑笑而已。

隨後，無憂便板著一張臉，瞅了瞅屋子裡那到處都是大紅色的紅綢、喜字、窗幔什麼的，感覺刺眼了點，便道：「妳們趕快把這些紅的綠的都撤掉，窗幔也換清淡一些的，看到這些紅的綠的，我的眼睛都不舒服了。」

「是。」連翹和玉竹趕緊應聲，隨後便忙活了起來。

無憂一個人坐在八仙桌前，腦子裡禁不住胡思亂想著，感覺這一天的際遇真是挺有意思的……

第三十三章

姚氏扶著沈鎮在花園裡曬了會兒太陽，便和丫頭們扶著他進屋子裡歇著。沈鎮半躺在床榻上，手裡悠閒地翻看著一本書。姚氏則是坐在梳妝檯前整理著首飾盒裡的首飾，這是她最大的愛好，最喜歡那些好看的首飾，而且常常拿出來，親自用手絹擦拭上面的灰塵。夫妻兩個雖然各自都有事做，但還是有一句沒一句地說著話。

「唉，今日又出去了一百兩。」姚氏突然對著鏡子嘆了一口氣道。

聽到這話，沈鎮皺了下眉頭，嘴裡說了一句，眼睛卻沒有離開手中的書本。「什麼一百兩？」

「今日給老二家的見面禮啊，我本來想封一百兩一個紅包，可是想想咱們兩個人就得封出去二百兩，真是有些捨不得，所以我就封了兩個五十兩的，這樣咱們兩個一百兩就夠了。你說我是不是很會持家啊？」姚氏自鳴得意地道。

聽到這話，沈鎮的眼睛從書本上移動了一下，然後笑著點頭道：「嗯。」

姚氏又道：「你說這個老二也真有意思，一開始我還以為他不敢違抗皇命，就算是娶了這薛家姑娘也不會好好待人家，可是沒承想才過了一夜，老二就跟換了個人似的，對老二家的那叫一個體貼，看得我心裡都酸酸的呢！」

「妳酸什麼？」沈鎮有些好奇地問。

「酸什麼？當然是咱們剛成親的時候你根本就不理我，還連個正眼都不看我一下。」姚氏一說到這些就眼圈紅紅的。

聽到嬌妻的話，沈鎮把手中的書一放，笑道：「都老夫老妻了，妳把那些陳年爛穀子的事拿出來說什麼？」

聽到這話，姚氏嬌憨地笑道：「老夫老妻又怎麼樣？你是不是看我都看煩了？要是那樣的話，咱們家不是有個現成的新歡嗎？你去找她好了。」

姚氏的話讓沈鎮一皺眉頭，放下手中的書，不過臉上卻一點生氣的樣子也沒有，溫和地道：「妳說妳這是吃哪門子的醋？我和銀屏最多也就幾天才打一個照面，十天八天的跟她也說不上一句話，妳還總是提她做什麼？」

沈鎮的話說的是事實，所以聽到這話，姚氏抿嘴一笑，也不多說什麼，轉過頭去，從首飾匣中拿出一枚碧綠寶石的戒指放在手上把玩，看著看著，就馬上想起一件事，詫異地道：「欸，你說這位弟妹是不是看著有些眼熟啊？我就是想不起來在哪裡見過。」

聞言，沈鎮愣了一下，笑道：「是嗎？我倒沒覺得。」

姚氏低頭冥思苦想了半天後，突然道：「啊，我想起來了！」

「妳看出來了？」沈鎮蹙著眉頭問。畢竟他看出小王先生是女子的事，他可是從來沒有對任何人說過，現在他也不能對姚氏說，姚氏是個疑心重的人，讓她知道還不知會生出多少事來呢！

隨後，姚氏便道：「我在秦家看過她。」

「秦家？」沈鎮有些好奇。

「是啊，記得去年上元節去秦家舉辦的宴席，好像老二家的還猜對了皇上從宮裡送出來的燈謎呢。對了，就是了，我說怎麼這麼面熟？你不知道去年秦老夫人在上元節這天請了好多京城的名門閨秀，說是熱鬧一下，其實大家都知道是秦老夫人給她的孫子秦大人選續弦。我和老夫人也受邀去了，那日秦老夫人和咱們老夫人說話的時候，明裡暗裡都在說二弟和玉郡主的婚事，誰承想兩家人都認為板上釘釘的婚事卻黃了，咱們二弟竟然娶了當日秦老夫人給秦大人相看中的對象。對了，那日秦老夫人對咱們這位弟妹可是青睞有加，拉著她說了好一會兒的話呢！」姚氏喋喋不休地說著。

聽到這話，沈鎮笑著搖了搖頭，道：「妳們女人就是會注意這些細枝末節的事情。」

「什麼叫細枝末節啊？從細枝末節也能看出許多事情的本質嘛！」姚氏辯解道。

「是、是、是，夫人說得都對。我的頭有些疼了，妳一會兒再說吧！」沈鎮伸手摸著自己的頭，臉上也有些痛苦之意。

聽到這話，姚氏趕緊起身到床榻前，關切地問：「怎麼頭疼了？我幫你按按吧？」

「不用，我躺一會兒就好了。」沈鎮搖了搖手。

「那好，趕快躺下。」說著，姚氏便伺候沈鎮躺下，並給他蓋上被子。

「家裡還有許多事，妳趕快去忙吧，不用管我。」說完，沈鎮便閉上眼睛。

姚氏只得在他耳邊輕聲說了一句。「那你休息一下，我一會兒就回來。」

「嗯。」沈鎮閉著眼睛點了點頭，算是聽到了。

隨後，姚氏便輕輕地走出去。待到再也聽不到任何腳步聲，沈鎮才睜開眼睛。朝珠簾外望了一眼，見她真的走了，才重新坐起來，伸手拿過剛才看了一半的書，繼續翻看……

這日晚間，到了掌燈時分，沈鈞還沒有回來。

無憂坐在八仙桌前翻看著一本醫書，連翹、玉竹、春蘭和秋蘭四個分別站在外間，桌上已經擺好碗筷，只是怕涼了，飯菜還沒有端上來。

幾個丫頭都伸長脖子不時地望著外面，看二爺是否回來了，只有無憂仍舊氣定神閒地坐在內間的桌子前，一頁頁地翻看著手中的書。

春蘭和秋蘭對視了一眼，心想——這位二奶奶倒是挺淡定的，新婚第一日，都天黑了夫君還沒有回來，換作是哪位新嫁娘都已經望眼欲穿了，可是這位二奶奶卻彷彿像什麼事都沒有似的。

又過了一盞茶的時候，無憂才合上手中的書，把書本放在八仙桌上，伸伸脖子，扭了扭腰身，並且站起來伸了個懶腰。這時候，看看都掌燈了，才發現時候晚了，肚子也咕嚕叫了起來。再轉頭看看外面，桌上的碗筷都擺好了，幾個丫頭正侍立著，不禁問了一句。「現在什麼時辰了？」

聽到問話，春蘭望了望外面的天色，回答：「回二奶奶的話，已經酉時末了。」

聞言，無憂心想——怎麼沈鈞還沒有回來？臨走之前不是說回來吃晚飯嗎？想想那個沈鈞不會放自己鴿子吧？要知道在這萬惡的古代，女人都是以丈夫為天，夫君說回來吃飯，妻子就得一直等下去，是不能自己先吃的。

一旁的玉竹細心，看到主子彷彿餓了，便問：「二小姐，您要是餓了，奴婢去給您拿點糕點先墊墊？」

「不必了，也許二爺很快就會回來了。」在沈鈞的丫頭們面前，無憂可是沒那麼沒出息的。

話音剛落地，就聽到外面有個小丫頭喊了一聲。「二爺回來了！」

聽到這話，無憂一怔，春蘭和秋蘭則是趕緊迎到門前。一刻後，果不其然，一身黑袍的沈鈞走進來，春蘭和秋蘭很是殷勤地問：「二爺，您回來了？」

沈鈞點了下頭。這時候，春蘭早已經端上打好的洗臉水，秋蘭則是拿來布巾，兩個丫頭微笑著說：「二爺，淨面吧！」

沈鈞很自然地洗了把臉和淨了手，然後接過秋蘭遞來的布巾，隨後春蘭又端著漱口水過來伺候沈鈞漱了口。

無憂站在一旁，見兩個丫頭這麼殷勤地服侍，自己倒坐下也不是，上前去幫忙也不是，所以也就只有在一旁站著冷眼旁觀了，心想——這兩個丫頭在自己面前不言不語的，倒也守著本分，一看到沈鈞回來，可是伺候得樣樣周到。尤其那個叫秋蘭的，一看到沈鈞，眼睛都是發亮的，春蘭倒是和平時一樣，無憂心想這個秋蘭大概和沈鈞的關係不一般吧？不過看沈鈞對她們兩個都差不多，態度上並沒有厚此薄彼。

淨面漱口過後，沈鈞轉頭走到桌前，坐了下來，抬頭便望見對面的無憂。在眾人面前，無憂還是要做做樣子，遂笑道：「二爺回來了，餓了吧？不如讓她們傳飯？」

「也好。」沈鈞點了點頭。

隨後，無憂便對身旁的連翹道：「讓廚房傳飯吧！」

「是。」連翹應了聲後，便趕緊出去傳話。

這時，沈鈞突然道：「我房裡的人還沒有正式拜見妳吧？」

聽到這話，無憂只是一笑。春蘭和秋蘭便趕緊過來跪在地上叩頭道：「奴婢春蘭，奴婢秋蘭，叩見二奶奶，以後奴婢盡職盡責，一定伺候好二奶奶。」

沈鈞瞥了一眼跪在地上的春蘭和秋蘭，對無憂笑道：「這兩個丫頭是打小伺候我的，以後妳當自己身邊的人就好，無論是打罵還是獎賞都由妳。」

一聽這話，春蘭和秋蘭眼眸中都有一絲惶恐，二爺的意思是不是如果這位二奶奶不高興，她們就能隨時被打發出去？

無憂從她們的眼中看出了那一抹顧忌，不過她也沒想到沈鈞竟然會這麼給她面子，把這生殺大權全部交予她，也許這樣她就不會被奴才怠慢了，想想沈鈞這個人還真是挺為她著想的。下一刻，無憂笑道：「二爺的人自然就是我的人，我當然會把她們都當作自己人看待的。只是我初來乍到，好多這府裡的規矩都不懂，需要她們多給我提個醒才是。」

聞言，春蘭和秋蘭趕緊叩頭道：「奴婢們願意為二奶奶效犬馬之勞。」

聽到這話，無憂倒是滿意，不管如何，面上這樣她也暫時滿意了。遂轉頭對玉竹使了個眼色，玉竹趕緊去拿了好幾根金銀簪子過來，無憂笑道：「既然今日妳們認我做了主子，這就是我給妳們的見面禮。」

「奴婢伺候主子是應該的，實在不敢收主子的東西。」春蘭和秋蘭一再推辭。最後，還是沈鈞說了一句話。「既然是二奶奶賞妳們的，妳們就收了吧！」

「謝二奶奶。」聽到這話，春蘭和秋蘭兩個才趕緊收了。

「都起來吧，地上怪涼的。」無憂瞥了一眼仍舊跪在地上的兩個人，她們才敢起來。

這時候，廚房的飯菜已經送過來，連翹帶著兩個小丫頭把提盒抬進來，春蘭和秋蘭趕緊幫著把飯菜擺放在桌上。今晚的菜色倒是挺豐盛的，六菜一湯，葷素搭配，還有一壺酒和一盅熱湯。

看著這些精緻的飯菜，早已經餓了的無憂真想拿起筷子就吃，可是無奈沈鈞還沒有動筷子，她也只能裝模作樣地坐在那裡等著。

把飯菜都擺好之後，春蘭福了福身子道：「二爺、二奶奶，飯菜好了，可以用了。」

無憂剛想說好，沈鈞卻說了一句。「秋蘭，把我房裡伺候的奴才和奴婢們都叫到院子裡來，不管是打水的、漿洗的、掃院子的，還是在外面跟著我出門的馬夫、小廝們都叫過來給二奶奶磕頭。」

聽到這話，不僅是在場的奴婢們，就連無憂都嚇了一跳。伺候沈鈞的人不管男女都叫來給她磕頭？這也太興師動眾了吧？雖然無憂知道這是沈鈞在幫她立威，但是她也覺得有些誇張了。在秋蘭發愣的同時，無憂趕緊道：「二爺，這大晚上的把他們都叫過來，是不是太興師動眾了？」

可是，沈鈞卻道：「什麼叫興師動眾？現在我房裡多了女主人，他們做奴才的不該來拜見嗎？」

「可是……」無憂還想說什麼。

沈鈞卻對發愣的秋蘭說：「還愣著做什麼？還不快去！」

「是。」秋蘭不敢說什麼，趕緊應聲去了。

秋蘭去後，沈鈞就動了筷子，對無憂道：「開動吧！」

「喔。」無憂抬頭掃了連翹和玉竹一眼，看到她們也有些目瞪口呆，她趕緊對連翹使了個眼色，連翹馬上轉身進屋裡準備打賞的銀子去了。

無憂看了看桌上擺的那幾道精緻菜餚，手拿起筷子，正在一盤蜜汁雞翅和一盤紅燒魚之間不知道選擇哪樣時，只見一雙筷子挾了魚中間最好的一塊肉放在自己面前的碟子裡。無憂一抬頭，正好對上沈鈞那雙漆黑的眼眸，耳邊也傳來他那帶有磁性的聲音。

「嚐嚐這道紅燒鱖魚，這是府裡廚子的拿手菜。」

「嗯。」無憂點了點頭，挾了一塊嚐了嚐，還真是不錯，味道真的是與眾不同，且這鱖魚也是不常見的。

俗話說來而不往非禮也，無憂瞅了一眼旁邊的狀元豬蹄，也挾了一塊最好的豬爪肉放到沈鈞面前的碟子裡，並對他綻開個非常燦爛的笑容。沈鈞的臉上倒是淡淡的，不過卻很自然地用筷子把她挾給他的那塊豬蹄肉送到嘴裡咀嚼著。一時間，兩個人雖然話不多，卻相敬如賓地吃著飯菜。

站在一旁伺候的春蘭，簡直是看傻了眼，她伺候沈鈞這麼多年，他可一直都是冷冰冰的，哪裡如此關心過一個人，也就有時候給沈老夫人挾個菜罷了。而且說話明顯也柔和多了，春蘭一時間也摸不著頭腦。畢竟這位二奶奶才剛嫁進來一天一夜，就能這麼快把他們這位從來不苟言笑的二爺給收服了？

納罕過後，春蘭一邊伺候一邊笑道：「二奶奶，晚飯前大奶奶派人過來說問問二奶奶平時都喜歡吃什麼菜色、水果和糕點以及愛喝什麼種類的茶葉等，請二奶奶著人擬了單子給大奶奶送過去，以後大奶奶好按照您的口味吩咐人儘量採買您愛吃的，以後讓廚子們做些合二奶奶口味的菜餚送過來。」

聽到這話，無憂一笑，心想——沈鈞剛才的一番話倒是挺管用的，彷彿春蘭在自己面前比先前更加恭敬了一點。

這時候，沈鈞對無憂道：「大嫂辦事很周到，妳要是喜歡吃什麼、喝什麼，或是想要什麼，就儘管派人去和大嫂說，她都會滿足妳的。」

聞言，無憂笑道：「我也沒什麼特別忌口的，什麼都吃一些，也喝一些，像今晚的菜色就很好。春蘭，妳明兒去回大奶奶，就說就按照以往二爺的口味供給各色吃食就好，如果我有需要，會再派人告知她。」

無憂想——她初來乍到的，還摸不清楚這沈家的門道，先是安分守己的好，再說她這個人沒有什麼不愛吃的，且沈家的菜色確實不錯，比她娘家可是強多了。再說沈鈞可是威武大將軍，在這府裡也是正牌的主子，他平時吃的用的穿的肯定也是差不了，所以跟他吃一樣喝一樣的一定沒有錯。她這麼做估計也會讓上下人等都認為她是尊重丈夫，沈老夫人大概就喜歡這一點吧？

今兒初次拜見沈老夫人，她的話裡明顯是有話，自己要是要求太多了，傳到她老人家耳裡，恐怕又要起什麼風波，還是靜觀其變的好。再說那個姚氏雖然看著賢良熱絡，那雙眼睛到底太精明了，還不知道她葫蘆裡賣的是什麼藥呢，無憂總覺得姚氏沒那麼簡單，也許自己以後要花好大力氣才能應付她。

「是。」春蘭趕緊點頭。

又過了一刻，飯吃得差不多的時候，只見秋蘭進屋裡來回話。「稟告二爺，平時伺候二爺的人都在外面院子裡候著拜見二奶奶。」

無憂朝門外一看，只見院落裡早已掛起了好幾盞燈籠，依稀看到站了黑壓壓的半院子人，少說也有二、三十個之多，只見他們齊聲跪在地，聲音也傳入屋子裡。「奴才們給二爺、二奶奶磕頭了，祝二爺和二奶奶舉案齊眉，百年好合！」

看到這情景，無憂便想起身，手卻忽然被對面的沈鈞握住，只感覺手背一熱，抬頭望去，只見沈鈞卻望著自己，道：「妳是主子，受著就是了，不用和他們客套。」

聽到這話，無憂到底感覺有些不自在，外面的人可是大多都比她年長，而且男女老少都有。當然不自在的還有她的手，這一世她的手還從來沒有被任何男子這麼握著過。

無憂悄悄一抬眼，看到旁邊的連翹、玉竹、春蘭和秋蘭也都看到沈鈞握住了她的手，她的臉莫名地竟然唰地一下紅起來。無憂遂半垂下頭，心口處竟然有怦怦跳的感覺，這種感覺彷彿久違了，大概在現代的少女時期彷彿有過。

沈鈞臉上倒是沒有任何異常，下一刻，他的手便鬆開了她的，無憂下意識地攥了下手心，才緩緩把手縮回來。這時，沈鈞吩咐道：「春蘭，傳我的話，以後讓他們好生伺候二奶奶。二奶奶的話就是我的話，如果有人敢違背二奶奶，我肯定饒不了他。」

春蘭趕緊應聲去了，隨後只聽門外傳來春蘭的高聲，和沈鈞說的幾乎是一字不差，只聽見那些個奴才都唯唯諾諾地稱是。

無憂的嘴角向上抿了一下，轉頭吩咐早已準備好打賞銀兩的連翹道：「連翹，去把賞錢給他們，多少也是我的一分心意。」

「是。」隨後，連翹帶著玉竹，手裡拿了一大包碎銀子出去了。

連翹站在廊簷下，對著跪在院子裡黑壓壓的一片人群，道：「二奶奶說了，今日既然定了主僕，你們以後就都是二奶奶的人，二奶奶以後肯定會像對待自己人一樣對待你們，只要你們忠於主子，主子自然不會虧待你們。這裡有一包銀子，是二奶奶賞給你們的，每人二兩。」說完，連翹把手中的銀兩交給旁邊的玉竹，玉竹走下臺階，打開那一袋銀子，一一分發給那些人。

眾人看到竟然有二兩銀子拿，都眉開眼笑地站了起來，要知道這沈府裡的大丫頭每個月也就一兩銀子的月錢，小丫頭們都是五百錢，婆子們頂多也就一兩銀子，外面跟著二爺常出門辦事的還多一些。今兒得的畢竟是一、兩個月的月錢，姚氏管家很精細，就算是逢年過節的有賞銀，也不過是幾百錢，所以眾人都暗暗稱道：這位二奶奶雖然出身不高，出手倒是挺大方。再加上二爺如此看重二奶奶，眾人在心底對二奶奶都還是心悅誠服的。

分完賞錢之後，玉竹拿著袋子和連翹回了屋，玉竹低首稟告道：「二小姐，這一包五十兩的碎銀子還剩下七、八兩。」

聽到這話，無憂笑道：「一併賞給他們打酒喝去吧！」

「是。」玉竹聽了便又轉身走出去。

一旁的沈鈞看他這位新婚妻子雖然出身不高，做事倒是挺大方得體的，行事也沒有別家小姐的矯揉造作，好多時候還表現得很從容淡定，看來秦顯心儀的人自然是不一般的。沈鈞對無憂最起碼是不討厭，而且有時還有那麼一點欣賞。

晚飯吃好後，丫頭們撤下了殘羹冷炙，秋蘭沏了一壺茶放在桌上，為無憂和沈鈞各倒了一杯，在一旁垂手侍立道：「二爺，這是您最喜歡的普洱茶。不知道二奶奶喜歡什麼茶葉？下次奴婢好為您準備。」

聽到這話，無憂笑道：「我對茶葉沒什麼研究，這普洱也不錯，就喝這個好了。」

「是。」秋蘭點了點頭。

這時候，院落裡的眾位奴才們都退了出去，屋子裡只剩下連翹、玉竹、春蘭和秋蘭伺候。沈鈞和無憂面對面坐著喝茶，兩個人有一句沒一句地說了幾句話後，就聽外面道：「春蘭姊姊在嗎？」

春蘭一聽，趕緊低首退了出去，看看是怎麼回事。不一會兒後，只見春蘭手裡拿了一只大紅色巴掌大的錦盒進來，低首奉上給無憂道：「稟告二奶奶，這是剛才大爺差人送來的，說是他和大奶奶送給您和二爺的成親賀禮。」

無憂伸手接過春蘭遞來的錦盒，打開一看，只見是一對和田羊脂白玉珮，上面還刻著一對比翼雙飛的天鵝，栩栩如生，一看就知是名家雕刻的，而且玉質也相當好，在燭光下散發著瑩瑩玉潤的光芒，看來這對玉珮肯定價值不菲。無憂笑道：「是一對和田羊脂白玉的玉珮，一看就是好東西。」說著，便把手中的錦盒遞給對座的沈鈞看。

沈鈞伸手接過錦盒，低頭一望，眼光不禁柔和了些，道：「我沒有記錯的話，這應該是十幾年前大哥立戰功的時候皇上賞賜的。那次應該是郎平之戰，我也只有十二、三歲而已，那次大哥受了重傷。這對玉珮可以說是大哥以鮮血換來的，大哥竟然把這個拿出來送給咱們，妳要好生收著。」說完，沈鈞便將錦盒遞回給無憂。

無憂接過錦盒，掃了一眼錦盒中的玉珮，頓時覺得手中的東西很重，彷彿承載了沈鈞兄弟兩個的情義。不過轉念一想，不禁皺著眉頭說：「大哥大嫂今早不是給我紅包了嗎？怎麼今晚又送來了這對東西？」

聽到這話，沈鈞的嘴角不禁上揚了一下，說：「大嫂這個人非常精明，也很會持家，所以收到大哥這東西，妳不要在大嫂面前提起就是了。」

聽了沈鈞的話，無憂更是擰了下眉頭，心想沈鈞這話是什麼意思？難不成是沈鎮自己送了他們這對玉珮，姚氏並不知道？剛才他說大嫂這個人很會持家，那就是說她小氣了？想想也是，今兒早上她兩個紅包就封了一百兩銀子，確實是有些小氣了。看來一定是沈鎮覺得自己妻子出手小氣，才暗自把這對玉珮送過來，這樣既圓了兄弟之情，又不讓妻子心疼，也算是兩全其美。不過沈鎮出手也很大方，因為這玉珮不僅是御賜，還是他用命換來的，可見對他這個兄弟的疼愛。沈鈞就更不必說了，以前她為沈鎮治病時，沈鈞可是自掏腰包，而且每次都是五百、一千兩的，眼睛連眨都不眨一下，可見他們兄弟之間真的是很和睦。

隨後，無憂便把手中的錦盒蓋上，轉手遞給一旁的連翹，說：「把這個千萬收好了。」

「對了，以後記著每天早晚都要去給老夫人請安，大哥大嫂那邊妳也要常常去走動。」

沈鈞不忘囑咐道。

「你放心，我記下了。」無憂像其他妻子一樣，對丈夫的話都點頭稱是。

隨後，沈鈞就把丫頭們都打發出去。幾盞紗燈把整個屋子照得燈火通明，沈鈞坐在書案前處理一些要緊的公務，無憂則是坐在裡間的八仙桌前看著醫書，並繼續研究她的藥丸和草藥。兩個人倒是誰也不打擾誰，屋子裡靜靜的，半天也沒有聽到一句話。

看了好久的醫書，無憂口渴了，便端過一旁的茶水，喝了一口。一抬頭，正好看到坐在最西邊房間的書案前看書的沈鈞，他的神情很專注，根本沒有注意到自己在看他，全副心神都在手中那本書上。只是離得遠，她看不清楚他手中是什麼書。他真是個冷硬型的帥哥，尤其是下巴和嘴唇給人一種很堅毅的感覺。這也難怪，幾乎年年都在疆場征戰，又為朝廷履立功勛，應該是位鐵錚錚的硬漢吧？而且他不但不苟言笑，臉上也沒有太多表情，讓人很難猜到他的心事，所以無憂在他面前也感覺有些侷促，這是別人從來讓她感覺不到的。

見他看得入神，無憂掃了一眼茶壺，想倒一杯茶給他送去，可是想想這樣是不是有點向他獻媚的感覺？讓他有自己向他討好的錯覺？又轉念一想，沈鈞雖然沒有接受自己做他的妻子，說實話他對自己已經相當好了。就算是真正的妻子，也不見得這樣給自己留面子，尤其在下人面前，可是完全肯定了她這個二奶奶的身分。唉，人在屋簷下不得不低頭，她只不過是想表達一下自己的心意，有沈鈞的庇護，她才能在這個家裡平靜地生活下去，就當他是個朋友好了，以後是要天天見面的，還是把關係搞好一點比較好。

打定主意，無憂便從茶壺中倒了一杯熱茶，端著茶杯起身走到書案前。大概是聽到她的腳步聲吧，一抬頭，沈鈞那雙幽深的眼眸便對上無憂的眼睛。無憂很淡定地一笑，把手中的茶碗放在書案上，笑道：「口渴了吧？喝杯熱茶，歇歇再看。」

「多謝。」沈鈞望了無憂一眼，只說了兩個字，便又垂下頭去，把目光落在手中的書本上，便再也不言語。

這個人就是這樣，不但面上沒什麼表情，還惜字如金。知道他的脾氣，無憂也不介意，轉身便回到裡間，重新坐下來，拿起手中的書繼續看了起來。不知道過了多少時候，無憂不經意地抬頭，正好看到沈鈞正端著茶碗，一邊看書一邊喝茶，她不由得一笑，感覺沈鈞這個人其實有時候也滿有意思的。

咚咚……咚咚……

不知不覺中，二更天的更鼓響起了。無憂放下手中的書，轉了轉脖頸，感覺有些累了。

「睏了妳就先休息好了，不必等我。」這時候，房間另一側突然傳來沈鈞的聲音。

聽到這話，無憂一抬頭，看到沈鈞仍舊坐在書案前看著一本書，根本就沒有看她這邊一眼，好像眉宇間也有些輕輕地蹙著，似乎有什麼弄不懂的難題。不過他的話也讓無憂有些費解，好像他們真的就是夫妻一樣。她等他做什麼？兩個人也不睡在一起，難道他以為自己在這裡看這麼晚的書，就是因為要等他一起就寢嗎？呵呵……好像是有些曖昧啊。下一刻，她便趕緊說了一聲：「知道了。」

隨後，她吹滅了裡間的紗燈，轉身走到床前，輕輕地放下已經換成淡青色的床幔。在床幔的遮掩下脫下外面的衣裙，拔下髮間的金釵，一頭黑色如墨的黑髮便散落下來。身上只穿著褻衣褻褲，鑽入溫暖的被窩，望著帳子頂。最西側那間房的燈火透過床幔，光線已經變得很微弱，但還是能清晰地看到床幔裡被褥的輪廓，這種光線對睡覺的人來說是很好的，彷彿是現代的小夜燈。雖然已過了二更天，無憂卻是睡意全無，悄悄伸手撩開床幔一角，往外一看，可是那雕花的紅花木屏障遮擋住她的視線，她根本看不到房間另一側的人，只能看到那頭的燈火散放出來的光芒。

屋子裡很靜，靜得只有她的呼吸聲，不知過了多久，她緩緩地閉上了已經變得沈重的雙眼。基於對沈鈞的瞭解，她是不用擔憂他對她有什麼企圖的，所以她可以放心地睡去。

哼哼，說起來是不是也有些受打擊？床上躺著年輕的姑娘，名分上還是他的妻子，可是他卻一點雜念都沒有地看著書，不知道是她真的一點魅力也沒有，還是他就是個正人君子？不知道何時，無憂迷迷糊糊地進入了夢鄉……

第三十四章

翌日，等無憂睜開眼睛的時候，連翹和玉竹已經端著洗臉水進來了。

起來穿戴好衣服，坐在銅鏡前，無憂看了一眼床榻，只見上面乾乾淨淨的，根本就看不出來昨兒晚上有人睡在那裡，心想——這個沈鈞倒還挺仔細的，怎麼自己睡得這麼死，壓根兒就沒聽到他什麼時候進來又什麼時候走的？遂問了一句。「妳們看到……姑爺什麼時候走的嗎？」無憂支吾了一下，感覺姑爺這兩個字怎麼叫得這麼彆扭呢！

看到無憂有些不好意思，連翹嬉皮笑臉地回答：「好像很早就走了，奴婢和玉竹起得不算晚了，愣是沒看到呢！」

「喔。」無憂點了下頭，心想——昨兒睡那麼晚，今兒又起這麼早，他的精力還真是充沛。

「看來姑爺就是體貼，他起來都沒有吵醒您呢！」連翹繼續在無憂耳邊說道。

「是我睡得沈。」無憂說了一句，便趕緊道：「梳快一點，我還得趕著去給老夫人請安呢！」

「是。」聽到這話，連翹便不敢再說笑，趕忙為無憂梳頭。畢竟給沈老夫人請安可是大事，要知道她家主子剛嫁過來，不能讓老夫人挑出什麼毛病來，若是讓婆婆不高興了，媳婦以後的日子是不好過的。

收拾妥當之後，無憂便帶著連翹去給老夫人請安，老夫人雖說不上多高興，但也算和顏悅色。在那裡點了卯後便一路回來，進了門，玉竹已把早飯擺好，無憂吃過早飯後，春蘭和秋蘭便走了進來。

「奴婢們給二奶奶請安。」春蘭和秋蘭很恭敬地福了福身子道。

「免了。」無憂點了點頭。

春蘭回道：「二奶奶，二爺吩咐外面備好了明兒的回門禮，二爺臨走前讓奴婢叫人把回門禮抬過來讓二奶奶過目，您看看少了什麼，好馬上叫人去添補。」

聽到這話，無憂心中莫名地一陣溫暖，他竟然連這個都想到了。說實話，明日就是三日了，是歸寧的日子，她都還沒考慮過呢！隨後，無憂便笑道：「讓她們抬進來我看看。」其實，不看也知道，沈鈞肯定是差人辦得妥妥當當的，只是他既然這麼吩咐，那她也照辦就是了。

春蘭領命出去後，不多時，便帶著幾個婆子和小丫頭抬了回門禮過來讓無憂過目。無憂掃了一眼擺放在屋子中央的提盒，只見裡面放的是精緻的糕點、壽桃還有兩疋顏色較老氣的上等蘇錦。這些東西都用大紅色的綢子裹著，既喜氣又莊重，看樣子是經過精心包裝的。

一旁的春蘭趕緊道：「這糕點、壽桃還有蘇錦是為薛老太太準備的。」

「很好。」無憂點了點頭。

隨後，春蘭便指著第二個提盒道：「這裡面是上次皇上賞賜給二爺的貢酒，這雪梨也是貢品。還有這張狐裘是二爺從邊關帶回來，是專門給薛家大奶奶的。」

無憂的眼光在那張純白色的狐裘上一掃，心想朱氏最怕冷了，等冬天用這狐裘做一件裘衣自然是再好不過。無憂不禁滿意地點了點頭。

見二奶奶很滿意，春蘭又指著最後一個提盒道：「這些是文房四寶，還有胭脂水粉、宮花等都是宮廷供奉的人家所製，在市面上都買不到。是為薛家二奶奶、薛家少爺和另一位小姐準備的。」

看到沈鈞準備得這麼妥當，而且這些東西都讓她臉上增光不少，無憂很愉悅地點了點頭。「就按照二爺準備的好了。」

「是。」領命後，春蘭便帶著那幾個婆子丫頭把東西又抬走了。

春蘭走後，連翹笑道：「二小姐，姑爺為您打點得妥妥貼貼的，看來姑爺是真心喜歡您，這下大奶奶可放心了。」

一旁的玉竹也趕緊點頭說：「是啊，二小姐的命真好。」

聽到她們的話，無憂只是默然不語，低頭喝著茶水，心想——看來她和他作的這場戲還真是成功，就連伺候在他們身邊的人都沒有看出任何破綻。不過想想如果以後真的能找到像沈鈞這樣待自己這麼好的人，也算幸事了。只可惜，他對自己的好不過是信守承諾罷了，也因為他不想接受自己做他的妻子，大概心裡總有一些愧疚，才在別的方面如此地滿足自己吧？不知怎的，想到這裡，心中突然有一絲的憋悶。隨後，無憂便重新拿起自己那本未看完的醫書，翻到昨夜看的那一頁看起來，把腦中那些亂七八糟的想法都拋到九霄雲外。

這日夜裡，沈鈞沒有回來吃晚飯，而且回來得也很晚，晚到無憂都已經睡了，朦朧中似乎聽到開門又關門的聲音……

翌日一早，沈鈞和無憂各自梳洗後，便一起到沈老夫人的屋子裡去請安，沈老夫人自然知道今日是歸寧的日子，所以囑咐了幾句也客套了幾句。回來用過早飯後，沈鈞便陪著無憂歸寧了。

一出門，就看到有四輛馬車組成的車隊一字排開在府門外，最前面是幾匹很高大的馬兒，婆子和丫頭們都把東西抬上馬車。見無憂和沈鈞出來了，沈言馬上跑過來稟告道：「二爺，都準備好，可以出發了。」

「嗯。」沈鈞點點頭。他今日身上依舊是一身黑色的袍子，衣領處和袖口處有金色的滾邊，看起來不但尊貴還威風凜凜的。

這時候，馬夫已經把一輛朱輪大車的簾子撩開，一個丫頭也趕緊搬了腳踏過來。無憂由連翹扶著，剛踩上腳踏，身側便突然伸出一隻大手。她蹙了下眉頭，抬頭一望，只見沈鈞已經走到她的身側，並且用一雙深邃的目光望著她。這一刻，她不由得怔了。他很細心，而且他那一隻大手也真的很大、很厚實。下一刻，她便不由自主地把自己的手放在他的手心裡，他聲音不高不低地說了一句。「小心一點。」

「嗯。」無憂本能地給了他微笑，然後便在他的攙扶下上了馬車。

隨後，馬車緩緩地啟動，車隊在前方幾匹馬的帶領下，一路朝薛家的方向而去。

這時候，坐在旁邊的連翹笑道：「二小姐，姑爺真是寵愛您，剛才您是不知道那些個婆子丫頭看到姑爺親自過來扶您上馬車，眼睛都要掉下來了。」

無憂的嘴角抿起微笑，不知怎的一向不喜歡奉承的她，今日聽到連翹的話，反而感覺心裡挺受用的。

見主子含笑，連翹又道：「奴婢剛剛聽到那些人議論，說二爺從來沒有對第二個人這麼好過。對了，老夫人例外。」

聽到這話，無憂的笑容漸漸在臉上淡去，突然想到他根本就不是發自內心地對自己好，他只不過是在演戲，要在眾多奴才和奴婢面前和她秀恩愛。想到這裡，剛才的好心情一掃而空，心裡忽然有些憋悶。她在心裡對自己道——薛無憂，妳這是怎麼了？怎會讓一個男人這樣影響妳的心情？演戲嘛，妳就陪他演下去，只是不要把自己演進去就好了。

隨後，無憂重新整理了一下心情，對連翹笑道：「妳的性子就是太過直爽，看問題只看表面，嘴巴又愛說話，不過這也是妳的優點，人活得越簡單其實才越快樂。」

聽到主子的話，連翹納悶了半天，然後皺著眉頭道：「二小姐，您什麼意思啊？怎麼奴婢都聽不懂了。」

無憂卻是一笑。「妳不用明白，只要保持快樂就行了。」

「呵呵，奴婢是天天快樂的。」

連翹很興奮，接著笑道：「二小姐，今日大爺在門外鋪了紅氈迎接您和姑爺呢！」

聽到這話，無憂從連翹撩開的一扇窗簾往外望去，果不其然，只見薛家大門口已站了黑壓壓的好多人。無憂看了看，除了祖母年紀老邁外，其餘主子都到了，奴才們也都簇擁而來。大門處紅氈鋪地，還掛上紅燈籠和紅綢，總之到處都一片喜慶。

這時候，馬車門簾被外面的人撩開，連翹先行跳下車，無憂剛想起身下車，不想那一隻寬厚的手又從馬車外伸進來。看到那隻手，無憂愣了一下，便很配合地把手交到他的手心裡，感覺那隻手一用力，自己的身子便順勢下了馬車。當她的腳步在地上站穩之後，抬頭一望，只見父母帶著家人迎上來。

「女兒拜見爹、娘。」無憂上前翩翩下拜。當然，握著自己的那隻手也很適時地放開了她。

「小婿拜見岳父大人、岳母大人。」沈鈞也在一旁恭敬地行了個單膝跪地的禮。

一般情況下，頭一次拜見岳父岳母大人是要行這種單膝跪地禮，代表半子的意思。不過這也要看門第，有的男方門第太高，這種禮就不行，只略一低首作揖便算是行禮了。對無憂這種高嫁的來說，沈鈞的門第官職都比薛家要高出太多，今日如果沈鈞不行單膝跪地禮，薛家也挑不出什麼毛病來。可是今日沈鈞不但行了單膝跪地禮，還相當恭敬，所以薛金文和朱氏等人真是高興極了。

站在一旁的奴才丫頭們也都很驚訝，因為這兩日他們私底下都一直在竊竊私語，議論這位姑爺喜不喜歡二小姐，議論二小姐嫁入這樣的高門大戶會不會受氣，三日回門的時候姑爺是不是陪二小姐一同回來，回門當日要是姑爺來了會給大爺和大奶奶行什麼禮等等。這下子，他們不僅見識姑爺親自下馬走到馬車前扶著二小姐下來，還當著這麼多人的面給大爺和大奶奶行半跪禮，所以人人都十分納罕。

「快快請起、快快請起！」薛金文和朱氏見狀，趕緊上前一個扶起女婿，一個扶起女兒。一時高興，薛金文也顧不上什麼禮不禮的，拉著女婿就往裡面走。

步入大廳的時候，薛老太太已站在大廳前等候。看到祖母，無憂和沈鈞趕緊又行了禮，這次沈鈞也行單膝跪地禮。薛老太太見狀，也是異常高興，趕緊親自上前扶起，拉著孫女婿坐下，上了好茶、好點心，一家人很殷勤地陪著沈鈞說話，朱氏不時地親自添茶水。

說了幾句話後，見李氏、薛蓉、薛義等在一旁，朱氏趕緊給沈鈞介紹。「賢婿，這是二娘，這是蓉姊兒，這是義哥兒。」

「姨娘安好。」這次，沈鈞只是坐著朝李氏點了下頭，算是有禮了，並沒有再行什麼半跪禮，甚至連起身都沒有。

不過，李氏卻不敢挑什麼毛病，而且還要擺出好臉色，便笑道：「姑爺好，姑爺這一路辛苦了，二娘給你添點熱茶。」說著，就上前拿起茶壺來親自倒茶。

「多謝姨娘。」沈鈞點頭道。

隨後，李氏趕緊推了薛義和薛蓉一把，道：「還愣著做什麼？趕快拜見你們的姊夫啊！你們姊夫可是個大官，以後你們都要仰仗你們姊夫呢！」

李氏的話讓無憂略微擰了下眉頭，心裡突然有了自卑感。雖然她和李氏他們向來不和，但到底也算一家人，他們這樣巴結沈鈞，她怎麼感覺像是吃了蒼蠅似的那般噁心？

薛蓉和薛義趕緊上前行禮道：「拜見姊夫。」

「快請起。」對這兩人，沈鈞只是坐在那裡虛扶了一把。

隨後，沈鈞便叫人把早準備好的禮物抬上來，無憂一一分給眾人。薛家人見沈家如此重視他們，姑爺也殷勤，所以都十分滿意。閒聊了一會兒，便在花廳擺上飯菜，今日的菜品當然也是精緻異常。

酒席上，沈鈞很恭敬地向薛老太太和薛氏夫婦敬酒，薛家人也是笑臉相陪。酒過三巡之後，無憂偷偷瞧見沈鈞臉上一點潮紅也沒有，就知道他的酒量是不錯的，所以也不擔心。不過卻悄悄地為他挾菜，並為他倒一杯茶水放在跟前，沈鈞也不客氣，很自然地端起她遞過來的茶水喝了兩口，又吃了兩口她挾的菜。

朱氏和一旁的宋嬤嬤、平兒看在眼裡都十分歡喜，看樣子小倆口還是很恩愛的。無憂這孩子一直都有些冷，心底是有些清高的，沒想到現在卻對夫君如此細心體貼，看來無憂是真心喜歡這位姑爺。無憂能找到如意郎君，她們在心底也十分高興。

這方，薛金文和薛老太太陪沈鈞喝酒，朱氏便拉著無憂進了內室說話。一時間，屋內只有朱氏、宋嬤嬤和無憂、連翘幾個。朱氏笑道：「二姊，這兩日妳在沈家過得怎麼樣？沈老夫人和姑爺對妳好不好？」

「都好。」無憂點點頭道。

「什麼叫都好？妳給娘仔細說說怎麼個好法，這裡又沒有外人。」朱氏不放心地道。

「這個……」朱氏的話讓無憂不知從何說起。

一旁的連翘卻搶先道：「奶奶，還是讓奴婢來說吧！沈老夫人和二小姐只是打了兩個照面，好不好還看不出來，不過姑爺對二小姐那才是一個好呢！」

聽到這話，朱氏馬上來了興致，宋嬤嬤也在一旁緊聽著，無憂則是微笑著喝茶，心想——讓連翘說就讓連翘說好了，聽了連翘的話，朱氏也應該放心了吧？

「說說怎麼個好法？」朱氏追著問。

連翘便道：「比如說姑爺做什麼都會徵求小姐的意見，那日給沈老夫人請安，還問咱們二小姐要不要換身衣服呢！還有就是讓伺候姑爺的所有奴才，不分男女老少都給二小姐磕頭認主子，說以後讓那些奴才們都像伺候姑爺一樣伺候二小姐。奶奶，姑爺這樣一吩咐，那些奴才丫頭們都對二小姐很是恭敬呢！」

聽到這話，朱氏連連點頭，笑著對一旁的宋嬤嬤道：「妳聽聽，咱們家二姊真是修來的福氣，找到這麼好的姑爺。」

宋嬤嬤在一旁笑道：「奶奶以後高興的事還多著呢，這只是其中一件罷了。」

聽到這話，朱氏更高興，見朱氏高興，無憂在一旁也抿著嘴微微一笑，本來她還害怕在沈家境遇不好會影響到朱氏的心情。

笑過之後，朱氏又拉著無憂低聲問：「姑爺在那事上對妳熱不熱情？這幾天是不是時時刻刻都愛黏著妳？」

聽到這話，無憂不禁面紅耳赤，遂胡說了一句。「娘，您在說什麼啊？」雖然她是個現代人，但是這麼赤裸裸的話還是讓她很害羞，尤其是在場還有兩個下人。

「就是床笫之間的事啊，妳可別小看這事，這也是看丈夫喜不喜歡妳的表現，所以是很重要的，妳知不知道？」朱氏怕無憂不明白，趕緊傳授給她自己的經驗。

「我……唉呀，您別說了。」無憂不好意思地垂下了頭。

見主子說話不管用，一旁的宋嬤嬤趕緊把話接過去道：「二姊，奶奶和老奴都是過來人，妳沒有經驗，我們把自己的經驗告訴妳，妳就能少走好多彎路，也能把好多不好的事情防患於未然。剛成親的這一年半載，可是您和姑爺培養感情的最好時機，這時候可都是蜜裡調油的日子，您有什麼規矩和習慣都在這個時候擺出來，以後姑爺就會慢慢地習慣您了。要是一過了這個熱乎勁，您可是想怎麼樣都不行了。還有就是要防一下姑爺屋裡那些長得妖精似的丫頭們，別一不小心把姑爺的魂兒勾走了，要知道男人納個妾很尋常，可就是怕那些個小妾恃寵而驕，到時候都不把您這個正室放在眼裡了。還有您要好生伺候婆婆，要是沈老夫人喜歡您，您在姑爺面前可就掙了面子，姑爺也會對您另眼相待的。另外也要跟姑爺的大哥大嫂搞好關係，聽說姑爺不但是個孝子，跟安定侯爺的關係也是非常親近的……」

聽宋嬤嬤還巴拉巴拉地說個沒完，無憂皺著眉頭打斷了她的話。「好了，宋嬤嬤，這些話您在我沒有出嫁前不是都說過了嗎？我現在都能倒背如流了，您趕快歇歇吧！」

聽到這話，宋嬤嬤便笑道：「是老奴多話了，二姊是個聰明人，其實不用奶奶和老奴說，您都知道的。」

朱氏接道：「宋嬤嬤也是為了妳好……嘔……嘔……」剛說了一句話，朱氏便噁心了起來。

「娘，您這是怎麼了？」無憂見狀，趕緊放下手裡的茶碗關切地問。

「沒……沒事，最近總是感覺胃裡難受。」朱氏皺著眉頭道。

「是不是吃了什麼東西傷了胃口？」無憂端詳著朱氏的面容。

「也沒有啊，還是吃以前吃的那些東西，不知怎的這些日子一直都覺得胸口悶悶的，胃也酸酸的難受。」朱氏回答。

「是啊，這些日子奶奶還特別容易犯睏，總是懶懶的，一直說讓請個大夫來看看，可是奶奶偏說自己沒事。」一旁的宋嬤嬤道。

聽到這話，無憂道：「娘怎麼一直都沒跟我說呢？」

「因為二姊您要出嫁了，奶奶說可能是那一陣子太忙碌，不讓老奴說，就怕讓您擔心來著，這不一直都在挺著呢！可千萬不是什麼要緊的病才好，要不然還不給耽誤了啊！」宋嬤嬤蹙著眉頭擔憂地說。

「連翹，趕快拿脈枕來。」無憂一聽也有些著急，趕緊吩咐連翹道。

連翹從藥箱裡拿出脈枕放在桌上。無憂是個大夫，還跟以前一樣保持著相同的習慣，就是走到哪裡都會帶著藥箱。因為她的藥箱裡有許多器具是這個世界獨一無二的，離開了它們，她根本就不能行醫了。

朱氏把自己的手腕放在脈枕上，無憂伸出三隻手指按住朱氏的脈搏，眉頭微微擰著，全神貫注在三隻手指按住的脈搏上。漸漸地，無憂的眉宇從一開始的微微擰著到慢慢散開，最後笑容都掛在無憂的臉上。

看到無憂笑了，一旁的宋嬤嬤急切地問：「二姊，是不是咱們奶奶沒什麼病啊？只是前些天忙活您的婚事給累著了？」

「也有這方面的原因。」無憂笑道。

朱氏也說道：「我說沒事的，宋嬤嬤還小題大做，我只要歇一歇就會好了。」

「您是要歇一歇，而且要歇很長一段日子。」無憂道。

「很長一段日子？要多久啊？」聽到無憂的話，朱氏有些心急地問。

無憂想了一下，然後回答：「大概十個月左右吧！」

「這麼久？難不成我真的有病了？」朱氏蹙了眉頭。

「嗯，準確地說也算是一種病吧！」無憂微笑道。

聽到這話，朱氏和宋嬤嬤都緊張起來，趕緊異口同聲問：「什麼病？」

「害喜。」無憂笑著說出兩個字。

聽到這話，不但是朱氏、宋嬤嬤，就連一旁的連翹都瞪大了眼睛盯著無憂。半晌後，朱氏才結結巴巴地問：「什……什麼？妳說是什麼病？」

「害喜。娘，您有身孕了。」無憂乾脆更直接地說。

這次，聽清楚無憂的話，知道自己沒有聽錯，隨後，朱氏癱坐在椅子上，臉上既有無比的喜悅，又有著驚訝和不敢置信，自言自語地道：「身孕？我有了身孕？這……這怎麼可能呢？」

這時候，一旁的宋嬤嬤趕緊問無憂。「二姊，妳可看準了？不會弄錯吧？」

聽到這話，無憂笑道：「如果懷孕我都能弄錯的話，以後我就不用給人看病了。」

聞言，宋嬤嬤便笑容滿面地對朱氏道：「恭喜奶奶！這可是天大的喜事啊！怪不得這些天奶奶容易犯睏，還常常噁心，咱們誰都沒有往這上頭想，老奴也是老眼昏花了，原來是這麼回事。」

這時候，朱氏已經有些緩過神來了，臉上充滿喜悅，可是又有些難為情地道：「我這個年紀還懷孕，會不會讓家下人等都笑話啊？」

「這有什麼好笑話的。娘，您正值壯年，別說一胎，就是再生兩胎也不是不可能的。」無憂笑道。今年朱氏四十剛出頭，且保養得不錯，身子也比原來強多了。在古代這個歲數生孩子的是不算多，可是在現代，女強人女明星多了去，在這個歲數也才剛結婚，當然生孩子的也多了。

「二姊說的是啊，有什麼好笑話的，都得羨慕您才是。唉呀，是不是馬上去稟告老太太和大爺啊？他們肯定會笑得合不攏嘴呢！」宋嬤嬤笑道。

「客人還沒走，妳就先等一等吧！」朱氏笑道。

這時候，連翹忽然笑道：「奶奶，要是二小姐也能趕快懷孕，那奶奶和二小姐就能一起生產了，要都是小少爺就更好了。」

「妳胡說什麼？」連翹的話讓無憂的臉上一紅，心想——懷孕？她和沈鈞這樣，恐怕再過十年都不可能懷孕的。再說她現在的生活還沒有安排好，更別提要孩子的事了。

「怎麼胡說？我感覺連翹說得對，妳也要想辦法趕快懷孕才是。」一旁的朱氏道。

「啊？這個……這個有什麼辦法好想的，懷孕是順其自然的事。」無憂羞赧地說。

「妳是個大夫，當然有那種趕快懷孕的藥方。如果能馬上懷孕，並且能一舉得男，妳在沈家也就站穩腳跟了。別像我一樣，兩胎都生女娃，在人前背後都抬不起頭來，還讓婆婆和丈夫冷落了。」朱氏又自己現身說法。

可是，無憂卻不如此想。「娘，站不站穩腳跟並不一定要靠生兒子，女人自己有能力的話，一樣能站穩腳跟的。」

朱氏也點點頭，道：「能像妳們姊妹兩個這樣有些本事還可以，可是這天下間的女子不都是一般人嗎？還不都是要靠夫君才能站穩腳跟。」

這時候，宋嬤嬤插嘴道：「二姊，現在能不能看出來奶奶肚子裡懷的是男孩還是女孩啊？」

「這個看不太準。」無憂遲疑了一下道。

在現代科學裡，胎兒只有到三個月以上才能由超音波檢查中看出是男是女。在古代麼，倒是也有辦法，就是看脈搏。是女孩的話，一般喜脈來得慢一些，男孩的話，喜脈就來得快一些，這些無憂在中醫古書上曾經查閱過。剛才她也留意了，感覺朱氏的這一胎應該是男孩，可是畢竟她沒有實踐過，把握不是很大，再說也不想因為以後萬一是女孩，讓朱氏她們失望太大。在現代，她就十分痛恨鑑定嬰兒的性別，有好多夫婦因為想要兒子，在孕婦懷孕三、四個月的時候去做性別鑑定，如果是男孩就留下，是女孩就墮胎。好多女嬰連這個世界都沒有看一眼，就被自己的親生父母扼殺了。無憂一直都堅定地反對鑑定嬰兒性別，所以她也不想告訴朱氏肚子裡的孩子是男是女。

聽到無憂說看不準，宋嬤嬤著急地攥著手道：「唉呀，奶奶要是這一胎能生個小少爺就好了，那樣一來，奶奶肚子裡的這一胎可就是嫡子，那個什麼義哥兒都要靠邊站，二奶奶以後也別想在這個家裡再翻身了。可是如果還是個小姐的話，那就……」宋嬤嬤沒有把話說下去。

宋嬤嬤的話把朱氏也說得皺了眉頭，大概也很希望這一胎能生個男孩吧？無憂見狀，心裡雖有些憋悶，嘴上還是勸道：「娘，不管男孩女孩，我和姊姊肯定喜歡的。您不要想太多，只要您和肚子裡的孩子平安就好，其他都不要想，萬事有我和姊姊會為您排解的。」

「嗯。」聽到無憂的話，朱氏也算是心安地拍了拍她的手，道：「我都這個年紀了，萬般的苦也都過來了。說實話，想生兒子的心也沒有那麼迫切，倒是妳和妳姊姊現在都不在娘的身邊，不管是男是女，倒也能陪娘作個伴，要不然心裡還真是悶得慌呢！」

無憂笑道：「娘能這麼想就最好了。」

聽到母女兩個的話，一旁的宋嬤嬤也欣慰地一笑，大概她的心裡也不那麼計較男女了吧？一旁的連翹卻說了一句——

「二小姐，咱們無論是小姐和少爺都喜歡。要是讓二奶奶知道咱們奶奶又有喜了，說不定得多緊張呢！要是咱們奶奶真的生了小少爺，二奶奶和義哥兒的身價可是一落千丈了。」

「那是快有人睡不著覺了。」宋嬤嬤笑道。

不過說者無心，聽者有意，聽了連翹的話，無憂的眉頭一擰，低頭想了半天。

見無憂低頭思索的樣子，宋嬤嬤緊張地問：「二姊，您在想什麼？是不是奶奶有什麼不妥啊？」

看到宋嬤嬤擔憂的眼神，無憂趕緊回答：「娘的身體一點事情也沒有，宋嬤嬤請放心，只是有件事我比較擔心。」

「什麼事？」宋嬤嬤問。

無憂眼神有些凝重地道：「娘懷孕不過才兩個月，胎象還不穩，有經驗的都知道女人懷孕三個月後胎兒成形才算穩固。他們二房那邊如果知道娘懷孕了，以他們的性情來看，保不准就會做出什麼對娘肚子裡的胎兒不利的事情來，所以咱們不能不防。」

「那妳的意思是……」聽了無憂的話，宋嬤嬤想想她說得很對。

無憂瞅了連翹一眼，好在四下再沒有別人了，然後使了個眼色給連翹，連翹會意地走到門口，往外面看了看，都沒有任何人來往。隨後，無憂道：「不如娘懷孕的事先不要聲張，等娘懷孕三個月以後胎象穩固了再告訴家裡人，到那個時候估計別人想要什麼花招也不太容易了。」

「這個主意好，奶奶您看呢？」一旁的宋嬤嬤詢問著朱氏。

朱氏點頭道：「我感覺也好，不如就這麼辦吧！」

「那娘您可千萬不要在爹的面前說溜嘴啊。」無憂囑咐著。

「這個是自然的。」朱氏點頭。

無憂隨後又囑咐說：「如果有任何事就派人去沈家找我，我也會想辦法回來給娘診脈的。總之，萬事不可疏忽。」

天色暗下來時，薛金文夫婦雖然還是捨不得女兒女婿，但畢竟時候不早了，這東城到西城馬車怎麼也要跑半個多時辰，所以沈鈞和無憂起身告辭，他們才沒有再留。

第三十五章

第二日一早，無憂早早起來坐在梳妝檯前梳妝，今日她裡面穿的是淡青色小襖，外面是鵝黃色繡柳葉花紋的褙子，下身是一條乳白色裙子，倒也素雅得很。

「二小姐，今日梳什麼樣式的頭？」連翹拿著梳子問道。

對著銅鏡，無憂道：「三日已過，我也不算新婦了，就梳個簡單的好了，只要端莊大方就可以。」她最厭煩梳特別麻煩的髮型，有的花樣繁多的髮髻，簡直要梳上一個時辰那麼久，而且頭上戴那麼多的金銀首飾，想做什麼還特別累贅。

「好。」連翹應了一聲，開始拿梳子為無憂梳頭。

無憂的眼睛望著銅鏡中給自己梳頭的連翹，還有身後收拾床鋪的玉竹，不禁好奇地問：「這幾天只有妳和玉竹兩個，茯苓和百合怎麼沒有看到？」

聽到問話，連翹回道：「茯苓和百合不在這院子裡，她們和旺兒以及旺兒媳婦住在下人們的院子。百合不是擅長刺繡嗎？咱們這些人的針線活都讓百合做了，茯苓就陪著百合打打下手。」

聽了這話，無憂笑道：「這是不是我出嫁之前宋嬤嬤就安排好的？」原來宋嬤嬤是這樣安排，怪不得這幾天都沒有看到百合，百合長得太過豔麗，要是和自己同出同進，怕是會奪了男主子的眼神吧？

聞言，拿著梳子的連翹一笑，低聲說：「百合那個小蹄子長得實在是太招眼，您現在和姑爺可是新婚，還輪不到她到您跟前伺候。」

聽到這話，無憂沒有言語，心想——什麼時候輪到她到自己跟前伺候？難道她們以為自己失寵的時候，便讓百合過來讓她幫著爭寵？想想古代女人做官宦或者富貴人家的妻子實在是太累了，對上要侍奉公婆，中間要伺候丈夫，協調妯娌姑嫂關係，對下要哺育兒女，管理下人，還要每時每刻都盯住丈夫不被別的女人勾引，如果丈夫納了妾，還要和小妾們整天鬥爭，想想都煩死了。

既然宋嬤嬤這麼安排了，那她就先保持現狀吧！那個百合和茯苓也許以後自有用處也說不定。

隨後，連翹一邊梳頭，一邊又在無憂耳旁嘮叨道：「二小姐，您覺不覺得……」說到這裡的時候，連翹轉頭朝門的方向望了一眼，見沒有什麼人來，才又繼續道：「那個秋蘭好像怪怪的？」

「怎麼個怪法？」無憂問。

「好像她不怎麼把您放在眼裡，雖然說話也恭敬，但就是……就是不如春蘭自然，好像……對咱們姑爺格外的上心，那個上心的程度彷彿已經超越了主僕關係。」連翹拿著梳子一邊想一邊說。

不錯，那個秋蘭確實和連翹說的一樣，她看沈鈞的那個眼神……含情脈脈的，就是那種把情誼都寫在眼睛裡的感覺。

這時，收拾好床鋪的玉竹走了過來，道：「對了，二小姐，奴婢今兒看到姑爺一早就走了，那個秋蘭起得比誰都早，伺候姑爺吃飯那才叫盡心，早早地就往廚房裡盯著去了，說是姑爺愛吃這個、愛吃那個的。那個春蘭倒是挺正常的，雖然也很盡心，就沒有像秋蘭那樣伺候姑爺像是打了雞血一樣。」

「噗哧。」玉竹的話讓無憂和連翹忍不住笑了出來。

看到她們兩個笑得前俯後仰，玉竹訕訕地用手撓了撓頭，道：「呵呵，我這個比喻好像不太恰當。」

「恰當、恰當！我剛才想用個什麼詞來形容一下的，就是沒想起一個恰當的詞，妳這個打了雞血真是再恰當不過了，呵呵……」連翹捂著嘴巴笑道。

笑過之後，玉竹上前來低聲道：「雖然那個秋蘭對姑爺是萬般殷勤，但姑爺倒是還和往常一樣，臉上淡淡的沒有什麼表情，吃早飯的時候也幾乎沒說一句話，吃完早飯就走了。」

這個無憂倒是相信，因為平時沈鈞就是那個樣子，不哭也不樂的，沒想到一個丫頭對他卻情有獨鍾。隨後，無憂便笑道：「其實這也不是什麼奇怪的事，在大戶人家好多主子身旁的丫頭都是有著非分之想，總幻想著一步登天，飛上枝頭當鳳凰，只是有時候事情做得太過，確實惹人厭煩罷了。」

連翹和玉竹聽到這話，兩人臉上立時沒了剛才的笑意，馬上嚇得跪在地上，道：「二小姐息怒，奴婢們是萬萬沒有這個想法的。」

看到她們嚇得跪倒在地，無憂笑道：「妳們這是做什麼？我又不是說妳們。這麼多年來妳們的品行我還是知道一二的，我只是就事論事罷了。好了，趕快起來吧！」

連翹和玉竹這才站起來。連翹瞅了瞅外面，見仍然沒有其他人，便低聲道：「二小姐，要不要尋個錯攆出去算了，省得每日都讓您煩心。」

聞言，無憂低頭想了一下，道：「妳怎麼知道她是不是通房丫頭？如果是通房丫頭，那麼早就是姑爺的人，姑爺怎麼會瞅著自己枕邊人犯個小錯就被攆出去？而且我是初來乍到，也沒有剛來三天就攆人的道理，要別人說我容不下人嗎？」

其實這個秋蘭是不是通房丫頭對無憂來說也不打緊，反正她和沈鈞又不是真夫妻，他有什麼女人、有多少女人都和她沒有關係。她介意的是這個秋蘭做事如此張揚，讓別的奴才看到了，大概都會往她的頭上來踩一腳，到時候不僅在家下人等中的面子上過不去，以後她在奴才面前會再也沒有說話的威嚴，所以這個秋蘭的事她還是不能不理。

聽了小姐的話，一旁的玉竹陪笑道：「玉竹覺得二小姐說得在理，二小姐嫁過來才三天，姑爺對二小姐又是關懷備至百依百順的，沒有道理因為一個丫頭就紅了臉。她只不過是個丫頭，一時半會兒也掀不起多大的浪來，不如從長計議的好。」

聞言，無憂望了玉竹一眼，心想——沒想到她小小年紀思慮還很周全，雖然平時不善言談，也沒見過多少世面，卻和她哥哥一樣是個謹慎穩妥的人，看來自己當日的眼光還真沒有錯。連翹性格直爽，沒有什麼心機，雖然對她忠心耿耿，年紀也比自己大，但到底是個實誠人，也就是一張嘴巴不饒人罷了。

隨後，無憂便道：「咱們還是以靜制動為好，妳們替我留心著她就是，等一切都弄明白了再想辦法也不遲。」

「是。」連翹和玉竹趕緊點頭。隨後，連翹就為無憂梳好頭，髮髻上簡單地戴了幾支金簪，無憂便帶著連翹去老夫人處請安了。

到老夫人那裡點了個卯，見老夫人和她也沒有什麼話說，對她說不上親熱，但是也說不上冷淡，感覺有些無趣，便找了個藉口回來。剛坐在桌前想看看醫書，不想春蘭走進來回話。

「稟告二奶奶，二爺派人在外面採辦了些東西，說是讓您帶著到大奶奶那邊送給兩位小公子，算是您這個做嬸娘的見面禮。」春蘭說著，便有兩個小丫頭端著兩個托盤走了進來。

聽到這話，無憂忽地想起自己說過這幾天要去看沈鈞的兩個姪兒，正發愁要給小孩子什麼見面禮，沒想到沈鈞也都替她打點好了。隨後，無憂便起身，走到那兩個丫頭跟前，只見她們端著的托盤裡都是文房四寶之類的東西，有毛筆、硯臺、墨等。

這時候，春蘭指著托盤裡大小不一的幾枝毛筆道：「這是咱們京城裡榮寶齋製的最上等的狼毫，一共八枝，每位公子四枝。這兩個硯臺是咱們大齊最有名的製硯大師諸葛神侯所製，諸葛神侯的硯臺可是千金難求，二爺說兩位公子肯定會喜歡。還有這兩方墨，是有名的古墨雲龍墨，是前朝的製墨大師吳去塵所製，據說這種雲龍墨存世的不多，更不是金銀所能求得。二爺說二位公子都是愛讀書的，這些也算是投其所好了。」

看到這些精緻且金銀難求的見面禮，無憂點了點頭，心想——這個沈鈞倒是出手大方。雖然她對筆硯紙墨等沒有什麼研究，但是自小跟著姊姊練字讀書，對於讀書人喜愛的這些東西還算瞭解一二，那幾枝榮寶齋的筆倒還在其次，雖然這樣上等的毛筆也要十幾、二十兩銀子一枝，八枝筆也就是一、二百兩銀子。

可是那兩方硯臺可以說是大齊讀書人都愛收藏把玩的，諸葛神侯是大齊當代最著名的製硯大師，他製的硯臺為大齊上流社會所喜愛。而且這位諸葛神侯的性格也很古怪，心血來潮的時候才會製個一方、兩方的硯臺，追求十全十美，如果他感覺不好的硯臺，就會馬上砸碎。所以他做的東西是十分難求的，大齊的讀書人都以能收藏一方諸葛神侯製的硯臺為榮，更別說家裡有兩方了。那兩方墨差不多也和這諸葛神侯製的硯臺一樣珍貴，是前朝一位製墨大師所製，大概有兩百年，也算得上古墨了。

沈鈞買這些東西不知費了多大的力氣，銀子大概也要花上好幾千兩。想想沈鈞也是極為豪爽的性情中人，對他兄長、子姪以及她這個掛名的妻子算是一擲千金了，雖然征戰沙場多年，大概他也沒有什麼積蓄吧？

站在一旁的連翹望了望托盤裡的東西，不禁問：「二小姐，就這麼個破硯臺和臭烘烘的墨就千金難求嗎？」

聽到這話，無憂一笑，走到桌前重新坐下，道：「這個就叫物以稀為貴，而且還有個品牌效應。」

「品牌效應？」春蘭皺著眉頭問，好像從來都沒有聽過這個詞。連翹則習以為常，因為她跟著小姐這麼多年，早聽到過好多好多在外面從沒有聽過的詞。

無憂解釋道：「就是名人效應，這硯臺如此出名，不就是因為諸葛神侯有名嗎？」

聽到這話，春蘭笑著點了點頭。

隨後，無憂問：「對了，兩位小公子一般都什麼時候在家裡？」

春蘭突然拍了一下自己的頭，道：「瞧奴婢這腦袋，怎麼把最重要的給忘了？兩位小公子都是快到晌午才回來用飯，用過飯後會有一個時辰的休息時間。不如二奶奶用過了午飯再去？」

「也好。」無憂點了點頭，然後說：「到時候妳跟我一起過去吧！」

「是。」春蘭回道，便帶著丫頭們退了出去。

午飯過後，無憂不敢耽擱，帶著春蘭和兩個丫頭，拿著東西一路朝沈鎮夫婦的住處而去。其實到沈鎮的住處這邊她也是認識的，但春蘭到底是在這府裡當差多年，她也需要這麼一個人，到時候給自己提個醒什麼的。也算試試春蘭這個人到底怎麼樣，在沈家無憂並不熟悉，大宅門裡的人事很複雜，她身邊也需要一個對沈家知根知底的人。

沈鎮的住處在安定侯府的最南邊，離她的住處有一段距離，春蘭一直在前面引路，並殷勤地為無憂介紹。「二奶奶，小心腳下的鵝卵石，這石子雖然不硌腳，卻很滑的。」

「好。」無憂點了點頭。繡花鞋的底子薄，踩在鵝卵石鋪成的小徑上有些硌腳，不過倒也挺符合中醫的思想，相當於腳底按摩。

「這兩位公子都是大奶奶所出嗎？」無憂一邊走一邊問道。沈鎮還有一房妾室，就是那個很可憐的曹姨娘，就不知道她是不是也為沈鎮生過孩子？

「彬哥兒和杉哥兒都是大奶奶生的，那位曹姨娘並沒有所出。」春蘭趕緊回答。

「彬哥兒，杉哥兒？」聽到這兩個名字，無憂有些好奇。

「是啊，就是文質彬彬的彬，杉哥兒就是比這個文質彬彬的彬少一個木字。呵呵，奴婢斗大的字也不識一籮筐，只是這兩位公子的名字取得挺特別，就記住了。」無憂問什麼話，春蘭都非常熱心並恭敬地回答，一點也不敢怠慢了無憂。

「這兩個名字挺有意思的。」無憂笑道。

「這兩個名字是當初老爺在的時候給兩位小公子取的。」春蘭趕緊道。

「大嫂為沈家生了兩位公子，也算是勞苦功高了。」無憂點頭道。

聽到這話，春蘭見四處無人，跟著她們的兩個小丫頭也離有幾步遠，便在無憂的耳邊道：「其實大奶奶的出身並不高，大奶奶的父親以前是咱們老爺麾下的一名參將，因為有一次在戰場上不顧性命救了咱們老爺一命，老爺為了報恩才讓大爺娶了大奶奶。要不然咱們大爺頭頂上可是有侯爺的世襲爵位，又是一表人才，怎麼也輪不到大奶奶她一個參將的女兒嫁過來的。」

「原來是這樣。」無憂笑著點了點頭，心想——怪不得這位姚氏雖然八面玲瓏，熱情又愛說笑，見人也是三分笑，做事卻有些小家子氣，原來是出身的緣故。

見二奶奶好像對自己說的還算感興趣，一路上春蘭的話匣子就沒關過。「要說這位大奶奶也算是個好樣的，嫁給大爺後一連就生了兩胎，而且都是男丁，所以一下子就在咱們沈家站穩了腳跟，老爺和老夫人都另眼相待，就是大爺一開始的時候彷彿沒有像現在這樣對大奶奶言聽計從。自從十來年前大爺從馬上跌落下來，把腿摔壞，再也不能走了，連站都站不住，從那以後大爺的脾氣也是喜怒無常，這也難怪，您說一個騎馬帶兵打仗的人，您讓他一下連站都站不起來，任誰也受不了啊。不過大奶奶卻對大爺更加盡心，任憑大爺打罵、摔東西，大奶奶都是笑臉相待，時間久了，大爺大概也感覺到大奶奶的一片真心，所以比腿沒有摔傷前對大奶奶可是好多了呢！」

沈鎮對姚氏很遷就這一點無憂早就看出來了，不過倒沒想到還有這麼一段故事，大概這也算是患難見真情吧？沈鎮這個人她雖然不是很瞭解，但是能看得出他不是一般人，是位氣質儒雅的將軍，而且那雙眼睛有很強的洞悉力，脾氣文雅中有一抹自負，好像有點像三國時期周瑜的氣質。周瑜心儀的人應該是小喬那樣柔情似水的女子吧？這個姚氏明顯就是個精明潑辣的女人，大概沈鎮一開始不會對這樣一位妻子很傾心吧？可是這麼多年的相依相伴，不離不棄也造就了一段難以割捨的親情。夫妻相處久了大概就是這樣，所有的激情都化作了親情和習慣。

「既然對大奶奶好，怎麼納了一房妾呢？我看那曹姨娘大概也就二十出頭，大爺納她的時候腿已經摔傷了吧？」無憂笑問。男人就是這樣，說對妻子多好，多麼愛妻子，但後來還不都是三妻四妾的，大概古人的愛都是博愛吧？

聞言，春蘭便笑道：「二奶奶有所不知，大爺還真是不想納曹姨娘呢！」

「是嗎？難不成還有人逼大爺納妾不成？」無憂好奇地問。

「是這樣。」春蘭笑著回答：「大爺大概是五、六年前納了曹姨娘，是老夫人看著大爺終日都頹廢憂鬱，且大爺身邊就只有大奶奶一人，她老人家也是想讓大爺能高興高興，就自作主張納了曹姨娘。這曹姨娘家裡也是官宦出身，只不過到她父親那一代就敗落了，要不然也不會讓自己姑娘給人做妾。老夫人見這位曹姨娘品貌都還不錯，就私自作主下了聘禮，等大爺知道時已經來不及阻止了。因為這事啊，大奶奶還埋怨了老夫人好長一陣子呢！」

「是這樣？」聽到這些話，無憂擰了下眉頭。

還沒有說下面的話，無憂和春蘭的腳步就踏入沈鎮夫婦住的院子。春花看到無憂來了，趕緊上前福了福身子笑著道：「春花給二奶奶請安。二奶奶可用過飯了？怎麼大中午的過來？」

這個春花和她的主子一樣的脾氣，熱情得像一盆火一樣，讓人的臉都感覺燙燙的，無憂笑道：「吃過了，知道兩位公子平時在學裡，只有晌午的時候才得空回來，所以我來看看兩位姪子。」

聞言，春花趕緊笑道：「二奶奶快請，大爺和大奶奶以及兩位公子剛剛用完午飯，正好都在呢！」

「嗯。」聞言，無憂就跟在春花的後面進了屋子。

春花趕在無憂的前面進了屋子，稟告道：「大爺、大奶奶，二奶奶來看望兩位公子呢！」

話音剛落，無憂的腳步已經進了正堂，只見沈鎮、姚氏，以及兩位少年正坐在八仙桌前，大概是剛剛用過午飯，幾個丫頭正在撤走桌上的飯菜。看到無憂來了，姚氏趕緊站起來，笑道：「弟妹來了？」

無憂見狀，福了福身子道：「給大哥、大嫂請安。」

這時候，姚氏已經伸手抓住無憂的手，笑道：「這怎麼說的？都是自家姊妹，以後可不要行禮了。來，快坐下。」

隨後，無憂便被姚氏拉著坐在一旁的椅子上，又趕緊招呼著叫人去沏茶拿點心來，非常的熱絡。無憂轉眼望了望坐在八仙桌前的兩個少年，都長得眉清目秀，大一點的那個大概十五、六歲，已經是翩翩少年郎，神情也很沈穩，眼神有些像沈鎮；那個小的大概十一、二歲，身量還小，不過長得虎頭虎腦的，很讓人喜歡。打量了兩眼，無憂笑道：「這就是我那兩位姪子吧？」

「是，是。彬兒、杉兒，在那裡愣著做什麼？還不快過來拜見嬸娘！」姚氏趕緊招呼兩個兒子。

聞言，兩個少年趕緊起身，走到無憂面前，各自低首作揖道：「姪兒拜見嬸娘。」

無憂笑道：「今日咱們是第一次見面，嬸娘給你們準備了一些見面禮，你們看看喜不喜歡？」說完，便回頭看了一眼站在自己身後的春蘭。

春蘭會意，伸手示意兩個站在門口的小丫頭端著托盤進來，春蘭帶著她們把東西放在了八仙桌上。姚氏瞥了一眼那托盤裡都是一些文房四寶之類的東西，便笑著客套道：「弟妹，妳這麼客氣做什麼？」

「大嫂，這不是客氣。他們喊我一聲嬸娘，我這個做嬸娘的自然也要給孩子們準備一些東西。」

隨後，當沈杉和沈彬看到托盤裡的毛筆、硯臺和墨的時候，不禁驚叫道：「諸葛神侯製的硯臺？還有雲龍墨？」

「大哥，真的是諸葛神侯製的硯臺嗎？」沈杉年紀小，還不怎麼會辨別，只是手裡拿著一方硯臺問著哥哥。

「嗯，而且咱們倆一人一個。還有這個雲龍墨，也是咱們一人一方呢！」看到這些東西，沈彬喜歡得不得了，應該是用愛不釋手來形容了。

坐在一旁的沈鎮一開始聽他們娘兒幾個說話，臉上帶著笑意，並沒有插話，只是在一旁悠閒地喝著茶。在沈鎮聽到兩個兒子的話時，也是一怔，然後在他們手上仔細地端詳了一下，眼光裡也射出一抹驚訝，隨後便如同往常，又低首喝起茶來。

看到兩個兒子如此喜歡那些文房四寶，姚氏瞥了一眼，笑著對無憂道：「小孩子就是好哄，妳看看都忘了給你們的嬸娘道謝呢！」

沈彬畢竟已經大了，聽到母親的話，趕緊放下手中的硯臺和墨，也讓弟弟放下手中的東西，拉著弟弟走到無憂的跟前，恭敬地鞠躬作揖道：「多謝嬸娘的饋贈。」

「只要你們喜歡，嬸娘就高興了。」無憂趕緊道。

沈彬很斯文有禮地道：「如果嬸娘沒有別的教誨，我和弟弟就去溫書了，等下先生要檢查的。」

「去吧，學業為重。」無憂笑著點點頭，感覺沈彬這個孩子真的很有禮數，而且長得也很周正。要知道好多高門子弟從小都嬌生慣養，所以多數都養成了紈袴子弟。這個沈彬跟她那個不成器的弟弟薛義差不多年紀，可是那個薛義哪裡有個讀書人的樣子，簡直就像市井無賴一樣，可見沈家的家風還是很好的。

沈彬和沈杉走後，姚氏笑道：「弟妹，二叔又出去了？」

「嗯，說大營裡有事，一早就走了。」無憂點了點頭。

聞言，姚氏則嗔怪地道：「這個二叔，你們新婚燕爾的，怎麼也不在家裡多陪陪妳呢？

等下次我看見他，大嫂幫妳說說他，妳是個新媳婦不好意思。」

姚氏的話讓無憂面上一紅，趕緊道：「大嫂管理著家事，本來就工作繁忙，不勞大嫂費心了。再說男人總要以事業為重，我和他……畢竟來日方長，也不急在這一時。」

聞言，姚氏便笑著對坐在一旁始終沒有說話的沈鎮道：「你聽聽，咱們這個弟妹多會說話，一看就是個賢妻良母，二叔還真是有福氣呢！」

「大嫂言重了。」無憂微微一笑，感覺這個姚氏就會開個玩笑什麼的，讓人好是沒有意思。

這時候，沈鎮說話了。「弟妹，妳別笑話，妳大嫂就是個愛說笑的脾氣，這輩子是改不了了。」

聽到這話，姚氏卻是搶白道：「我生來就是個愛說笑的，為什麼要改啊？怎麼？你是不是喜歡那始終不說一句話像個悶葫蘆似的？」隨即，姚氏的臉上便帶著一抹拈酸吃醋的模樣。

聞言，無憂暗想——這始終不說一句話像個悶葫蘆似的人，說的大概就是曹姨娘吧？果不其然，隨後沈鎮便道：「妳又在胡說什麼？真是的。」臉上便稍稍帶著一抹不耐煩。

正在這時候，一個丫頭進來向春花稟告了幾句，春花便笑著對姚氏回稟道：「奶奶，門上送來一張六安王府的請柬，說他們家的世子剛剛得了一位小公子，請您和老夫人下個月初六去喝弄璋之喜的喜酒。老夫人讓您帶著管家婆子上庫房裡去看看有沒有一、兩件像樣的賀禮，如果有的話，就找出來趕快派人送去，如果沒有就派人出去採辦，可別晚了再送去失了禮數。」

聽到這話，姚氏道：「妳把周新家的叫上來，讓她跟我一起去庫房裡查找。」

「周新家的已經在外面候著了。」春花回道。

「知道了。」姚氏點了點頭，然後滿臉堆笑地對無憂道：「本來弟妹來了，我這個嫂子應該多陪妳說說話，可真是不巧，母親交代了我這件要緊的事，不如妳在這裡再坐一坐，讓妳大哥陪妳說說話，我得先去辦事了。」

無憂趕緊站起身來，道：「母親的事情自然是要緊的，我只是來看看兩位姪兒，現在看過，自然也要回去了。」

看到無憂要走，姚氏卻是不讓，推著讓她坐下道：「怎麼我走妳也走？哪裡有剛來就走的道理？我剛才已經讓丫頭們去給妳取昨兒妳大哥朋友送來的杏梅了，那可是貢品，只有那麼一小筐，給母親送了一半去，現在也沒有幾個了，妳就嚐兩個好了，也是妳大嫂的一片心不是？」

看到姚氏如此熱情，無憂推脫不過，只得點頭笑道：「那無憂就受之不恭了。」

「對了，我還有一些家務上的事要跟妳說呢，等我忙完了，晚一些就去妳那裡，我先走了啊。」說著，姚氏抬頭望了沈鎮一眼，便趕緊帶著春花出去了。

等姚氏走了之後，沈鎮笑道：「妳大嫂就是這個脾氣，嘴巴上什麼都說，她要是有什麼說不對的地方，妳多擔待就是了。」

聽到這話，無憂趕緊道：「大嫂是個熱情的人，並沒有說不對的地方，大哥您多慮了。」

聞言，沈鎮一笑，眼眸掃了一眼八仙桌上那些毛筆硯臺之類的東西，說：「弟妹妳也太客氣了，他們小孩子家的隨便準備個東西就好，何必如此破費？二弟他一向豪爽，視金錢如糞土，不過以前畢竟他是一個人吃飽了全家不餓，現在他已經成家，以後你們還會有自己的兒女，所以妳要勸他這豪爽的脾氣得改一下，要不然你們以後過日子會有難處的。」

聽到這話，無憂抬頭望了沈鎮一眼，他的話雖不多，但是句句在理，而且也真的都是為了自己親兄弟打算，怪不得他們兄弟之間的感情如此好，兩個人都是為對方可以掏心掏肺的，大概就跟她和姊姊有些一樣吧？本來她對這個安定侯的印象還算不錯，如此一來，她感覺這位安定侯真的是位很好的大哥了。下一刻，無憂便笑道：「我一定會多勸勸二爺的，只是俗話說的好，江山易改本性難移，一個人的性子大概也是很難改的。再說二爺和大哥兄弟情深，自然也會疼愛兩位姪兒，給什麼二爺也不會心疼的。」

聞言，沈鎮點了下頭，道：「我自己的兄弟我自然知道，他的性子確實難改。」

「無憂還要謝過大哥給我們的賀禮呢！」無憂見這一會兒四下無人，便趕緊說出感謝的話。畢竟那個羊脂白玉的玉珮是沈鎮背著姚氏給她和沈鈞的，她也只能撿著姚氏不在的時候感謝了。

聽到這話，沈鎮微微一笑，道：「只要妳和二弟喜歡就好，我這個大哥現在是什麼也為你們做不了了。」

「大哥還說二爺豪爽，其實大哥對我們才是豪爽的。東西還在其次，難得大哥的一分心。」無憂由衷地道。

「我們兄弟之間自然應該是肝膽相照的，倒是妳和二弟……以前我還擔心了一陣子，現在看來你們相處得還算不錯，我也就放心了。二弟是有些自負的人，其實妳也不是一般的女子，你們倒也很般配，沒想到聖上會給你們賜婚，也算成就了一段良緣。」沈鎮忽然話鋒一轉道。

突然聽到這話，無憂有些雲山霧罩的，不過想想好像他也沒有看出什麼來，大概也就是心裡有些擔憂吧？畢竟這個沈鎮不是糊塗人，又極瞭解沈鈞，估計是沒想到沈鈞會這麼容易就接受了自己，並且還對自己算是寵愛有加吧？沈鎮愛怎麼想就怎麼想吧，畢竟她也左右不了他的想法，不過她知道這個沈鎮不是個多事的人，拿他並沒有對任何人提起她女扮男裝為他看病的事就知道了。無憂便道：「說起來無憂還有一件事想感謝大哥，而且還想問問大哥的意見。」

「什麼事？」沈鎮聽了挑一下眉頭，顯得有些好奇。

無憂有些不好意思地笑道：「就是我當日女扮男裝自稱小王來給您看病的事，現在老夫人和二爺都還蒙在鼓裡，要是知道了肯定會怪我愚弄他們的。」

聞言，沈鎮想了一下，然後說：「這件事我沒有告訴任何人，就是想著我說破了肯定會讓他們怪罪於妳。可是這件事遲早也會紙包不住火，總有一天他們都會知道。身為大哥我勸妳一句，還是早日說破了為好。」

「無憂會遵照大哥的意思，把當日的來龍去脈都說明白。無憂實在也是為了行醫方便才女扮男裝的，本來以為為大哥醫好病之後也就沒什麼來往，可是誰承想聖旨一下，我竟然成了沈家人，也真是世事難料。」無憂感慨地道。

「放心，老夫人和二弟都是通情達理的人，妳說過之後，我會幫妳善後的。」沈鎮很認真地保證道。

「那就謝過大哥了。」無憂笑道。

這時候，穿著桃紅色比甲的小丫頭端著透明的水晶盤子走進來，那水晶盤子裡放著十數個橘色小雞蛋大小的杏梅，配上那水晶盤子，確實很鮮豔欲滴。只見那小丫頭把手中盤子雙手恭恭敬敬地放在八仙桌上，然後低首道：「二奶奶，這是我們大奶奶吩咐奴婢給您嚐的杏梅。」

「好。」無憂點點頭，那丫頭才退了出去。

掃了一眼那碩大的杏梅，無憂笑道：「大哥嚐一顆吧？」

「我一個大男人家，不喜歡這種酸酸甜甜的東西。」沈鎮擺手笑道。

「那無憂就拿兩顆嚐嚐，剩下的還請大嫂自己享用吧！」說著，無憂便真的從那盤子裡拿了兩顆，然後福了福身子道：「大哥沒有別的教誨，無憂就先行告退了。」

「不送妳了。」沈鎮只是站起身子，畢竟腳步還走得不怎麼利索。

走出沈鎮夫婦的屋子，無憂便把手中的兩顆杏梅放在衣袖之中。杏梅她見過，當然也吃過，只是像這麼大的杏梅還是第一次見到，而且那顏色也極其鮮亮，果然是貢品，自然和一般的不一樣。

在外面候著的春蘭見無憂出了姚氏的屋子，趕緊上前笑道：「二奶奶出來了？」

「嗯。」無憂點了點頭，伸手放在腦門上，看了看耀眼的太陽，大概也就正午剛過不久。這個時候正是人犯睏的時候，她也沒有多少精神，想回去小憩一會兒。

剛出了沈鎮和姚氏居住的院子，踏上一道迴廊，不想後面就傳來一聲細弱的女音。「二奶奶請留步。」

突然聽到這聲音，無憂頓住腳步，轉頭一望，只見是曹姨娘站在不遠處。她快步走了過來，福了福身子道：「妾身拜見二奶奶。」

見此，無憂趕緊虛扶一把，道：「都是自家人，不必拘禮。」這個曹姨娘長得弱柳扶風，性子又極其謙卑，連說話都不敢大聲的，一雙眼睛也是怯怯的，無憂一看到她，心底就有一種酸酸的感覺。

那曹姨娘從衣袖裡摸出一個繡得很精緻的荷包來，雙手遞給無憂道：「這是妾身送給二爺和二奶奶的賀禮，如果二奶奶您不嫌棄，就拿著玩吧！」

聽到這話，無憂低頭看了一眼曹姨娘手上的荷包，只見這個荷包的針腳功夫很是細緻，繡的花樣是鴛鴦戲水，一對交頸鴛鴦遊戲在水間，很栩栩如生，雖然東西不大，但明眼人一看就知道繡工很是了得。

無憂凝視荷包的時候，曹姨娘有些訕訕地道：「我也沒有什麼好送給二奶奶和二爺，就會繡個東西什麼的。您要是不喜歡這個樣子，我可以再給您繡別的花樣。」說著，就要縮回手去。

見狀，無憂知道她誤會自己了，便趕緊伸手從曹姨娘手中拿過那個荷包，笑道：「不用了，這個樣子我就很喜歡，謝謝妳。」

「您喜歡？那就太好了。」聽到無憂說喜歡，曹姨娘高興地滿臉帶笑。

見就這樣站著說話，無憂便笑道：「不如去我那裡喝杯茶水再聊？」

聽到這話，那曹姨娘的眼眸中先是閃亮了一下，然後好像忽然想到了什麼，眼眸一垂，微微笑道：「不用了，大奶奶說讓我沒事不要到處去串門子，兩位公子的針線活我還沒有做完呢！」

那楚楚可憐的模樣簡直讓無憂的心都化了，雖然覺得有些過分，但她終究還是不能說什麼，只是道：「那妳什麼時候閒了，就什麼時候到我那裡坐坐吧！」

「好。」曹姨娘點了點頭。

「那我先走了。」說罷，無憂便收起那荷包，轉身走了。

回去的路上，想想剛才曹姨娘那可憐見的模樣，無憂真的心裡很不怎麼舒服。這時候，春蘭殷勤地上前輕聲勸道：「二奶奶，您最好不要和曹姨娘走得太近了。」

「這是為什麼？」無憂好奇地問。

「在沈家大奶奶最忌諱的人就是這位曹姨娘，您要是跟曹姨娘走得太近，讓大奶奶知道了，不就是得罪了她嗎？」春蘭笑道。

聽到這話，無憂點了下頭，心想——這大宅門裡的事和人就是複雜。

「您要知道現在這沈家可是大奶奶當家，雖然她上面還有老夫人，可是老夫人畢竟年紀大了，好多年前就不怎麼管事，只是大事上過問一下。大爺行動不便，二爺又是長年在外，家裡的事都是大奶奶作主，您犯不著為了曹姨娘而把大奶奶給得罪。再說您又是初來乍到，大奶奶在這府裡可是根基很深重。」春蘭好意提醒著。

聽罷，無憂看了春蘭一眼，春蘭趕緊低首道：「二爺不是說以後奴婢怎麼伺候二爺就怎麼伺候二奶奶嘛，所以奴婢一心都是為自己的主子著想，奴婢可不能看著主子吃虧。」

聞言，無憂便笑道：「妳的心我都知道，只要妳是一心為了主子，主子當然心裡有數。有的人就喜歡陽奉陰違，其實心裡打什麼主意我都明白，只是大家都留著點面皮不想說破罷了。妳放心，只要妳是一心為主，我自然不會虧待妳的。」

無憂這幾日冷眼旁觀著，感覺春蘭是個伶俐之人，也很守自己的本分，對自己也算是殷勤恭敬。不像那個秋蘭，雖然也恭敬，但一見了沈鈞，就有意無意地僭越自己的本分，這可是個大忌。她這幾句話就在警告春蘭，秋蘭的想法她並不是看不出來，只不過不想理會罷了。

聽到這沒來由的話，春蘭也是個剔透的人，知道必有緣故，大概說的是秋蘭吧，便趕緊低首道：「二爺和二奶奶都是奴婢的主子，奴婢願做二爺和二奶奶的牛馬。」

看到春蘭很恭敬，且這個人倒也算是本分，無憂便伸手拍了拍春蘭的手，道：「好了，既然妳拿我當主子，我自然也會把妳當作自己人，以後有什麼事但凡我能辦到的，只管跟我說就是。」

見自己博得了二奶奶的信任，春蘭笑著點頭。「謝二奶奶。」

無憂點了下頭，一邊繼續往前走一邊問：「大爺是不是不怎麼喜歡那位曹姨娘啊？」

聽到主子的問話，春蘭趕緊上前道：「是啊，大爺大概一年半載的也不會去曹姨娘的屋子，這曹姨娘也就是隔幾天能跟大爺打個照面而已。大奶奶可是防著這位曹姨娘呢，一般她不在的時候，都安排自己的心腹丫頭在一旁守著，所以這位曹姨娘根本連個體己話都跟大爺說不上。」

聞言，無憂不禁一笑，道：「看來這位大奶奶倒是挺愛吃醋的。」這也難怪，誰能容許別人來搶自己的丈夫呢？在古代都講究什麼三從四德，尤其是不能嫉妒，有些妻子為了顯示自己的大度，還主動為丈夫納妾。其實哪裡是不吃醋，只是都積在心裡罷了。

「二奶奶您有所不知，咱們下人在私下裡都說別人是吃醋，大奶奶啊，卻是醋缸。」春蘭在無憂的耳旁低聲道。

聽到這話，無憂忍不住噗哧一聲笑了，春蘭也跟著在一邊笑。笑過之後，無憂指著春蘭道：「妳們這些奴才就是這樣，閒來沒事的時候就愛編排主子。」

一聽這話，春蘭趕緊誠惶誠恐地低首道：「像奴婢這樣的小丫頭自然是不敢的，這些話都是那些上了年紀的嬤嬤們、要不就是那些有臉面的管家娘子們說的。像奴婢這樣沒臉的，打死也不敢說，只在一旁聽聽罷了。」

說話間，二人已經回到自己的院子前，無憂最後轉頭低聲吩咐道：「妳在沈家也算是老人了，我雖然是個主子，但畢竟初來乍到，我身邊的人也對這裡生疏得很，不像妳們是門兒清，以後但凡聽到什麼要緊的話要緊的事，都記得來回稟我一聲，記得咱們可是一榮俱榮，一損俱損的。」

「奴婢記下了。」春蘭趕緊低頭應聲道。

無憂揮了下手道：「我也累了，進去歇歇，妳也去吧！」說完，便轉身朝屋子裡走去。

第三十六章

姚氏帶著周新家的和春花等到庫房挑選了幾樣像樣的賀禮，命人給六安王府送了過去，便緊趕著回來。

進了屋子，一看只有沈鎮一個人靠在榻上看書，姚氏不禁道：「我緊趕慢趕的，老二家的還是走了？」

沈鎮抬眼望了姚氏一眼，回答：「妳走了，就剩下我一個大男人，她還留在這裡幹什麼？」

姚氏轉身坐在八仙桌前，笑道：「要說也是，這大伯子和兄弟媳婦單獨在一起是好說不好聽的。」

聞言，沈鎮的臉色一沈，帶著幾分訓斥地道：「妳在胡說些什麼？這話要傳了出去，還不知道要被有心人編排成什麼樣子？妳是不是嫌過得太平靜了？」

這十年來，除了因為得病以外，沈鎮很少對姚氏落臉，姚氏一見沈鎮發怒了，趕緊起身，笑著上前坐在榻上，柔聲道：「我只是隨口一說罷了，您還真生氣了？」

姚氏的話讓沈鎮的臉色稍稍緩和了一下，才道：「別的妳說什麼都無所謂，這種事可以亂說嗎？」

「是、是，都是我的錯，行了吧？大爺您要是不解氣的話就打我兩下？好不好？」姚氏伸手拿起沈鎮的手便往自己身上打。

「好了，讓下人們看到成什麼樣子？」沈鎮這時候的語氣明顯地緩和下來。

見沈鎮不生氣了，姚氏便忽然道：「要我說這位弟妹也真是小氣，就送個破硯臺毛筆什麼的，唉，到底也是小家小戶出身的，家底子薄，又沒見過世面，估計還以為這東西咱們有多麼稀罕呢！」姚氏出身地位不高，平時最忌諱別人說自己的出身，以前還擔心沈鈞娶一門門第高的親那可是會把她給比下去，可是現在看來倒是多慮了，因為這薛家的門第還沒有他們姚家高呢！

沈鎮正色地道：「妳知道什麼？這硯臺可是製硯大師諸葛神侯的作品，可說是千金難求；這雲龍墨是古墨，製墨之人早已經作古，雲龍墨留傳在世的不多，更是一墨難求；這狼毫筆雖然沒有那硯臺和雲龍墨珍貴，也是榮寶齋的東西，是讀書人最為喜愛的。」

聽到這話，姚氏不禁瞪大眼睛，不可置信地道：「千金難求？那這兩方硯臺，還有那什麼古墨能值多少銀子？」

「那些東西沒有一萬也要七、八千兩銀子才能買到，妳替兩個孩兒把東西收好了，等他們長大一些再交給他們，那幾枝筆就讓他們用著吧！」沈鎮道。

聞言，姚氏自然納罕不已，然後一邊為沈鎮捏著腿一邊道：「這麼昂貴的東西肯定是二叔為弟妹準備的，這個老二真是會給他媳婦做臉呢！」

「二弟一向對咱們家裡人是大方得很，妳以後不要苛待這位弟妹才是。」沈鎮告誡道。

聽了夫君的話，姚氏笑道：「我怎麼敢苛待她呢？老二現在這麼寵她，要讓老二知道了還不得找我這個大嫂算帳啊？」

「二弟一向為人豪爽，家裡的花銷大部分都是他的俸祿銀子、還有皇上的各種賞賜，以前他沒成家也就算了，現在他已經成家，說不定馬上就有自己的孩子，妳以後不要再要他的銀子，讓他也有一點自己的積蓄才是。再說現在又有了弟妹，不要因為這些讓咱們家裡不和睦才是。」沈鎮用柔和的語氣道。

聞言，姚氏卻是一臉的委屈。「夫君，你以為我想回回都要二叔的銀子嗎？可是我又有什麼辦法呢？你只有這個世襲的俸祿銀子罷了，一年到頭算上賞賜也就是千八百的銀子。老爺子在世的時候是兩袖清風，根本就沒攢下什麼，就是城外還有幾百畝的地罷了，連個莊子都沒有，你看看哪一家有爵位的人家沒有十個、八個的莊子啊！咱們家又大，人又多，你說要不是二叔拿回來這些銀子，這個家早就賠淨了。

「你以為我那麼好意思次次都向二叔伸手啊，還不是要給你治病嗎？這些年給你治病的銀子不知道花了多少，以前的都打了水漂，就是這次小王大夫的辦法有效，不過也確實花了二叔二、三千兩銀子。再說我也沒有伸手管他要，你和二叔畢竟兄弟情深，都是他主動拿出來的。對了，二叔說了以後會一直都照顧咱們，直到彬兒和杉兒成家立業之後呢！」

聽到這話，沈鎮不禁皺了眉頭，問：「是妳逼著他答應的？」

「天地良心，我什麼都沒有說，都是二叔他自己說的。」姚氏指天發誓道。

「那怎麼可以？彬兒雖然已經十六歲，可是杉兒才十一歲，等到他們都成家立業少說也要十年，難道還要讓二弟養咱們十年不成？」沈鎮想想就不忍心，這些年他可是把弟弟給拖累了。

見沈鎮皺了眉頭，姚氏趕緊道：「夫君，你別發愁，我以後會勤儉持家，減少用度的。」

「都怪我不爭氣，如果我當年沒有摔壞腿，還能征戰沙場，和二弟一樣建功立業，哪裡還用操這些心？」沈鎮非常自責地道。

姚氏卻道：「雖然話是這麼說，但是我私心裡倒覺得你現在這個樣子挺好的。」

「為什麼？這十年妳不是一直都希望我的腿能治好趕快站起來嗎？」沈鎮疑惑地望著姚氏問。

姚氏微微一笑，神色有些羞赧地道：「說實話，如果不是你的腿走不了路，這十年我能寸步不離，時時刻刻都在你身邊嗎？」

聽到這話，沈鎮的眉頭一皺，眼神也幽亮起來，眼神緊緊地盯著眼前的人兒，問：「雖然妳可以分分秒秒都在我的身邊，可是妳守著一個廢人又有什麼用？」

聞言，姚氏伸手便按住沈鎮的嘴巴，微微擰著眉頭辯解道：「誰說你是廢人？無論你能走路也罷、不能走路也罷，你都是我的夫君，我的天。」

聽到這話，沈鎮的心莫名地一緊，隨後，便伸出自己的手臂，一把將姚氏的肩膀摟了過來，讓她靠入自己的懷裡。也許曾經她並不是他所嚮往的那個人，但是她卻成了他的妻子。有時候他還嫌她有些嗆俗，對待別人有些刻薄，但是不可否認，她對他卻是義無反顧，就連他的母親沈老夫人都沒有她對自己來得細心周到。雖然十年不能走動，但她就是這樣守在自己的身邊，沒有一刻的懈怠，更沒有一次的嫌棄，此刻聽到她這麼知足的話，他的心都在隱隱作痛了。其實，他對她的感情並不是在新婚開始，也不是在生育兩個兒子之後，卻是在他的腿殘廢了之後。

沈鎮是十分內斂的人，很少向姚氏表達什麼感情，所以姚氏依靠在丈夫的懷裡，嘴角早已經幸福地抿起甜美的笑容……

天色漸暗的時候，無憂坐在八仙桌前擺弄著幾張藥方，忽然聽到外面傳來兩聲對話。

「二奶奶在屋裡嗎？」姚氏帶著春花步入沈鈞和無憂住的院子。

「大奶奶，在的、在的。」春蘭趕緊回道。

聽到這話，姚氏笑道：「趕快去通報一聲，我在這裡等著。」

「大奶奶稍等。」春蘭趕緊應聲。

在屋裡的無憂聽到這話，雖然不知姚氏怎麼突然這個時候來了，但還沒等春蘭進來通報，便趕緊起身走出屋外迎了出去。看到姚氏笑嘻嘻地站在院落裡，無憂跨出門檻，笑道：

「大嫂來了?何必通報，進來就是了。」

看到無憂出來，姚氏便上前拉住無憂的手，笑道：「妳和二叔新婚燕爾的，我哪裡能隨便進呢，我可是不想打擾了你們小夫妻。」

姚氏的話讓無憂的臉立時紅了起來，隨後趕緊笑道：「大嫂哪裡的話，二爺並不在家。」

聞言，姚氏嗔怪地道：「這個二叔真是的，有這麼好的新媳婦，不在家陪著又忙去了。不過妳也不要太在意，我剛嫁進來的時候，妳大哥也是這樣的。而且妳大哥對我可沒有像二叔這樣對妳溫柔又體貼，好多時候幾天都跟我說不上兩句話的。」

「好像他們兩兄弟都不怎麼愛說話，二爺也是沒有什麼話。」這一點沈鎮和沈鈞倒還挺像的，只是沈鎮是個儒將，有些溫潤如玉的樣子，沈鈞就是個硬漢型，有時候冷硬得像石頭。

「不說他們了。對了，這院子裡、屋子裡還少什麼東西沒有?要是少了什麼儘管跟我說，我去庫房裡給妳找去，要是庫房裡再沒有，我就吩咐外面採辦的給妳買去。」姚氏很是熱心地道。

「已經很周到了，並沒有少什麼。」無憂笑道。

「可能妳一時還想不起來，等什麼時候想起來，派個人來回我也是一樣的。」姚氏笑道。

「好。」無憂點了點頭。

隨後，姚氏拿著手絹衝院子裡的幾個大丫頭和小丫頭、婆子們喊道：「妳們都給我伺候好了二奶奶，不許偷懶耍奸的，有一點對二奶奶不敬，看我不揭了妳們的皮。」

姚氏瞪著一雙丹鳳眼，態度很嚴厲，大概平時管家嚴格，下人們都很怕她，聽到這樣的訓斥，院落裡的下人們紛紛道：「奴才們絕對不敢的。」

看到這個姚氏如此潑辣，家奴們也都怕她，無憂便笑道：「大嫂不用多慮，她們這幾天都伺候得很周到。」

聞言，姚氏笑道：「那是最好了，要不然二叔怪罪我這個嫂子沒有照顧好妳，我在妳大哥那裡可是要挨罵的。」

進了屋後，無憂請姚氏上座，趕緊吩咐連翹和玉竹沏茶拿點心過來。喝了口茶，寒暄兩句之後，姚氏便道：「弟妹，二叔屋裡那些奴婢們用得還順手嗎？如果人手不夠，我就再給妳撥幾個過來。」

「人手已經夠多，二爺屋裡的人不少了，何況我家裡也陪嫁幾個丫頭和陪房過來。」無憂笑著拒絕了。

「對了，說到陪房，弟妹的陪房我還沒見過呢，多大年紀？擅長什麼？」姚氏忽然問。

見姚氏問了，無憂便回答：「歲數不大，就是和我差不多，也是剛娶了一房媳婦。因為以前他的父母都是我父母身邊得力的人，便叫他們小倆口陪著我嫁過來。」

姚氏點了點頭，又道：「弟妹，我的陪房以前也是父母身邊得力的人，別看以前沒見過什麼世面，這十幾、二十年在這府裡到底也是歷練過來的，所以現在用著都還順手。咱們家陪著女主子嫁過來的陪房，在沈家都是得臉的，畢竟是女主子的娘家人，所以陪房的家眷都是跟著這裡得臉的管家娘子一起管家。不但是我帶來的周新家的，就是以前陪著老夫人嫁過來的陪房王海家的，也跟著老夫人管了好些年的家，只是前幾年歲數太大，才送出去養老了。」

聞言，無憂心想——姚氏是想說什麼？是不是要給旺兒和旺兒家的安排什麼事做？無憂沒有言語，暫且聽聽姚氏怎麼說。

隨後，姚氏便笑道：「所以我今日來問問弟妹，妳的陪房想讓大嫂給他們安排個什麼差事？」

說了這些，無憂大概聽明白了，什麼姚氏的陪房以前沒有見過什麼世面，也是在底下歷練這些年，這意思很明白，太重要的差事是不會給的。雖然她這樣詢問自己，只不過是給自己幾分面子。而且安排女主子的陪房管家也是大宅門裡不成文的規定，就是婆家表示對嫁過來的女子的重視，現在她直接問自己，只不過是做做樣子罷了，省得到時候讓人抓住什麼話柄。

無憂便笑道：「大嫂，旺兒他們兩口子不但年輕，來的日子又淺，以前也沒有見過什麼世面，我想大嫂還是先不要給他們安排什麼差事。一則，我還有個小莊子，旺兒他們兩口子平時也要給我打理一下。二則，旺兒他們也該冷眼旁觀，先在這府裡學學大嫂的陪房他們是怎麼做事，萬一交代給他們什麼事卻辦砸了，丟的可是咱們侯爺府的臉，您說是不是？」

聽到這話，姚氏先是愣了一下，大概沒有想到無憂會這麼說吧？她怎麼也以為無憂會為自己的陪房爭上一爭的，畢竟這府裡有實權的位置還是不少的，當年她也是費了九牛二虎之力，才讓自己的陪房周新兩口子都管上肥缺。眼眸一轉，姚氏笑道：「弟妹，妳說得倒也是在理，只是不給妳的陪房安排任何差事，這要是母親問起來……」姚氏自然知道沈老夫人哪一天想起來說不定就問了，她可是不能把不給二房陪房安排個像樣的差事，這個罪名給擔下來。

無憂自然知道姚氏的意思，笑道：「大嫂，如果母親問起來，您就把我的意思告訴母親就是。等旺兒兩口子歷練好了，也熟悉這府裡的事情，到時候再請大嫂給他們安排事情做也是一樣的。您說是不是？」

「哦，這個當然，咱們妯娌自然是好說話。」姚氏趕緊道。

「大嫂嚐嚐這點心，我身邊一個丫頭做的，和外邊買的味道不一樣。」無憂笑看著連翹把一碟點心放在姚氏的面前。

隨後，姚氏便伸手拿一塊帶粉紅色心的卷糕，放在嘴裡，竟然入口即化，美味異常，她咀嚼了幾口之後不由得讚嘆道：「嗯，這個點心真是不錯，別說外面買的，就是咱們府裡自己廚子做的也沒這個好呢。弟妹，妳身邊還有會做這樣點心的丫頭呢！」

無憂笑道：「大嫂要是喜歡吃，我讓那個丫頭明日多做些，給妳和大哥送去嚐嚐。」

「那我可就不客氣了。」姚氏笑道。

「咱們都是一家人，客氣不就見外了嗎？」無憂笑道。

姚氏喝了一口茶水，又說：「對了，弟妹身邊一共帶來幾個人？我好登記入冊，讓他們從這個月起就發月錢。」

「也沒幾個人，只是四個丫頭還有一個陪房他們兩口子罷了。」無憂回答。

姚氏想了一下，道：「二爺身邊的大丫頭都是一兩銀子一個月，弟妹身邊的這四個丫頭也算是跟二爺身邊的大丫頭一樣吧，也一個月一兩銀子。至於那個陪房的娘子也算是一兩銀子一個月，陪房的爺們就依照周新的例，二兩銀子一個月，弟妹妳看怎麼樣？」

「大嫂定奪就是。」無憂笑道，心想——既然都有例子，都循著例辦就好了。她的人自然不比別人高多少出去，可是也不能比別人低。這一點無憂還是放心的，畢竟姚氏管家這麼多年，這點道理她還是懂得。

聽到這話，姚氏笑道：「那我就按這個例定了月錢，等月底由帳房一併發出來就是。」

「嗯。」無憂點了點頭。

又說了一會兒話，姚氏便道：「天色不早了，妳那兩個姪子也要回來了，我先回去了。」

見姚氏要走，無憂便起身道：「大嫂慢走。」

「不用送了。」說了一句，姚氏便起身離去。

送走了姚氏後，連翹忍不住問：「二小姐，剛才大奶奶說要給旺兒和旺兒媳婦安排差事，您怎麼不答應啊？跟您陪嫁過來的人本來就少，好多事情我們四個丫頭根本就湊不上前，只能在您和二爺身邊做個倒茶斟水的事。可是旺兒和旺兒媳婦不一樣啊，旺兒可以奔走外面的事，旺兒媳婦可以跟著管家娘子管家。」大概玉竹也很想知道原因，雖然沒有言語，也在一旁聽著。

無憂掃了連翹和玉竹一眼，輕描淡寫地道：「妳以為大奶奶會給旺兒和旺兒家的安排個什麼差事？」

聞言，連翹也扯了下嘴角，冷笑道：「奴婢看這位大奶奶特別精明，那肥缺自然是輪不到咱們的，不過好歹能給個體面的差事啊。」

聽到這話，無憂道：「只不過臉上風光一點罷了，大奶奶是不會把好差事白送給咱們的，所以倒還不如不要，落個清閒，再說莊子上的事情也需要旺兒他們去打理。」

無憂的話讓連翹點了點頭，說：「要說也是，給的差事估計也就是白費力氣罷了。」

一旁的玉竹卻道：「可是長此以往家裡的好多事情咱們可能都沒法知道，更別說能參與進去了。」其實，在大宅門裡生活過的人都知道，體面的奴才可是比那不吃香的主子都強，尤其好多有權勢的主子都是替自己的心腹們去謀求有實權的差事。那些差事裡的油水就不必說，好多事情主宰權在哪個奴才手裡，就意味著在那奴才的主子手裡。

聽到玉竹的話，無憂微笑道：「當然不能長此以往，等到咱們的話有分量的時候，我自然會向老夫人和大奶奶提的，到時候她們自然得給一份體面的差事做。如果現在急於求成，雖然捨出這張臉能求一份差不多的差事來，可要是想再換個更好的可就難了，而且還會說咱們挑三揀四，落個不好的名聲。」

聽了無憂的話，玉竹笑道：「還是二小姐想得周全。」

「可是咱們什麼時候說話能有分量啊？」連翹是個急性子。

「等待時日吧！記住心急吃不了熱豆腐。」說罷，無憂便伸手拿過一本書來悠閒地翻看著。

正在說話之際，只見秋蘭走進來，低首稟告道：「稟告二奶奶，二爺差人捎話回來說今晚上不回來吃晚飯，他出去會朋友，可能會晚回來，讓二奶奶不必等他。」

聽到這話，無憂點了下頭，道：「知道了。」

秋蘭剛退出去，春蘭又走進來，笑著道：「二奶奶，晚飯準備好了，要不要擺飯？」

「擺吧！」無憂道。

用過飯後，玉竹便進來回道：「二小姐，我哥哥旺兒有事來回您，現在正在院子外候著呢！」

無憂心想——自從嫁到這沈家幾天了，她也沒有見過旺兒他們兩口子，便趕緊道：「快讓他進來。」

玉竹應聲去了，過一會兒，玉竹便領著旺兒進了屋子。

旺兒走到屋子中央，低首作揖道：「旺兒給二小姐請安。」

無憂點了點頭，對玉竹道：「趕快給妳哥哥拿個小腳踏來坐下回話。」

玉竹趕緊搬了個小腳踏過來，旺兒道了謝後，便坐在小腳踏上。無憂又賞了旺兒一碗茶喝，隨後才問：「你和你媳婦在二門外的院子裡住得可好？」

旺兒回道：「好，沈家的管事給安排了一個三間房的小跨院，家用器具倒也齊全，這府裡的規矩也有個年長的嬤嬤來給說兩遍。就是一直都沒有安排給我們兩口子事做，整日還是有些閒得慌。」

無憂點了下頭，又問：「我已經和大奶奶說過，就先不給你和你媳婦安排差事，這些日子你就先替我管著莊子、製藥作坊以及那些田地的事，餘下的時候你和你媳婦也可以偷偷懶先歇一段日子。」

旺兒有些詫異，張了張嘴巴想問，可是又不太敢問。

見狀，無憂笑道：「我知道你要問什麼，我也不和你多說，一會兒讓你妹子告訴你就是了。呵呵，其實就算我不說，你妹子也會告訴你緣故的。」

一旁的玉竹趕緊誠惶誠恐地道：「二小姐，玉竹從來不敢把主子的話私自傳給家裡人的。」

聞言，無憂笑道：「我知道妳是個本分的，妳雖然年紀不大，但是也知道輕重，明白有的話可以說，有的話不可以說。」

聽到這話，旺兒趕緊道：「二小姐，玉竹她年紀小，如果有做得不對的，您儘管教訓就是。」

掃了一眼他們兄妹二人緊張的神色，無憂輕笑道：「我只是隨口說一句罷了，你們不用緊張。我自然知道你們平時都是勤謹的。對了，旺兒，你和你媳婦雖是閒著，但也要眼觀六路耳聽八方。這府裡不比咱們薛家人少事少，這府裡上上下下主子奴才大概有一百多口子，更別提那來往的親戚朋友什麼的。所以這裡的事情你們都要留意一些，咱們初來乍到的，萬事只能靠自己了。」

「是，旺兒記下了，二小姐放心就是。我家裡的那位是個愛說笑的，人也活絡些，來沒幾天就跟幾個嬸子大娘們混熟了，只是二門外面沒有什麼特別得臉的，都是些二流的下人們。」旺兒回道。

「也別小瞧了那些二流的下人，誰沒有個三親六眷的，朝廷還有幾門子窮親戚呢！再說人的時運說不定什麼時候就來了，得臉的也會變成不得臉的，二流的下人有時候也會變成一等的管家娘子。這就是三十年河西、三十年河東的道理。」無憂微笑道。

「二小姐說得極是，所以三教九流的朋友咱們都是得交，有時候在人家貧困時幫一把，說不定以後飛黃騰達了就輪到人家幫咱們。有些人眼皮子淺，只顧著眼前，不但讓人家說勢利眼，到最後終究還是要吃虧的。」旺兒趕緊附和道。

「你們都明白這個道理就好。」無憂點了點頭，又問：「對了，茯苓和百合在你那裡怎麼樣？」

「那兩位姑娘沒事都待在屋子裡做針線活，不怎麼出來，二門外也都是些嬤嬤婆子們，要不然就是幹粗活的小丫頭，跟她們也沒有什麼話說。」旺兒趕緊回道。

無憂喝了一口茶，然後說：「那個茯苓做的糕點不錯，明兒一早你讓她到我這邊來多做些糕點，我要送老夫人和大奶奶她們嚐嚐。」

「是。」旺兒趕緊點頭。

「對了，明兒讓你媳婦去買些柔軟的布料給百合，讓她做些剛出生的小孩子的衣服、小被子、鞋子什麼。對了，讓你媳婦去大的布店買，價錢貴一點不要緊，布料都要上等的。」

無憂突然吩咐道。

聽到這話，旺兒愣了一下，心想——二小姐這是怎麼了？怎麼突然要起剛出生孩子的衣服、東西來？難不成二小姐有了？這也不太可能啊，因為二小姐才嫁過來沒幾天啊……帶著疑惑，旺兒先是點了點頭，應聲道：「明兒我就讓我家那口子買去。二小姐，您怎麼突然要起剛出生孩子的東西來？」

聞言，端著茶碗的無憂凝了下神，輕聲道：「我要拿來送人的，讓百合做仔細一些。」

「是。」旺兒點了下頭，忽然又問：「對了，二小姐，是做女孩還是男孩的衣服？」

無憂微微一笑，說：「做男孩的吧！嗯，最好做些男孩和女孩都能穿的。」朱氏肚子裡懷的是不是男孩，她還沒有十足把握，不過好像也差不了太多。為保險起見，還是做兩手準備吧！想想自己這麼大年紀突然還會來個弟弟，倒也是滿特別的，她對那小生命的來臨還是寄予了很大的希望。

說完這些，旺兒忽然從懷裡掏出幾張銀票，笑道：「光顧著和二小姐說話，把最重要的事情都給忘了。」說著，便起身把銀票遞到無憂的面前，道：「這是昨兒孫先生親自送來的這兩個月盈利，還有額外的一張五百兩銀票，是孫先生隨的分子錢，說是就不給二小姐買什麼賀禮，也不知道二小姐喜歡什麼，就讓您自己隨便買點好了。」

無憂低首看了看手中的銀票，是三張五百兩的，一張五百兩的是賀禮，另外兩張五百兩的就是這兩個月製藥作坊的利潤。隨後，無憂轉手把銀票交給連翹道：「收好了。」連翹趕緊雙手接過銀票收起來。

「孫先生這個人很值得信賴，每次製藥作坊的利潤都按時送來。這次的賀禮五百兩實在太重，我都不好意思收了。」無憂由衷地道。

「是啊，小的每次去那製藥作坊，孫先生都拉著小的看帳本呢。小的說不看，他還不依，說是二小姐您沒時間來看帳本，那就讓小的看看，好回去回二小姐的話。」旺兒笑道。

聽到這話，無憂點了點頭，說：「孫先生是個本分人。對了，我這裡還有幾個新的方子，一會兒你走的時候帶去給孫先生，讓他照我的方子做幾種新藥試試。」

「是。」旺兒點了點頭。

「咱們去年年底買的那些地怎麼樣了？」無憂去年把所有的體己銀子都拿出來，讓旺兒悄悄地去買地，旺兒看了許久，終於在京城外不遠的地方買了幾百畝上好的肥地，無憂身邊的幾個心腹都知道這事。

「小的已經雇人都種上麥苗，等到芒種就可以收穫，現在是一眼望不到邊的青苗。二小姐，這五百畝可都是上好的肥地，離京城只有一百里不到，非常難得呢！」一提到這幾百畝地，旺兒就欣喜得不得了。

「嗯，你找個妥當的人在那邊看管，畢竟離有一百里這麼遠，別心疼那幾個錢。」無憂囑咐著。

「是、是。」旺兒趕緊點頭。

說完了正事，無憂笑道：「旺兒，你和你媳婦相處得怎麼樣？你父母可是都等著抱孫子呢！」

聽到這話，旺兒也有些靦覥，笑道：「我家那口子熱情活絡，長得也俊俏，我娘都說多虧了二小姐，要不然那劉秀才哪裡捨得把閨女許配給我旺兒這樣的人呢？」

「這話我不愛聽，這也都是你自己勤謹，換了別人，爛泥扶不上牆的也大有人在，再說你和你媳婦也是有姻緣才能走在一起。就像我一樣，誰承想能夠嫁到這沈家來？」無憂真是不敢居功，每每看到旺兒一家子都對自己感激涕零的樣子，她還真不自在呢！

「我們這樣的人怎能跟二小姐比？二小姐妙手仁心，救了不少人，肯定是感動了菩薩，菩薩才給二小姐這樣一段好姻緣。」旺兒笑道。

聽到這話，無憂不禁一笑，心想——想想她和沈鈞之間，也就他們自己知道是一場戲而已。不知道未來她和他的結局是什麼，到實在受不了時，他們該如何收場？是一紙休書，還是和離書？

無憂和旺兒幾個說了好半天的話，晚了旺兒才離開。洗漱過後，無憂隨便翻了幾本書，感覺很沒有意思，便說自己累了想睡覺，便將連翹和玉竹打發下去。

房門緊閉後，無憂穿著一身月白色的中衣，百無聊賴地在房間裡來回走著。左右望望房間裡的擺設，眼眸不經意間忽然看到放在梳妝檯上那兩顆很大的杏梅。從姚氏那裡回來後，無憂便把這兩顆杏梅隨手放在梳妝檯上，這進貢的東西就是不一樣，好大、好漂亮。

伸手拿過一顆，看了都不忍心吃。不過想想如果不吃，就實在暴殄天物，因為過不了兩天這杏梅就會蔫了吧，再兩天就會爛掉。所以無憂便把一顆杏梅遞到嘴邊，張口咬了一下。嗯，不錯，果然是酸酸甜甜的，非常好吃。不一刻的工夫，一顆杏梅就被她吃完了，只剩下一顆核。把那個核放在梳妝檯上，還想再吃另一顆，可是剛想張嘴，忽然想到了沈鈞，是不是給他留一顆？可是自己又想吃，猶豫了一下，還是決定不吃了，畢竟這個沈鈞對她不錯，有好吃的東西還是留給他一點吧！

隨後，無憂環顧一下屋子，便直接把那顆杏梅放在書案上。他是個愛看書的，回來再晚也會在這裡坐一會兒，放這裡的話，他肯定能看得到。

在屋子裡轉一會兒後，無憂感覺睏了，才上床鑽入被中睡覺。當她睡得朦朧之際，大概剛聽到二更鼓的聲響，門吱呀一聲被輕輕地推開。她給他留了一盞燈，放在外間的桌上，光線到這內間已經很暗，只能隱約看到個人影。她只在床幔裡微微翻了個身，外面便傳來輕輕的對話聲。

「二爺，您累了吧？奴婢去給你打熱水泡泡腳解乏……」

這聲音無憂聽得出來是秋蘭的，難為她一直等到現在，伺候沈鈞她也最盡心。如果不賞她一個通房丫頭當，還真是對不起她這份勤勉了。

「輕一點，別吵醒了二奶奶。」沈鈞卻壓低嗓子說了這一句。

聽到這話，閉著眼睛的無憂嘴角一翹，心想——這個沈鈞，不管是真的假的，倒是讓人聽了心裡很舒服，也不枉她忍下饞蟲給他留了一顆杏梅。隨後，只聽一陣細微的腳步聲離去，大概是秋蘭去打熱水了吧？

這個時候，躺在床幔裡的無憂已經睡意全無，緩緩睜開眼睛，發現光線比剛才強了一些，抬手輕輕撩開床幔的一角。由於雕花的月洞門擋著，她看不到沈鈞在做什麼，不過可以肯定的是他應該坐在書案前了吧？她彷彿微微聽到了一陣翻書的聲音。

輕輕地放下床幔，耳邊便傳來一陣腳步聲，還是那樣的細微，肯定是秋蘭。接著，只聽到銅盆輕輕被放在地上，秋蘭的柔聲細語也傳了過來。

「二爺，水來了。」

接著，就突然沒了聲響，大概是秋蘭跪在地上給沈鈞脫鞋子、脫襪子吧？再後來，便聽到秋蘭細心地詢問：「二爺，水熱不熱？」

「下去吧！」可是，沈鈞給她的回答卻是不帶任何一絲感情，反正聽聲音是有些冷漠。

「奴婢還是給您搓搓腳吧，這樣您能舒服些。」秋蘭大概沒有聽主子的話，想動手給沈鈞搓腳。

可是，下一刻，卻傳來了沈鈞帶著一絲壓抑的聲音。「我讓妳下去，妳沒聽懂我的話嗎？」

隨後，是一陣沈默，最後才傳來秋蘭似乎帶著委屈和失望的聲音。「是。」

一陣細微的腳步聲過後，便聽到門先是吱呀一聲打開，隨後又吱呀一聲關閉。

聽到這些，無憂不禁在心裡嘆了一口氣，心想——真不知該可憐這個秋蘭，還是該說她不知高低？對主子存有非分之想，最後只是害了自己。大概還是春蘭這樣的人適合在大宅門裡生存，知道高低，知道自己的本分，也識時務。以前她還以為這個秋蘭也許和沈鈞有過什麼，大概是通房丫頭之類，可是現在看來似乎沈鈞對她也沒有高看，也只是對待普通下人一般。而且依她對沈鈞的瞭解，彷彿他也不會看上秋蘭。

沈鈞這個人可以說是個特別的人，雖然自己長得並不十分好看，但是共處一室從來沒有過逾越之舉，就算對那貌美如花的玉郡主也是一點都沒有動心，這樣的男子大概只有三種可能，一種是他心裡已經有人，另一種是他不喜歡女人，最後一種可能就是他眼高於頂，俗人是一個也看不上。無憂此時倒也不敢下定論他是哪一種了。

沈鈞坐在書案前，一邊翻開一本書一邊泡著腳，又翻了一頁書，眼眸不經意地一瞥，忽然看到書案上不知何時放了一顆很大的杏梅，看到那杏梅，他忍不住伸手取過來。低頭一望，這杏梅和以往看到的有所不同，不但顏色鮮豔，個頭也大，讓人忍不住垂涎起來。要知道他平時什麼水果點心之類是很少吃，因為長年在外帶兵打仗，去的地方又是極惡劣的，根本就沒有這些可以吃。就算是有，他也是身先士卒，和士兵同甘共苦的人，而這兩點也是他在軍中威望很高的原因。今日不知怎的，看到這顆杏梅馬上就有了食慾，遂低頭咬了一口，感覺酸酸甜甜的。今晚和幾個軍中的朋友去吃酒了，嘴巴裡現在還有些酒味，感覺心中也有些火辣辣的，所以便把手中的杏梅全部吃掉。吃了以後，感覺還是意猶未盡，第一次想如果再有幾顆就好了。

躺在床幔裡的無憂沒多久之後也閉上眼睛，不知過了多久，耳邊才朦朦朧朧地傳來腳步聲，隨後是衣服窸窣的聲音，再不久就傳來勻稱的呼吸聲。聽到那呼吸聲，無憂翻了個身，也想儘快地進入夢鄉，想想這個沈鈞還真是個一沾枕頭就睡著的人……

第三十七章

翌日，無憂起來的時候，沈鈞又早早地不見了。坐在梳妝檯前任憑身後的連翹為她梳著頭，心想——要是能這麼過日子，倒也挺自在的，她睡了他才回來，她醒了，他又走了。

一個簡單的髮髻綰好後，連翹笑問銅鏡中的人兒道：「二小姐，今兒戴哪幾樣首飾？」

「揀兩樣簡單大方的就好了。」無憂回答。

連翹便去首飾盒裡撿了兩樣首飾，一樣一樣地為無憂戴著。這時候，無憂的眼眸一瞥，忽然看到昨兒吃了的杏梅核還放在梳妝檯上，她伸手拿過來，感覺那杏梅的核倒是挺可愛的，便拿手絹擦著。

這時候，春蘭忽然進來低首稟告道：「二奶奶，二爺說讓您等他一起去給老夫人請安呢！」

無憂不禁眉頭一皺，問：「二爺去哪裡了？」他難道沒有去軍營？

「回二奶奶的話，二爺天剛矇矇亮就去後院練功了。」春蘭回答。

聽到這話，無憂不禁轉過身子去問春蘭。「練功？」

見無憂好奇，春蘭便笑道：「是啊，二奶奶您有所不知，每天早上二爺天還沒亮就要去後院練功，這個習慣可是風雨無阻的。」

聞言，無憂略擰了下眉頭，不過沈鈞是習武之人，練功也是正常的。往四周看了看，只看見收拾床鋪的玉竹，這幾天早上好像都未見過秋蘭，難道……隨後，無憂便順口問了一句。「怎麼沒見秋蘭？」

「秋蘭這個時候都是在二爺身邊伺候的，一般都給二爺預備好擦汗的毛巾和熱茶水，二爺練完了功要喝的。」回答完以後，春蘭感覺似乎有什麼不對，又趕緊道：「二奶奶是不是找秋蘭有事？要不要奴婢去把她喚回來？」

「我只是順口一問罷了，眼前這麼多人，還不差她這一個，去忙妳的吧！」無憂說了一句。隨後，春蘭便低首退了出去。

春蘭走後，已經為無憂戴好首飾的連翹，很不滿地道：「二小姐，這個秋蘭做得也太明顯了吧？好像姑爺才是她的正經主子，對您一點都不上心。」

「她是打小在二爺身邊的，這也難怪。」無憂道。

「是想著飛上枝頭當鳳凰吧！」連翹說了一句。

「隨她去吧！」無憂道。

「二小姐，您怎麼好像一點都不在意似的？您現在和姑爺可是新婚呢！她一個丫頭非但不知道避諱，還這樣明目張膽，您可是不能不防。您忘了咱們家大奶奶和宋嬤嬤跟您說的話了？」連翹擔憂地道。

無憂從繡墩上站起來，輕描淡寫地道：「妳也知道她只不過是個丫頭，我何苦為一個丫頭置氣？好了，萬事我自有分寸，妳們也下去收拾一下吧，我在這裡等一下二爺。」

見主子不為所動，連翹和玉竹只得退了下去。她二人走後，屋子裡只剩下無憂，緩緩地走到書案前，順手收了昨夜沈鈞看的一本書。眼眸忽然看到在書案一角上放著一個果核模樣的東西，拿過來一看，只見是和剛才自己吃過的那個杏梅核幾乎一樣，她不由得眉頭一擰。隨後，忽然想起昨兒晚上把另一個杏梅放在書案上，現在在書案上掃了兩眼，果然不見那顆杏梅，看來是被沈鈞給吃了，丫頭們是不敢動主子屋裡的東西的。

想想這沈鈞也挺有趣，竟然悄悄地就把杏梅給吃了，他知道是自己特地給他留的嗎？抿起嘴角笑了笑，便將剛才自己吃的果核和這個一塊兒放在窗臺上，它們讓太陽曬一曬還能放得久些，大概還真能在京城這個地方種出一、兩株杏梅來呢！

這時候，門吱呀一聲推開了，無憂一轉頭，只見是春夏秋冬季季都穿一身黑袍的沈鈞走了進來，手裡拿著一把寶劍，袍子一角繫在腰間，額上似乎還有些汗水，一看就知道是剛剛練功回來。

見他回來了，無憂站在屋子內間，還有些不知所措，沈鈞看到自己，也是一怔，大概有著相同的心情吧，畢竟房中只有他們兩人而已。

大約相互對視了一刻，忽然外面便進來兩個人，一個是春蘭手裡端著一盆洗臉水，一個是秋蘭手裡拿著乾淨的毛巾。看到那兩個人，無憂知道在下人面前還是要把戲作足的。

無憂便走上前，滿臉堆笑地來到沈鈞面前，柔聲道：「二爺回來了？」

「嗯。」沈鈞點了點頭。

「給我吧！」無憂上前，便接過沈鈞手中的寶劍。

「小心一點，很沈。」沈鈞提醒道。

無憂一接沈鈞手中的寶劍，不料比她想像的沈重多了。都說寶劍越沈不是越好嗎？無憂在手中掂了掂，笑道：「是很重啊。」

看到無憂將一把幾十斤的寶劍放在手中也並不怎麼費力，沈鈞略略皺了下眉頭，說：「等我洗個臉，咱們就去給老夫人請安。這兩天軍營的事情很忙，一直都是早出晚歸，已經好幾天沒有給她老人家請安了。」

「嗯。」無憂點了點頭，便雙手拿著寶劍，轉身擱在放寶劍的架子上。

隨後，沈鈞便在春蘭和秋蘭的服侍下洗了臉，又漱了口，擦乾淨臉後，才對無憂道：「走吧！」

無憂點了點頭，便跟著沈鈞並肩一起出了門。

沈鈞和無憂走後，屋子裡只剩下春蘭和秋蘭，春蘭見四下無人，便小聲對秋蘭道：「秋蘭，咱們是一起長大的好姊妹，所以才勸妳一句，以後妳伺候二爺的時候別那麼……」春蘭一下子找不出好的詞來形容，感覺說重了會影響姊妹之情，說輕了秋蘭又聽不出來。

秋蘭卻板了臉，直接問：「那麼什麼？」

見已經打破天窗，春蘭也就說了明白話。「秋蘭，以前妳怎麼樣只要是沒出大錯，那都無所謂，因為二爺身邊沒有女主子。現在二爺既然娶了二奶奶，妳就要收斂點，妳……再不知道分寸，二奶奶會不高興的。」

「我以前是怎麼伺候二爺，現在還是怎麼伺候，二奶奶不高興又能怎麼樣？」秋蘭還是嘴硬，其實心裡是都明白的。

「要是二爺心裡沒有這位奶奶，那倒也沒什麼。可是妳沒看到嗎？二爺十分敬重這位二奶奶，對一個女人這般上心，這是以前從來沒有的事。只要二奶奶稍微在二爺面前提一句，妳就死無葬身之地了。」春蘭見秋蘭有點冥頑不靈，說完便自己端著水盆走了出去，留下秋蘭一個人在後面磨磨蹭蹭的。

沈鈞和無憂並肩走進沈老夫人的屋子，這個時候，沈老夫人也是剛起來不久，正坐在梳妝檯前由丫頭服侍著梳頭。沈鈞和無憂進來行完禮後，沈老夫人轉頭一望，見是沈鈞和無憂，不禁笑道：「怎麼今兒個一起來？鈞兒，今兒沒去軍營？」

沈鈞趕緊道：「好幾天沒給母親請安了，今兒個打算吃過早飯再出去。」

「原來是這樣，我還以為你把母親都給放在腦後了呢！」沈老夫人聽到這話自然是很高興。

「母親哪裡的話？兒子實在是軍營裡有事，這不今兒一沒了要緊的事就過來了。」沈鈞趕緊道。

「我聽說你這幾天都是早出晚歸的，我這個老婆子不要緊，人家新過門的媳婦又剛來咱們家，你怎麼冷落了人家？」沈老夫人的眼皮抬了一下，瞥了一眼站在一旁的無憂。

一句話把無憂說得臉色有些紅，沈鈞則道：「兒子是個軍人，別說現在，以後聚少離多的日子還在後頭，以後慢慢地習慣就好了。」

聽到這話，沈老夫人轉頭望著無憂道：「所以說做個軍人的媳婦也不是那麼容易的，以後有許多事妳都需要慢慢習慣。」

聞言，無憂陪笑道：「無憂年紀輕，母親又是見過大世面的，無憂無論什麼事都還需要母親的提點。」

幾句話把沈老夫人說得高興了，讓她笑了起來，對無憂道：「妳過來看看我今兒戴哪個簪子好看？」說著，便將剛才雙喜拿出來的幾根簪子給無憂看。

無憂走近，低頭看了一眼雙喜手中的幾根簪子。有一根赤金刻雙喜字的，一根刻著牡丹花的白玉簪子，還有兩根是翠色刻著各種花紋的玉簪子。無憂又看了一眼沈老夫人今日身上穿的是銀色帶粉的褙子，隨後才從雙喜手中抽出那支刻著牡丹花的白玉簪子往沈老夫人的頭上一比，笑道：「母親，您今日穿的衣服配這根玉簪子比較好看。那赤金的和這衣服有些不配，那兩根翠綠的又感覺與這天氣的涼意不合，這根白玉無論是花色還是質地都剛剛好。您覺得呢？」

聽到無憂的話，沈老夫人看了一眼銅鏡中的簪子和自己身上的衣服，點了點頭道：

「嗯，說得不錯。」

得到沈老夫人的首肯，無憂很高興，轉頭和沈鈞對視了一眼，心中多少有些緊張。她並不怎麼擅長搭配衣服，與其看這些首飾，還不如讓她給沈老夫人搭個脈來得在行些，沒想到說得倒也讓沈老夫人點頭了。

隨後，沈老夫人便笑著對一旁的雙喜道：「今兒就戴二奶奶說的那支刻著牡丹的白玉簪子。」

「是。」雙喜趕緊把其他的簪子都放進一旁的首飾盒裡。

這時候，無憂笑著上前，說：「母親，讓無憂來伺候您吧？」

沈老夫人點了點頭。隨後，無憂便上前接過雙喜手中的那支白玉簪子，在銅鏡中對著老夫人的髮髻比量一會兒，便插入沈老夫人的髮髻中。

仔細端詳了一下銅鏡中的自己，沈老夫人滿意地點頭道：「嗯，不錯。」

正說話間，外面的丫頭喊道：「老夫人，大奶奶來了。」

話音剛落，就聽到一陣腳步聲，並帶著一陣笑聲傳進來。無憂一抬頭，就看到今日穿著米黃色綢緞褙子的姚氏走進來，先是福了福身子，道：「請母親大人安。」

「嗯，妳來了正好，趕快過來看看我今日的頭梳得怎麼樣？」沈老夫人笑道。

姚氏聞言，上前說了一句。「弟妹和二叔也在啊？」

「他們也是剛來。」沈老夫人道。

「大嫂。」沈鈞和無憂都對姚氏行了個禮。

「快免了。」姚氏說了一句，便轉頭左右端詳一下沈老夫人的髮髻，隨後便笑道：「好看、好看，髮髻梳得好，這簪子戴得也很配呢！」

「這簪子是妳弟妹幫我選的。」沈老夫人照著鏡子，摸著自己的髮髻道。

「弟妹可真有眼光呢！」姚氏笑道。

「比妳強。」沈老夫人開著玩笑道。

聽到這話，姚氏把手絹一揚，對沈鈞和無憂笑道：「弟妹、二叔，你們聽到沒有？弟妹一來啊，我這個兒媳婦就要靠邊站了。老夫人，咱可是不想您這麼偏心的啊，好歹我也在您身邊服侍了快二十年。現在有了小兒媳婦，就不要我這大的了？哈哈……」

聽到這話，沈老夫人哈哈大笑，道：「要說這些年來他們兄弟兩個不在家的多，老爺在世的時候也是聚少離多，這些年來還真多虧妳這個大嫂在我身邊說說笑笑呢！」

「這些年來大嫂自然是勞苦功高的。」沈鈞附和道。

「二叔說笑了，我一個婦道人家，大的事情做不了，無非也就是服侍一下老人，管一下家事罷了。這些年來你大哥這個樣子，還是多虧了你幫襯。」姚氏正色地道。

這時候，沈老夫人道：「看到你們兄友弟恭的，如此和睦，我很是歡喜。好了，正好今日你們趕到一起，就都在我這裡陪我用早飯吧！去叫人把鎮兒也扶過來。」

「是。」姚氏和無憂都應聲。隨後，雙喜便去吩咐廚房早飯都擺在老夫人的屋裡。

又說笑一會兒，沈鎮由丫頭們扶過來，早飯也擺好了，沈老夫人帶著兩個兒子兩個媳婦坐在飯桌前。今日的早飯也格外豐盛，各式的小菜、醃菜、燻肉、花卷、饅頭、各式糕點整整擺了一桌。曹姨娘也過來了，仍是老規矩，站在一邊伺候盛飯什麼的，眾人都坐在飯桌前一邊吃一邊說著話。

吃著吃著，姚氏便笑道：「母親，昨兒那個杏梅您吃了沒有？感覺味道怎麼樣？」

「吃了兩個，味道不錯。是跟咱們這裡的杏梅不太一樣，尤其那個杏梅的模樣真是喜人。」沈老夫人笑道。

「是啊，個頭有雞蛋大小，又酸又甜，不過比咱們這裡的杏梅甜得多一些，酸得少一些，要不然怎麼是貢品呢！」說了一句，姚氏便笑著對無憂道：「弟妹啊，妳大哥說妳才拿了兩個，妳也真是的，雖然那個杏梅不多，但是妳也多拿幾個嚐嚐嘛。」

聽到這話，無憂一笑，說：「嚐嚐味道就好了。」

這時候，沈鈞聽到這話，轉頭看了一眼坐在自己身旁的無憂，無憂也察覺他盯著自己看了一眼，心想——那個杏梅肯定是被他吃掉了，他應該知道是自己特別為他留著那一顆了吧？不過感覺臉上突然有些火辣辣的，姚氏說自己只拿了兩顆，就給他留了一顆，是不是有點對他太好了點？會不會引起什麼誤會啊？

此刻，姚氏看到沈鈞和無憂好像眉來眼去的，便噗哧一笑，道：「不過弟妹拿兩顆也很好，妳和二叔一人一顆。」最後四個字故意拉長，引得眾人都是一笑。

這時候，無憂感覺自己的臉彷彿很燙了，這個姚氏就是這樣開玩笑很是了得，常常把人弄個大紅臉。這時候，低著頭的無憂忽然看到自己碗裡多了一塊醃鵝脯肉，抬頭一望，便看到沈鈞那張沒有多少表情的臉，不過此刻他的眼眸卻是異常幽深，彷彿流露出無限的關切和愛戀，她不由得一怔。

隨後，只聽耳邊又傳來姚氏的說笑聲。「母親，您看這小倆口，說有多恩愛就有多恩愛呢！」

「嗯。」看到自己的兒子如此，沈老夫人很高興，畢竟沈鈞也已經老大不小，婚事一直都擱著。雖然這門婚事她不是很滿意，但如果兒子喜歡，她也算是寬心了。

這時候，沈鈞回頭望一眼對面的姚氏，他也伸出筷子挾了一塊醃鵝脯肉，隔著老遠放在姚氏的碗裡，道：「大嫂，妳也吃。」

低頭望了望碗裡的醃鵝脯肉，姚氏卻笑道：「二叔，你是嫌我這張嘴說多了是不是？呵呵……」

坐在姚氏旁邊的沈鎮卻對自己的妻子道：「妳吃個飯怎麼就這麼多話？趕快吃飯。」說著，也挾了一口菜放在自己妻子的碗裡。

姚氏卻不生氣，反而端著碗笑道：「都嫌我話多呢，母親。」

沈老夫人笑道：「沒事，沒事，我就喜歡話多的。他們吃他們的，咱們娘兒兩個邊說邊吃好了。」

「我呀，還是和母親能說到一塊兒去呢！」姚氏笑道。

「這兩天都沒有機會在一起聊天，快說說，妳又聽說什麼新鮮事？也說來讓我這個老婆子樂上一樂。」沈老夫人老了，所以也愛聽些家長裡短的。

姚氏低頭想了一下，道：「對了，前兒我聽一個原來是大爺同僚的夫人說謝丞相的幾個子孫都冊封侯爺了。您說這謝家在宮裡有太后、貴妃，朝堂上還有謝丞相和幾位官居要職的大臣，現在連幾個孫子都封了侯爵，真是滿門的榮耀啊，在咱們大齊朝這也算是頭一份的人家了。」

聽到這話，沈老夫人沈默一刻，才道：「連孫子都封侯，那可真是榮耀至極了。想想咱們祖上豁出性命在一場戰役中救了聖駕，才得了這麼個侯爵的位置，而且還只是承襲三代的。」

「要不說呢，這幹得好就是不如嫁得好呀！當年這太后也只是一位皇妃罷了，可是她的肚子爭氣，生了皇上出來，可就不一樣了，一下子就成了皇太后。再把自己的姪女也許給了皇上，在後宮可是位分最高的貴妃。只是現在膝下只有一位公主，這要是能有一位皇子，早晚都是要正位後宮的，那謝家可是出了兩位正宮主子，這榮耀還不得風光個百年啊！」姚氏笑道。

「聽說謝家得了重孫，這滿月酒是不是也快了？」沈老夫人忽然想起來問。

「是啊，三天後，我早派人送一份大禮過去。謝家已經下了帖子，要請老夫人和我一起去喝喜酒，當然現在還有弟妹也一塊兒去。」姚氏回答道。

此刻，在一旁的沈鎮突然開口道：「謝家的事咱們就按照一般的禮來往就好，妳們不必太過於奉承人家了。」

聽到這話，姚氏道：「大爺，您這是什麼話啊？現在謝家可說是咱們大齊的第二大家了，不僅是皇上的姥姥家，還是皇上的丈母娘家，誰不奉承？誰不趨之若鶩啊？咱們要是表現得不熱情，把人給得罪，以後對你們兄弟兩個也不好。」

這時，一直沒怎麼開口說話的沈鈞也道：「大嫂，朝堂上的事情很複雜，謝家雖然現在炙手可熱，但是皇上的皇權可是誰也不能侵犯的。月滿則虧，水滿則溢，咱們抱著一顆平常心就好。」

聽到沈鈞的話，無憂望了他一眼，只見他臉上很淡定，下巴也一如既往的堅毅。看來，他們兄弟倆的態度都是一樣的，可以說很有些遠見。她在宮裡待著的那些日子，也聽說一些皇上和太后之間的不和，大概也是外戚太過跋扈的原因。沈鈞說得好，皇權是神聖不可侵犯，當今皇上看樣子也不是懦弱無能之輩。有的人別看現在高高在上，要是摔下來，那可是比誰都慘，到時還會連累一些旁的人，看來人還是淡定從容些為好。

可是，沈老夫人似乎有些不同意他們兄弟兩個的說法。「你們兄弟說得是有些道理，可是別忘了你們還有姊妹在宮裡呢！現在後宮可是謝家的天下，咱們不巴結奉承著謝家點，霜兒的日子以後可怎麼過？」

聽到這話，沈鎮兄弟兩個都不說話了，姚氏也道：「是啊、是啊，在宮裡，太后是妹子的婆婆，那謝貴妃的分位和寵愛也都在妹妹之上，咱們妹妹得罪不起啊。」

無憂一抬頭，看到一提起這個霜兒，沈老夫人的臉上便有淒然之色。也是，可憐天下父母心，這種骨肉分離的感覺她不也有體會嗎？所幸自己的姊姊不是後宮妃嬪，只不過是個女官，不處於那爭寵的地步，大概也算是種幸運吧，最起碼不用特別擔心她的安危。後宮妃嬪爭寵可是殺人不見血的地方，說不定一不小心，連小命都沒有了。

見老夫人很哀傷，沈鎮趕緊道：「母親不必掛心，妹妹從小就是個謹慎的人，會把自己照顧好的。咱們這些家人也只能不連累她罷了，三日後您和媳婦們就盛裝前往，親自去賀喜好了。」

聽到這話，沈老夫人滿意地點頭道：「嗯，霜兒這一生估計也難有子女，在宮裡的位分不高，皇上也不甚寵愛她。她也就只剩咱們這些娘家人，雖然不能相見，但是咱們不照拂著她，還有誰能照拂她呢？」

沈鎮趕緊道：「母親放心，我和弟弟就只有霜兒這麼一個姊妹，自然是都要照拂她的。」

「這個我倒是不擔心，你和鈞兒都是孝順重情義的好孩子。」沈老夫人道。

聽到這些話，無憂不禁也有些感慨，心想——相比較而言，姊姊就有些可憐了，一個人在宮裡，家裡出身也不顯赫，也沒有什麼出挑的兄弟姊妹能夠照拂她，只有自己在心裡掛著她而已。

正說著話，忽然外面傳來亂糟糟的聲音，好像還有人叫喊著沈鈞的名字。在座的人都是一陣驚訝，沈老夫人問道：「快去看看，怎麼回事？這麼亂喊亂叫的，成何體統！」

雙喜應聲後趕緊往外走，這時候，春花忽然跑進來，眼眸中有些慌亂，說道：「稟告老夫人，是……玉郡主。玉郡主忽然來了，叫喊著要見二爺，門上的人攔不住，已經到二門了。」

聽到這話，眾人一驚之後，紛紛把目光往無憂這邊掃了一眼，他們都知道沈鈞和玉郡主之間的事都是人盡皆知的，認為無憂大概也應該知道吧？這時，無憂卻是微微地擰了一下眉頭，心想——玉郡主的脾氣可是半點都沒有改，仍是這般的任性衝動。

聽了春花的話，沈鈞站起來，轉身就要往外走，卻被沈老夫人一下子叫住。「鈞兒，你做什麼去？」

「她是來找我的，她的脾氣我知道，不見到我，她不會善罷甘休的。」沈鈞道。

聽到這話，沈老夫人便道：「你現在已經是有家室的人，怎麼還可以跟她牽扯不清？老大媳婦兒，妳去看看。」

「是。」姚氏聽了，便趕緊向外走。

臨出門，沈老夫人還囑咐了一句。「記得好好地勸勸她，讓她趕緊回去，別衝撞了玉郡主。」

「知道了。」姚氏應聲後趕緊去了。

姚氏走後，沈老夫人等還坐在桌前，外邊還有些吵鬧。無憂看了看眾人，沒有一個人說話，氣氛有些尷尬。等了半晌，沈老夫人瞅了瞅一旁的無憂，微微一笑道：「老二媳婦兒，鈞兒和玉郡主的事妳以前也聽過一些吧？」

無憂抬頭望了沈老夫人一眼，然後又看了一眼站在飯桌前的沈鈞，隨後才點了點頭。

「也聽說過一些。」

聞言，沈老夫人道：「既然妳知道那就好說了，我們沈家和秦家是世交，從小兩家的孩子就常常見面，這一來二去的人也大了。誰知道秦家的玉郡主就對鈞兒有了這樣的心思，不過鈞兒可是一直把玉郡主當作妹妹，要不然這些年也不會沒個結果，妳可不要往心裡去。這位玉郡主是公主之後，出自名門，從小也是嬌慣壞了，性情十分任性。這次妳成親的事大概秦家也是沒敢告訴她，不過這種事也瞞不了多久，這次她知道了，難免要鬧上一鬧。咱們沈家也不便和她一個女兒家講什麼道理，把她勸回去也就罷了，可不要影響了你們小夫妻的感情就好。」

聽到這話，無憂只得點了點頭。「是。」心想——現在沈老夫人和沈鈞還不知道自己其實早就認識這位玉郡主，而且和秦家也有些淵源，這件事還關乎著自己女扮男裝到沈家來給沈鎮看病的事。可惜自己剛想解釋這件事，玉郡主就找上門，不知道今日能否矇混過去？能矇混過去的話，這件事可得和沈鈞與沈老夫人說明清楚了。

這時候，姚氏一出門，就看到玉郡主怒氣沖沖地跑進沈老夫人的院子，姚氏見狀，趕緊迎上去，笑道：「玉郡主，您可是好些日子沒來了啊！」

「大嫂，沈鈞是不是在老夫人這邊？」玉郡主說著就要往裡面闖。

姚氏趕緊攔著，拉著玉郡主道：「郡主，二叔不在，他一早就去了軍營。走，去嫂子那裡坐坐，這麼久沒看到妳，嫂子可想妳了。」

聞言，玉郡主冷冷地望著姚氏道：「大嫂，妳不會是在騙我吧？我剛才明明看到沈鈞的馬和沈言都在沈家。」因為沈鈞出門必是由沈言陪著，而且他的坐騎也是不離左右。

「這……」玉郡主的話讓姚氏有些說不上話來，畢竟玉郡主對沈鈞可是太瞭解了。

見姚氏支支吾吾的，玉郡主又道：「那薛無憂呢？讓她也給我出來！」

姚氏一聽這話，便道：「無憂是我家弟妹的閨名，妳怎麼會知道的？」

「哼，她的事我知道得多了。閃開！」玉郡主冷笑一下，便一把推開姚氏，抬腳朝沈老夫人的屋子走去。

「哎……」姚氏趕緊在玉郡主身後追著。

幾個丫頭雖然攔著，但是都不太敢拉扯郡主，隨後，玉郡主便闖進沈老夫人的屋子。玉郡主一下子闖進來，眾人都愣了一下，在這種場合看到玉郡主，無憂是有些不自在的。這時候，姚氏也趕緊跑進來，不自在地笑道：「母……母親，玉郡主來看望您了。」

「是郡主來了？你們怎麼這麼沒有眼力見？趕快給郡主看座。」沈老夫人畢竟有些定力，便轉頭對一旁的雙喜道。

「不必了。」雙喜剛想看座，不想玉郡主便快言快語，隨後，她又道：「我今日不是來看望老夫人，我是來找你的，沈鈞。」玉郡主的眼光轉而落到沈鈞的身上。

玉郡主對上沈鈞的眼眸，沈鈞的眼睛也定定地望著她。玉郡主的眼眸盡是委屈、憤恨、惱怒，沈鈞的眼神裡似乎找不到太多的感情，只是很平靜地道：「找我什麼事？說吧！」

玉郡主大概沒想到他會如此平靜，原來那個鈞哥哥對她是一點點感情都沒有，絲毫不顧忌她的死活了。玉郡主的眼神死死地盯著沈鈞說：「你成親了？還是聖旨賜婚？爺爺祖母他們都瞞著我，可我還是知道了，難道你就沒有什麼可對我說的？」

見此陣勢，姚氏早已經把家下人等都打發出去，屋子裡只剩下沈家人和兩個心腹丫頭。無憂始終坐在桌前，望著玉郡主那悲憤的眼神心裡也不好受，估計大概一刻以後她的怒火就會燒到自己這邊來了，看來今日她是要做好當炮灰的準備。也是，她可是搶了人家心愛的男人，這個仇恨是結大了。

「我沒什麼對妳說的。」沈鈞面無表情地道。

聽到這話，玉郡主便有些激動，轉眼望一眼坐在一旁的無憂，伸手指著無憂質問道：「你根本就不想娶她對不對？你只不過是因為聖命難違對不對？」

聽到這樣的話，無憂不知是該可憐玉郡主，還是該罵她不能面對現實？想必她的心中還是對沈鈞抱有幻想，根本就不敢面對沈鈞並不喜歡她的事實。

面對玉郡主的質問，沈鈞稍稍擰了一下眉頭，然後回答：「如果說一開始是聖命難違，那麼現在我應該用『心甘情願』四個字來形容我的心情。」

聽到這話，無憂一怔，玉郡主卻渾身一震，半晌才搖著頭道：「你……你什麼意思？難道才短短幾日你就喜歡上這個女人了嗎？我喜歡你這麼多年，你都無動於衷，這根本就不可能。」

面對玉郡主受傷的表情，沈鈞毫不避諱地道：「喜歡一個人的感覺很奇妙，有時候你看她一眼，就會喜歡上她。可是有時候一個人在你身邊十幾、二十年，你也不會喜歡上這個人。我真的不喜歡妳，我喜歡的是我的妻子——薛無憂。」說完後，沈鈞的眼睛就望向無憂的方向。

他的眼神此刻幽深炙熱，是的，就是灼熱的感覺，無憂似乎還從未曾在他的眼神中看到過灼熱的光芒，這一刻，她竟然有一刻的恍惚。可是，當看到玉郡主聽見沈鈞的話那心痛的表情時，無憂才意識到——沈鈞是故意這麼做，也是故意這麼說的，他只不過是要玉郡主死心。她怎麼都當真了呢？他只不過是想給玉郡主致命的一擊，讓她痛過之後好好地生活罷了。這個沈鈞，還挺會作戲的，要是在現代，他都能去當影帝了。

聽到沈鈞的話，玉郡主肯定是深受打擊，她轉眼茫然地望著無憂，說：「你說你喜歡她？你以前認識她嗎？就這麼幾天你就喜歡她了？」

「從我娶了她，看到她那一眼，我就告訴自己，她就是我這輩子要等的人。」沈鈞望著無憂義無反顧地道。

「哈哈……哈哈……」沈鈞的話讓玉郡主仰頭哈哈大笑，那笑聲讓在場的人都有些毛骨悚然。隨後，玉郡主便冷嘲熱諷地說：「大概你還不知道吧？你這個妻子可是很會作戲呢！她女扮男裝到你們沈家來給安定侯看病，你們都沒有看出來她是個女兒身吧？」

在場的人聽到玉郡主的話都是一怔。沈鈞也皺了眉頭，他詫異地望了無憂一眼，然後瞇著眼道：「妳說什麼？妳說無憂女扮男裝？」這時候，沈鈞的眼前似乎浮現出那個小王大夫的身影和那張臉。不錯，當初看到這位小王大夫的時候，就感覺他長得太嬌嫩了點，不但個頭不大，皮膚也有些白淨，但自己卻從來沒有朝這方面想過小王大夫會是個女人。

聽到沈鈞一副不可置信的樣子，玉郡主忽然笑道：「呵呵，原來你沈鈞也有被人當猴子耍的時候。」

聽到這話，坐在椅子上的沈老夫人和姚氏都震驚不已。沈老夫人仔細端詳了一下無憂的面容，才恍然大悟地用手指著無憂道：「怪不得我總感覺有些面熟，原來……原來……」話說到一半都說不下去，因為這個玩笑似乎有點開大了。

這時候，沈鈞的眉頭也蹙緊，他盯著無憂一刻，然後上前兩步，來到她的跟前，抑著火氣問：「這是怎麼回事？玉郡主說的是不是真的？」

看到眾人滿腹狐疑的樣子，無憂知道今日她肯定是要做炮灰了。態度雖仍然從容淡定，心中還是有些不安，畢竟是她隱瞞在先。儘管自己不是故意的，好多事情也是機緣巧合，但是不可否認，她沒有在第一時間澄清就是她的不對。下一刻，無憂便緩緩地站起身子，點了點頭道：「其實我就是小王，當日我是為了出門行醫方便，所以才……」

可是，玉郡主沒有耐心聽她下面的解釋，馬上就打斷了她的話。「怎麼樣？我說得沒有錯吧？她可是親口承認了。」

聽到無憂點頭承認，沈老夫人和姚氏驚得眼珠子都要掉下來了。

姚氏指著無憂道：「怪不得呢，我一直都想不起來在哪裡見過弟妹，原來弟妹就是那個聖手小王？天哪！這真是太不可思議了。不過，弟妹啊，妳可是跟我們開了一個大玩笑。」

「竟然有這樣的事？簡直……簡直是拿咱們當猴子耍嘛。」驚訝過後，沈老夫人先抒發了自己的不滿。

看到沈鈞那冷冷的眼神，無憂有些無言以對。再看看生氣的沈老夫人，以及驚訝過度的姚氏，無憂想解釋，但是感覺現在解釋也顯得蒼白無力，所以只能站在那裡，接受他們目光的責備。

沈鈞這個人最痛恨的就是別人欺騙他，本來他對無憂也有些好感，但是此刻從玉郡主口中得知她就是小王大夫的時候，感覺真的受了很大的愚弄。想想當日小王是秦顯介紹過來的大夫，那麼秦顯應該知道她女扮男裝的事，這兩個人真是把他給騙得好慘。他的聲音彷彿是咬著牙地道：「就算當日是為了行醫方便，這都成親好幾日了，妳怎麼一直都沒有說？」

「我……只是想找個合適的機會而已。」無憂自己都感覺她說得有些牽強了。不過說實話，她和他雖然成親好幾日，單獨相處的時間真的幾乎是沒有。他回來的時候她已經睡了，他走的時候她還沒有醒，幾次相處的時候又都有家人在場。她說自己一直都沒有找到合適的機會，不知道他會不會信？

這時候，一旁的玉郡主卻點頭，恍然大悟地道：「噢，我知道了，皇上為什麼會突然賜婚，是不是都是妳的陰謀？」

「我能有什麼陰謀？」這項指控無憂是萬萬不能接受的，她哪有什麼陰謀？她會被賜婚嫁給沈鈞也是身不由己的呀！

「是不是妳很早就喜歡上沈鈞？妳女扮男裝來給侯爺治病也是為了接近他？妳被召進宮裡去照料碧湖長公主生產，結果立了功，所以就要求皇上把妳賜婚給沈鈞對不對？」玉郡主一項一項地指控著無憂。

聽到她的指控，無憂不禁有些氣惱，只是冷冷地道：「我只能說妳想像力太豐富了點。」她看得出現在玉郡主簡直已經被感情沖昏了頭，把一切的罪責都加在自己身上，什麼解釋她都不會聽也不肯相信的。

無憂不屑的態度更是激怒了玉郡主，她上前怒氣沖沖地道：「薛無憂，我大哥秦顯到底有哪裡不好？家世、樣貌、才學、地位，到底哪一樣配不上妳？他那麼喜歡妳，為了妳還和我祖母鬧翻，可是妳卻視他如草芥。起初我還不明白，現在我明白了，原來妳喜歡的是沈鈞。因為妳心裡有了沈鈞，才不接受我大哥的對不對？」

「妳……」見玉郡主把秦顯也拉了進來，簡直是把這水越攪越混了，無憂蹙緊了眉頭。可是，玉郡主的話沒有完。「薛無憂，我怎麼也拿妳當朋友，妳根本就知道我打小就喜歡沈鈞的，妳為什麼偏偏要跟我搶？妳難道不知道我沒有鈞哥哥是不能活的嗎？妳……」說著說著，玉郡主竟然流下了眼淚。

沈老夫人和姚氏聽到玉郡主的話，都吃驚得很。不過姚氏愣過之後，還是上前拉著玉郡主勸道：「郡主，妳看看妳妝容都花了，趕快跟我去洗洗臉吧？」

「洗臉？哼，這裡真是有一個要洗臉的呢！」說罷，秦玉掃了一眼飯桌上的一杯熱茶水，伸手拿起那杯茶水便直接往無憂的臉上潑去。

嘩……

隨後，那茶水便潑在無憂的臉上，只感覺一陣熱熱的水流從臉上直接流了下來，無憂不禁閉了一下眼睛。

「弟妹！」眾人大概都沒料到玉郡主竟然會如此潑辣吧？眾人皆是一愣，還是姚氏反應快，趕緊上前問道：「妳沒事吧？」

「沒事。」無憂搖了搖頭，接過姚氏遞過來的手帕，擦了一下眼睛。

姚氏馬上就嗔怪秦玉道：「郡主，妳這是做什麼啊？幸虧這茶水不燙，要不然弟妹這張臉可就毀了。」

「哼，毀了就不用再勾引人了。」秦玉很刁蠻地道。

這時候，站在一旁的沈鈞忽然邁步站到無憂的跟前，對秦玉道：「郡主，妳太過分了，請妳向我的妻子道歉。」

聽到這話，秦玉不禁柳眉倒豎，不可置信地道：「你說什麼？讓我跟她道歉？她到底給你喝了什麼迷魂湯？她這麼欺騙你，把你玩弄於股掌之間，你還這樣幫著她？」秦玉的聲音有些尖銳了。

可是，沈鈞的神色卻堅定得很，一字一句地道：「無憂是我的妻子，妳現在這樣對待她，我這個做丈夫的就是不答應，妳必須向她道歉。」

沈鈞的話把玉郡主氣得七竅生煙，她跺了下腳後便衝他大喊道：「我就不！」

當然，聽到這句話，無憂不得不重新審視這個男人，她以為他知道自己欺騙了他，他肯定是怒不可遏，更不會維護自己。因為本來她和他除了假夫妻的關係以外，真的是沒有什麼瓜葛，估計連朋友也算不上吧。平時那些關懷和關心只不過是作戲，到底也是為了讓他們能夠更好地在這個家裡把這場戲演下去，她萬萬想不到沈鈞會如此維護她。

「請妳道歉。」對玉郡主的態度，沈鈞大概有些懊惱，言詞有些激烈。

「我就不！」玉郡主不但出身名門，而且自小父母雙亡，秦丞相一家都是捧在手心裡地嬌慣壞了，哪有人這樣對她說話過？所以她是梗著脖子，一副絕對不會道歉的模樣。

見此，大概沈鈞也很氣惱，上前一步，伸手就直接抓住玉郡主的手臂，眼光銳利，語氣冷硬地道：「我讓妳道歉，聽到了沒有？」

玉郡主也沒料到沈鈞會對她動手，她瞪著眼睛，眼光充滿憤恨，仍舊嘴硬得很。「我就不道歉、絕不道歉！」

「妳……」沈鈞的牙都咬得響了，攥著玉郡主手臂的手，也不自覺地加大了力道。

雖然沈鈞是個冷硬漢子，臉上都是冷冷的，少有笑容，但是在家裡卻也是個很守禮的人，沒有人見他發過什麼火，今日他額上的青筋都起來了，眾人見了都一愣，感覺有些怕怕的呢！站在他身後的無憂也蹙緊眉頭，感覺這次玉郡主是在挑戰沈鈞的底限了，心裡稍稍有些擔心。

「啊……好疼……」一刻後，玉郡主那張花容月貌的臉就開始扭曲了，她蹙著眉頭，嘴撇著，口中發出哼哼唧唧的呻吟聲，眾人似乎都聽到她的胳膊骨頭被捏著的聲音。

見狀，無憂趕緊上前勸道：「二爺，請你住手。」

「她今日必須道歉。」沈鈞也是強脾氣。

「你……放開我。」玉郡主掙扎著，另一隻手對著沈鈞又捶又打，可是沈鈞就是不放手。

玉郡主畢竟身分特殊，再說她也是秦顯的妹妹，無憂畢竟欠了秦顯的情，所以不想讓玉郡主受傷害，更不想因為自己讓沈鈞惹上麻煩，所以便上前抓住沈鈞的手臂，急切地道：「二爺，趕快放手。」

「她道了歉，我就放手。」沈鈞根本就不為所動。

這時候，坐在一旁的沈老夫人有些著急了，伸手拍著桌子道：「鈞兒，趕快放手！你聽到母親的話沒有？」

「二叔，你趕快放手啊！弄傷玉郡主可是不好的。」姚氏在一旁也勸說著。

可是，這時候誰說什麼都沒用，這就是沈鈞的脾氣，強起來十頭牛都拉不回來。正在眾人為玉郡主捏一把汗的時候，只見一隻大手突然抓住沈鈞的手腕，並把他的手拿開。玉郡主當然也趁勢趕緊縮回自己的手。

沈鈞抬頭一望，只見是大哥沈鎮來到他的身邊，他的手還抓著自己的手腕。和沈鎮對視了一眼，沈鈞道：「大哥……」

「二弟，夠了，怎麼可以跟一名女子動手？虧你還是學武之人。」說著，沈鎮便鬆開弟弟的手，並且蹙著眉頭訓斥道。

沈鎮比沈鈞要大了十來歲，自小兄弟兩個感情甚好，沈鎮和沈鈞的父親也是將軍，長年征戰在外，所以沈鎮既是哥哥又兼著當父親的責任，對於這個兄弟既愛護又管教得嚴厲。沈鈞打心眼裡是敬重這個大哥的，聽到沈鎮的教訓，沈鈞不敢言語，只有聽著的分兒。

眾人見沈鈞終於鬆開玉郡主，都鬆了一口氣。沈老夫人趕緊對一旁的雙喜道：「雙喜，趕緊去請個大夫來給玉郡主瞧瞧，可別傷著了她。」

雙喜剛想說話，玉郡主卻是一隻手扶著另一隻手臂道：「老夫人不必操心了，我沒有事。」然後便憤恨地對沈鈞道：「沈鈞，你真是絕情，枉我這麼多年來對你死心塌地，我真是瞎了眼！」

「既然如此，那就請郡主以後擦亮眼睛吧！」沈鈞很絕情地回了一句。

聽到這話，玉郡主更是憤恨，然後盯著無憂看了一眼，咬牙切齒地道：「薛無憂，這個奪愛之恨我會一直記著的，哼！」隨後，便掉頭負氣地走了。

姚氏見狀，趕緊吩咐丫頭道：「趕快送玉郡主出去。」這時候，外面有兩個丫頭趕緊跟去了。

望著玉郡主離去的背影，無憂感覺心中十分憋悶，她其實什麼都沒有做，一下子就成了奪人所愛的人，而且還是什麼奪了朋友的夫君，唉，真是沒天理了。她伸手摸了摸胸前已經濕了的衣服，轉頭一望，只見沈老夫人、姚氏和沈鈞的眼光都在自己身上，那架勢就是想把她看穿一般，眼光中都帶著疑惑、惱怒和煩躁。

無憂正想著該說什麼的時候，耳邊忽然傳來沈鎮的聲音。「春花，二奶奶受驚了，送二奶奶回去換衣服休息。」

春花應聲趕緊過來，走到無憂的身邊，道：「二奶奶，春花送您回去吧？」

無憂掃視了眾人一眼，好像都沈著臉，她再留在這裡似乎也很尷尬。倒是這位大伯哥想得周到，還是先回去為好，以後再打算。無憂便福了福身子，道：「母親，無憂先告退了。」對於無憂的話，沈老夫人是愛答不理，一張老臉仍舊沈著。見此，無憂轉頭望了沈鈞一眼，見他也是冷冷的一張臉，遂才跟著春花一路出了屋子。

無憂走後，沈老夫人才拍了一下桌子，帶著怒氣道：「這叫什麼事啊？合著咱們一家子都讓她給騙了！」

對沈老夫人的話，沈鈞站在那裡一直都沒有說話，姚氏則道：「是啊，這個弟妹城府也是太深了點。」

沈鎮瞅了姚氏一眼，示意她不要再說了，轉而對沈老夫人陪笑道：「母親，當初弟妹估計也不知道會嫁入咱們家來，再說一名女子在外行醫確實多有不便，所以才女扮男裝吧？」

聽了沈鎮的話，沈老夫人沈默了一刻，然後道：「女扮男裝到咱們家行醫這倒是也算情有可原，可是剛才玉郡主說她和秦顯又是怎麼一回事？難怪以前在家裡當姑娘的時候名聲就不好，要真是那不知廉恥的女子，咱們沈家可是說什麼都不能要的。」

聽到母親的話，沈鈞的眼眸一瞇，還記得成親之前的一個夜晚，他在街上聽過一個男子滿嘴胡說的。原來母親她老人家也是聽說了，怪不得她自從第一次看到無憂就是不冷不熱，只是瞞著自己罷了。

這時候，沈鎮卻道：「母親，市井之人的道聽塗說不足為信，依兒子看弟妹並不像那種不三不四的水性楊花。雖然她嫁過來幾日咱們都還不瞭解，但是作為小王大夫她來過咱們家不少次，給我看完病就走，從來沒有多言一句。就算是我的腿這樣有起色，可是也沒有多討過什麼賞錢，更沒有提過什麼非分的要求，可見也是本分的人。現在既然又和咱們成了一家人，咱們更要維護她才是。」

聽到這話，沈老夫人狐疑地看了沈鎮一眼，道：「你可是很少替別人求情的，今兒這是怎麼了？我知道了，是不是她給你把腿治得能站起來了，你感覺她對你有恩情，今日才替她求情的？」

聽了這話，沈鎮微微一笑，道：「母親所言不差，不過兒子也是就事論事。」

「哼。」隨後，沈老夫人冷哼一聲，道：「其實這世上有不少無賴之徒因為這樣那樣的目的來玷污人家姑娘名節的事情也是有的，我自然不會因為那些捕風捉影的事情而對一個人下定論。但是我最恨的就是處心積慮的人，若真如玉郡主所說，她一開始就對咱們鈞兒有意思，費了這麼大的心機讓皇上賜婚來嫁給鈞兒，那這個人可是心機夠深沈。玉郡主不是說了嗎？老二媳婦和玉郡主可是很熟的，朋友喜歡了那麼多年的人她也要搶，可見人品就差了，把這樣的人放在身邊可怎麼安心呢？」

沈鎮隨後又笑道：「母親可能多慮了。」

「希望是我多慮了。好了，我也累了，你們都下去吧！」隨後，沈老夫人就擺了擺手，示意他們都散了。沈鎮、沈鈞和姚氏隨後便告退。

第三十八章

春花送無憂回了她的院子，無憂便打發她回去了。

無憂一進院子，連翹和玉竹就詫異地上前道：「二小姐，您這是怎麼了？怎麼衣服都濕了？」她們看到無憂胸前的衣服濕了好大一片。

「幫我找衣服來換上。」無憂掃了一眼在院子裡做事的幾個小丫頭，沒有回答，轉身進了屋子。

連翹和玉竹相互對視一眼，感覺肯定有事，沒有多言，趕緊跟進去，一個給無憂打了洗臉水，另一個則是為無憂找出乾淨的衣服換上。

見主子很沈默，玉竹本來就是個膽小的，連翹都不敢問，她自然更不敢問。過了一會兒，見兩個丫頭在自己面前很拘謹的樣子，無憂才把今日的事情原委告訴她們。

聽了主子的話，連翹不禁嗔怪道：「這個玉郡主真是哪壺不開提哪壺，您說姑爺就是不喜歡她嘛，她還非得黏著纏著，她就沒想過她自己的名聲不好聽嗎？現在把這些爛事都抖漏出來，可是害苦二小姐您了。」

玉竹也很擔憂地道：「二小姐，那姑爺怎麼說？老夫人是不是也生氣了？」

「老夫人肯定會生氣的，好像她本來就不怎麼喜歡咱們二小姐。二小姐，那姑爺怎麼沒有跟您一起回來？是不是姑爺也生氣了？」連翹追問。

「不知道。」坐在八仙桌前端著一碗熱茶的無憂搖了搖頭，心想——剛才沈鈞知道她就是聖手小王的時候確實很驚訝，而且似乎也很憤怒，可是過了一刻他還那麼維護自己，她走的時候卻連看都不看她一眼。她也弄不清楚他心裡是怎麼想的，想想他估計也就是氣自己騙了他吧？其實他又不喜歡自己，她又不是他真正的妻子，大概他也不怎麼關心，對他來說可能只是無所謂的事吧？

看到無憂說不知道，連翹卻急得什麼似的，玉竹也很關切，連翹畢竟心直口快，忍不住道：「您怎麼說不知道呢？如果姑爺不高興，您應該趕快對他解釋啊！」

「他如果不相信，我解釋也沒有用；他如果相信，也用不著我來解釋。」說完，無憂便轉身走到書案前，伸手拿一本沈鈞的書看了起來。這本書她昨兒沒事隨便翻了兩頁，結果看到許多有趣的事情，便忍不住又看了。

看到二小姐一副氣定神閒的樣子，連翹知道這就是她家主子的性格，搖了搖頭，只得嘆了一口氣。玉竹見狀，推了推連翹，笑道：「連翹姊姊，二小姐肯定有二小姐的想法，咱們還是別打擾她了，咱們忙咱們的去吧？」

「嗯。」連翹無奈，嗯了一聲，便同玉竹一起出去了。

她二人出去後，無憂抬眼凝了下神，繼續看手中的書，在心中告訴自己——不能讓外界的事情影響她的心情，她還是該幹什麼就幹什麼……

沈家花園內的一處涼亭中，沈鎮和沈鈞對坐在石桌前，石桌上擺著兩杯清茶，沈鎮把伺候的人都打發走，只剩下他們兄弟二人說話。

「大哥把我留下，可是有話要對我說？」沈鈞望著對面的沈鎮。

「你對今日玉郡主的事情怎麼看？」沈鎮倒是開門見山。

挑了下眉，沈鈞道：「大哥好像很關心你的弟媳。」

聽到這話，沈鎮不禁低頭微微一笑，然後抬頭說：「難道你對你的兄長有什麼懷疑不成？雖然大伯和兄弟媳婦有許多需要避嫌的地方，但是你我並不是那種迂腐的讀書人。要不是為朝廷效力，咱們也算是江湖兒女，只要行得正，心中光明磊落就好了。」

沈鎮的話讓沈鈞不禁臉微微一紅，感覺自己的話好像說重了，便趕緊道：「大哥，弟弟剛才說錯話了。」

「你我手足，說錯說對都不要緊，要知道我關心弟媳的事其實就是關心你。這次成家，我知道你有許多不甘，但畢竟聖命難違。弟媳這個人究竟和一般女子不同，我想和你倒也般配，而且這幾日你們相處得也不錯，要知道千年修得共枕眠，既然有這個緣分，那就好好地一直走下去，不要讓那些細枝末節的事影響了你們。」沈鎮的話說得非常誠懇。

對沈鎮的話，沈鈞什麼也說不上來，畢竟大哥根本就不知道他和無憂的真正關係，只得點頭道：「大哥的話我記下了。軍營中還有事，若沒有別的事，我就先走了。」說著，沈鈞便站了起來。

望著起身的弟弟，沈鎮又說了一句。「你的脾氣我這個做大哥的最清楚，大概你最不甘心的是被一個小女子耍了一把，其實當日她女扮男裝也是事出有因。什麼是大男人？應該是肚子裡要有能夠撐船的胸懷。」

聽到沈鎮的話，沈鈞點了下頭，便掉頭走了。

沈鈞走後，姚氏遠遠地看到沈鈞離去，涼亭裡只剩下沈鎮一個人，才走了過來，進入涼亭，坐在沈鎮的身邊，笑道：「大爺，剛才你跟二叔都說什麼了？」

「沒什麼，就是勸他不要耍性子，跟弟妹好好相處罷了。」沈鎮回答。

聽到這話，姚氏撇了下嘴，抓過石桌上的一把瓜子，一邊嗑一邊道：「大爺，我發現你好像很關心他們似的。」

「他是我兄弟，我當然關心了。」沈鎮說過之後，便伸手拿起一把劍，開始用手帕擦拭起來。

「二叔是你兄弟不假，不過我聽到你今兒可是替你的弟媳婦求情了呢！」姚氏的話裡飄出一抹酸意。

聽到這話，沈鎮白了姚氏一眼，一邊擦劍一邊說：「二弟和弟媳是一體的，他們一個好，另一個自然就好了，再說我只是說幾句公道話罷了。」

其實沈鎮的話無可厚非，姚氏轉而又道：「這次母親可是真生氣了，你知道母親本就看不上這個弟媳，出身、樣貌、家世哪一樣能配得上咱們家老二啊。這次老二媳婦可是不受母親待見了。」

「只要弟妹她人好，時候久了自然見人心，妳做好妳該做的就好。」沈鎮最不喜歡的就是姚氏這長舌婦的毛病。

「不過要不是老二媳婦，你的腿也不會有這麼大的起色。對了，我還是去老二媳婦那邊看看，安慰安慰她吧，說不定以後她再想個什麼法子，你的腿就讓她給全部醫好了呢！」說完，姚氏便起身走了。

望著姚氏的背影，沈鎮搖了搖頭，不過她走了正好，他就可以安心地擦這把劍。這把劍他已經有多年沒碰過，他以前可是愛不釋手的……

快到晌午時分，坐在書案前看書的無憂聽到外面忽然有人喊了一聲。「二奶奶，大奶奶來了。」

無憂正看到關鍵處，聽到這聲音，不禁擰了下眉頭。因為她知道這個姚氏就是愛說笑，一坐下來就沒完沒了，她能夠再坐下來看書，估計要好長時間了，但又不得不應付應付她，也只得趕緊起身，迎出來。

「弟妹，在家幹什麼呢？」一打開門，姚氏便滿臉含笑地走進來。

「大嫂來了，也沒什麼事，就是隨便翻翻書罷了。」無憂笑著讓姚氏坐下，並趕緊吩咐丫頭們去倒茶來。

姚氏笑著坐下來道：「弟妹啊，你們都是有學問的，不像大嫂我認識不了幾個字，這些年管家，都是下人們唸帳本給我聽的。」

「我們是些沒有才能的，也就是隨便翻翻書罷了。大嫂是個幹練的人，隨便聽聽就能管這麼大的家了。」無憂少不了恭維道。

「呵呵……」無憂的話讓姚氏一陣笑。「弟妹妳是個會說話的人，我都不知道該怎麼說了。」

「大嫂，請喝茶。」連翹上了茶水後，無憂親自端到姚氏的面前。

姚氏端過茶水，低頭喝了兩口，然後端詳了無憂一眼，才正色地問：「弟妹，妳沒事吧？」

「喔，還好。」無憂摸了下臉道，心想——大概不裝一下，她是會懷疑自己的，畢竟在古代這也算是受了委屈，遭受侮辱了。

聽到這話，姚氏熱絡地勸道：「弟妹，妳別往心裡去，那個玉郡主就是刁蠻任性慣了，她想嫁給咱們二爺可不是一天、兩天。這下可倒好，妳嫁了，她沒嫁成，就把所有的怨氣都撒在妳身上，這也是女人的嫉妒心罷了。雖然妳受了點氣，可也別放在心上，畢竟人家是公主之後，當今丞相的孫女，咱們又有點理虧於人家，過去就過去了。老夫人那裡似乎有些生氣，妳以後可要小心點，伺候好咱們家這個老祖宗才是正理。」

姚氏雖然話多，這些話也是正理，無憂便點了點頭，輕笑道：「大嫂的話無憂記下了。」

「嗯，記下了就好。」點了點頭後，姚氏便又笑著端詳無憂道：「弟妹，妳可是真能裝呢！扮個男人我們大家都認不出來。別說，妳裝男人也很俊俏，唉，妳說我當初怎麼就沒看出來呢？弟妹妳真是好本事，我們家大爺請了許多大夫，腿卻是一點起色也沒有，妳一個女人卻能讓他重新站起來，真是了不起。」

聽到這話，無憂靜默不語，只是低頭一笑。

姚氏見狀，趕緊抓住無憂的手又問：「弟妹，大爺這腿還能不能像以前一樣啊？」

聽到這話，無憂擰了下眉頭，說：「這個恐怕很難，但也不是完全不可能，要看機緣了，不過我的辦法是都用完了。」

聽了這話，姚氏愣了一下，才笑著點頭。「嗯。」

正在這時候，玉竹進來稟告道：「二小姐，您讓茯苓做的幾樣點心都做好了。」

聞言，無憂便對姚氏道：「大嫂，妳不是說那個點心好吃嗎？我就讓丫頭今日多做了一點，還做了一些別的種類，妳帶些回去讓大哥也嚐嚐吧？」

聽到這話，姚氏自然是笑道：「那我就不客氣了。」

隨後，無憂便吩咐玉竹道：「去拿食盒多裝些給大奶奶帶回去。」

「是。」玉竹應聲退了下去。

又說了會兒話，忽然春花過來找姚氏，說是有管事來回話，姚氏便起身告辭了，臨走前拉著無憂的手道：「放心，我會找個機會替妳向老夫人求情的，妳別放在心上啊。」

「多謝大嫂。」無憂起身送走姚氏。

姚氏走後，玉竹便笑著稟告道：「二小姐，您不是說給老夫人也送去一些糕點嗎？奴婢是不是這就送過去？」

聽到這話，無憂低頭想了一下，道：「不必了，老夫人正在氣頭上，恐怕是不會吃我的糕點，送去也是浪費了，妳就賞給這院子裡的人吃吧。」

聞言，玉竹低首應聲道：「是，那茯苓是不是要打發她回去？」

「嗯。」無憂點了點頭。

隨後，玉竹便低首出去了。

姚氏帶著春花從無憂居住的院落裡出來，她們身後的小丫頭提著一個食盒，裡面裝的都是無憂送的糕點，春花轉身吩咐那小丫頭道：「妳把糕點先提回去吧！」那小丫頭便趕緊快步提著食盒走了。

一時間，姚氏的身邊只剩下春花，春花不禁陪笑道：「奶奶，您真要去給二奶奶向老夫人求情啊？」

此刻已經是春日三月，花園裡的花兒都盛開了，一幅花團錦簇的情景，暖風吹過，格外舒服，姚氏也不急著回去，而是漫步在花園裡賞花。聽到身後春花的話，姚氏笑道：「我哪有那閒工夫，看看再說吧，要是在老夫人跟前提起來，就說上兩句做個順水人情好了，既顯得我這個大嫂仁愛，在老夫人那裡也顯得我愛護小叔子弟媳。」

聽到這話，春花略擰了下眉頭，道：「奶奶說得都對，可是萬一這二奶奶得了老夫人的寵愛，那不是危及到您的地位嗎？」

聞言，姚氏呵呵一笑。「呵呵，就憑她？還早呢！就算這次的事老夫人不嫌她了，老夫人也不會從此就喜歡她的。」

「要說也是，老夫人天天被奶奶您哄得高興得都合不攏嘴，而且這府裡上上下下都被您打理得井井有條，誰還有這般能耐啊？這個家要是離開了您，可是就不轉了呢！」春花在一旁奉承道。

聽到這些奉承話，姚氏自然很高興，笑著道：「妳這張小嘴真是越來越會說了。」

「這還不是天天跟著奶奶學到這麼一點皮毛嘛。」春花笑道。

隨後，姚氏掃了眼前那片開得正旺的牡丹一眼，說：「今年的牡丹開得真是好呢！」

「是啊，比往年的都多，而且花朵也大呢！」春花附和道。

想了一下，姚氏便指著眼前那些紫紅色道：「老夫人最喜歡這紫霞點金的品種，趕快叫人摘幾朵好的，供在花瓶裡，妳親自給老夫人送過去。」

「是，老夫人看到肯定會喜歡的，而且還會誇讚奶奶您孝順想著她。」春花福了福身子，便趕緊叫不遠處的幾個丫頭去拿花瓶的拿花瓶、剪花的剪花。

出了沈家，沈鈞一路快騎朝城外大營的方向奔去，沈言一路在後面跟隨。不知怎的腦海中都是無憂的身影，從第一次聽到她那如清泉般的聲音，在元宵節秦家看到她那清麗脫俗的樣子，然後是她一身男裝打扮出現在沈家，還有那一句折斷梅花香氣就斷了的話，以及新婚夜在洞房內不卑不亢的態度……所有的一切都在他的腦海中走了一遍，讓人揮之不去。

到了軍營之後，剛一下馬，便有士兵過來牽走他的馬，一個校尉打扮的軍人走過來作揖稟告道：「稟告大將軍，軍士集合完畢，請大將軍檢查操練。」

「嗯。」聞言，沈鈞便把手中的馬鞭一扔，那個人接過馬鞭，他便徑直朝操練場大步而去。

操練場上，口號喊得震天響，幾千個赤著上身的男子正練著拳腳，場面很是宏大。一身黑袍的沈鈞越過一個又一個練著拳腳功夫的軍士，看到姿勢不準確的便上前親自指導，來來回回走了好久，態度和以前一樣認真敬業，只是偶爾有一瞬的心不在焉，彷彿比平時更加的寡言少語了。

在操練場上訓練完後，沈鈞回了自己的大帳，坐在鋪著虎皮的座位上，手裡擦拭著自己的劍，心卻怎麼也靜不下來。過了一會兒，他忽然把手中的帕子丟在地上，朝外面大喊一聲。「沈言！」

「在。二爺有何吩咐？」下一刻，沈言便出現在大帳門口。

「把軍中校尉以上的都請過來，今兒中午二爺要請他們喝酒，趕快去備兩桌好酒好菜來。」沈鈞衝著沈言大聲道。

聽到這話，沈言一怔，二爺今兒說話有點衝啊，以前在打仗的時候二爺才會如此大聲地喊，今兒是怎麼了？肯定是因為玉郡主找上門來吵鬧的事還在煩著呢。下一刻，沈言便道：「是。」然後退了下去……

掌燈時分，無憂坐在屋裡，眼眸不由得往門的方向看了一眼。從早上到現在沈鈞一直都沒有回來，這也不怎麼奇怪，他通常一去大營都是一整天。可是每次走之前都會交代好回不回來吃飯之類的，今日好像什麼話也沒有留下就走了，看來他還是在意的。

連翹朝外面看了看，天色早已經全黑了，便走到無憂的跟前，說：「二小姐，都這時候了，姑爺大概是不會回來，晚飯是不是要傳進來？」

摸摸肚子確實也是有些餓，知道沈鈞八成是不會回來吃晚飯了，估計連晚上睡覺回不回來還沒有個定數，無憂決定自己可是不能餓著，便道：「傳飯吧！」

「是。」連翹便轉身出去傳飯了。

飯擺上桌子後，無憂照例留下連翹和玉竹兩個在小腳踏上坐著吃飯，把春蘭和秋蘭及幾個小丫頭都打發出去吃飯。

幾個小丫頭都和婆子們出去吃飯，只有春蘭和秋蘭坐在偏房裡吃飯，房門敞開著，以備主子隨時傳喚。飯桌上擺著一葷一素兩道菜，還有一碗湯。春蘭拿著個饅頭津津有味地吃著，看到秋蘭坐在那裡望著門外黑漆漆的一片，不禁問道：「秋蘭，妳想什麼？不吃飯？」

聽到春蘭的話，秋蘭伸手拿起筷子，見四下一個人也沒有，便抱怨道：「妳說哪有二奶奶這樣的？二爺還沒回來，連等都不用等了。」

聽了這話，春蘭則道：「這個時候二爺不回來，那肯定是不回來用晚飯了，難道還讓二奶奶餓著等不成？」

「妳忘了？那時候咱們還小，大爺要是不捎話說不回來，大奶奶會一直等著不吃飯的。」秋蘭撇嘴道。

聞言，春蘭有些顧忌，推了她一把，然後望了望外面道：「好了，妳消停會兒吧，私自議論主子，要是被人聽到，有妳的好果子吃。」

「我只是心疼二爺罷了。」說了一句，秋蘭便拿起饅頭也吃起來。

過了不一會兒，只聽外面人聲嘈雜，有婆子喊了一句。「二爺回來了！」

聽到這話，春蘭和秋蘭趕緊放下手中的饅頭和筷子，一前一後地迎出去。秋蘭趕在前面，首先走到沈鈞的跟前，跟著沈鈞往前走道：「二爺，您回來了？吃過晚飯了嗎？」

「還沒有。二奶奶呢？」沈鈞一邊往正屋的方向走一邊問。

「二奶奶在用晚飯，二爺想吃什麼？奴婢這就去廚房讓廚娘做。」秋蘭又問。

這時候，春蘭已經上前撩開竹簾子，沈鈞進門之前吩咐了一句。「煮點清粥來，再送幾道爽口的小菜過來。」

「是。」秋蘭應聲後趕緊轉身去廚房了。

這方，無憂聽到院子裡的說話聲，知道沈鈞回來了，不禁擰了下眉頭。都這個時候，她以為他不會回來用飯了。坐在小腳踏上的連翹和玉竹看到沈鈞回來，也趕緊起身把自己的碗收了，擺上碗筷，在一旁伺候著。

無憂坐在飯桌前，並沒有動，當沈鈞坐在她的對面，目光迎上來的時候，無憂給了他一個微笑。「我還以為你今晚不回來用飯了，所以就沒有等你。」

沈鈞倒是神色如常，說了一句。「我也是臨時回來的，我也沒個準頭，以後妳餓了就自己吃飯。」

低頭掃了一眼飯桌上的兩、三道素菜，無憂笑道：「大晚上的不想吃葷，就留了幾個素菜，葷的都賞給下人。二爺想吃什麼？我吩咐人讓廚房再去做新的來。」

「不必了，我也沒有什麼胃口，已經讓秋蘭去廚房要他們煮清粥過來了。」沈鈞道。

「喔。」聽到這話，無憂點了點頭。

隨後，沈鈞看了一眼站在旁邊伺候的春蘭，吩咐道：「倒杯茶過來。」

「是。」春蘭趕緊倒杯茶過來。沈鈞端著茶水喝了兩口，然後掃了一眼在一旁伺候的幾個丫頭，揮揮手示意她們都下去。

連翹、春蘭和玉竹都下去後，無憂抬眼望著對面的沈鈞，微微笑道：「你是不是有話要對我說？」平時，他是不會把丫頭們都支出去的。

「妳難道沒有什麼話向我解釋嗎？」沈鈞反問。

望著對面沈鈞那幽深的眼眸，無憂認真地說：「不管你相不相信，當日的確是為了行醫方便才女扮男裝，而且以為替侯爺看完了病之後就不會再來沈家，所以也沒有解釋的必要。誰知道一道聖旨竟然賜婚於你我，本來我也想找機會告訴你，畢竟這件事早晚有一天你會知道，可是沒承想……沒承想玉郡主會突然找上門來。」

聽到這話，沈鈞點了下頭，然後又問：「那玉郡主說的到底是不是真的？」

「什麼話？」無憂奇怪地問。

「妳照料碧湖長公主立了功，以此請求皇上賜婚於我？」沈鈞定定地盯著無憂問。

聽到這話，無憂有些忍俊不禁，心想——他是不是還有一句話沒有問出來啊？就是自己就如玉郡主所說，看到他就喜歡上他，蓄謀已久地想嫁給他？唉，這種話他還真相信呢！不過，無憂卻不想太打擊他，只得回答：「當日我雖然醫治好了碧湖長公主，不過對皇上是一無所求。再說我一個閨閣中的女子，竟然明目張膽地請求皇上賜婚，豈不讓別人笑掉大牙？就算玉郡主是如此直爽之人，皇上又是她的表兄，她也沒有這樣做吧？」

無憂說得沒錯，在大齊封建思想還是很重的，一般都是男方到女方家提親，女方很少會到男方家提親，更別說去求皇上賜婚。那簡直就代表女方太上趕著男方了，這在當時的社會是非常讓人看不起的，而且還會讓男方看輕自己。所以無憂說的話沈鈞是相信的，不過沈鈞有一點卻很不明白，皇上怎麼會好端端地突然給他賜婚，且賜婚的對象還是薛無憂，這難道只是巧合嗎？

隨後，沈鈞又問：「今日玉郡主如此對妳，妳彷彿並不生氣？」

聞言，無憂微微一笑，道：「任何正常人遭受這樣的待遇應該會生氣吧，我最多是不放在心上罷了。不瞞你說，我欠秦顯人情，而玉郡主是秦顯的妹妹，看在秦顯的面子上，我也不能跟她計較。再說她對你用情至深，這麼多年的希望在這一刻徹底破滅了，對她來說也是很大的打擊。」

聽到這話，沈鈞蹙了下眉頭，半晌後才道：「如果玉郡主下次看到妳還是這般胡鬧，妳還會看在秦顯的面子上這樣容忍嗎？」

「當然不會。這次我忍了，已經是給秦顯面子，經過這次的事，玉郡主也應該對今日的衝動有所悔悟。如果她還如此，那只能說明她是個不講道理的人，對不講道理的人，我當然不會一忍再忍。」無憂回答。

聽到這話，沈鈞低頭想起兩年前那個上元節的晚上，記得那日一輛雇來的馬車和魏尚書家庶女的馬車擠在一起，兩輛馬車互不相讓，就是這個聲音先讓馬車後退，而魏尚書家的庶女和丫頭卻出言不遜，這個聲音立刻就不許馬車再退讓，這性情當日他是很欣賞的。這就是她的性格，看似溫婉柔順，能夠寬厚讓人，但是對於得寸進尺的人卻是從來不會客氣。

看到沈鈞沒有再追問，眼神也不怎麼犀利，大概是相信自己的話了吧？隨後，無憂便道：「不過說到底，這件事一直都是我在隱瞞，我只能說很抱歉。」

聽到無憂的話，沈鈞臉上淡淡的，嘴角一翹，道：「妳跟我抱歉沒什麼用，現在母親有些生妳的氣，妳還是想辦法讓母親原諒妳才是，要不然妳在這個家裡會很難立足。」

聞言，無憂一笑，說：「母親那裡我自會想辦法。不過我還是感謝這些天來你對我的庇護。」

看到對面那張如同白瓷般的臉龐上有著淡淡的笑容，眼眸中盡顯靈動，話語也很溫和，讓人看著十分舒服，沈鈞不由得皺著眉頭問：「妳一點都不抱怨嗎？」

「抱怨什麼？」無憂不禁眉頭一挑。

「我……這樣子對妳，妳一點都不難過嗎？」沈鈞也很好奇，畢竟要是一般女子，新郎官根本就不接受新娘子，做妻子的大概早就一哭二鬧三上吊了吧？

聽到這話，無憂不禁抿嘴一笑，心想——沈鈞這麼問倒也正常，畢竟在這個封建禮教時代，任何女子都是以丈夫為天，仰望著夫君而活，如果得不到夫君的寵愛，這個女人的一輩子也就不會幸福快樂了。

「妳笑什麼？」無憂的笑讓沈鈞皺了眉頭。

無憂便道：「我難過什麼？你我不都是因為一道聖旨才你娶我嫁的嗎？你既沒有讓我難堪，又沒有讓我不好過，我為什麼要怨恨你？正好相反，我還要感謝你呢。不管怎麼說，現在我吃的飯穿的衣可都是你提供給我，而且就連我帶過來的奴才也都是你在養活，在下人面前你也非常尊重我，給我留著面子。我已經很知足了，所以……」

無憂的話真的讓沈鈞匪夷所思，她是他所見過最不同的女子。聽到她一句所以之後就沒有說話，沈鈞追問：「所以什麼？」

「所以我希望這樣的狀態最好……呵呵，不要有什麼改變。」無憂笑嘻嘻地道。現在她可是在人家的屋簷下，還是對人家有個好臉色好了，難得這次玉郡主的事他彷彿沒有放在心上。

聽到這話，沈鈞的嘴角竟然上翹一下，彷彿這對他來說就是笑了。無憂看到這一點微弱的笑意，怔了一下，因為認識他以來，從沒看過他的笑容。這麼一翹嘴角就很好看，要是笑起來的話，肯定也會很帥吧？這樣酷酷的帥哥以前也只在電視上才能看到，真沒想到會讓她碰到，還陰差陽錯地做了一對假夫妻。

隨後，沈鈞便說了一句。「只要妳安分守己，不給我惹麻煩，這些待遇都可以不變。」

聽到這個許諾，無憂安心了，不過心想——這威武大將軍就是水平不低，做出保證的同時還給了前提——安分守己，不給他惹麻煩。無憂便點頭說：「那是自然。」

正在這時候，只聽到一陣腳步聲，便看到春蘭撩開竹簾子，秋蘭帶著兩個小丫頭提著兩個食盒進來。食盒打開後，秋蘭從裡面端出兩碗清粥，還有八樣精緻的小菜，以及兩樣乾糧，擺放在她和沈鈞面前，便道：「二爺、二奶奶，清粥和小菜來了。」

「嗯。」沈鈞輕點了一下頭，便低頭開始吃飯，一句話也不說了。

看到他低首吃飯，無憂也拿起筷子繼續吃飯。一頓飯間，飯桌上都冷冷清清的，誰也沒有說話。吃過飯後，丫頭們開始收拾桌子，沈鈞走到書案前拿起一本書來看。見狀，無憂也走到八仙桌前，找出一本醫書來研究。丫頭們收拾桌子後，沈鈞和無憂兩人一個在最東邊的屋子，一個在最西邊的屋子，而且兩個人都在看書，誰也不打擾誰。雖然有點不像新婚燕爾的夫妻，但是愛看書的性情是一樣的。

丫頭們給沈鈞和無憂各倒一杯熱茶，然後都退了出去。房門關閉後，屋子裡靜悄悄的，只有彼此的呼吸聲和翻書的聲音。

過了很久，忽然房間另一頭傳來自言自語的聲音。「誰動了我的書？」

聽到這話，無憂抬頭望去，只見書案前的人拿著一本書皺著眉頭，無憂這才想起，今日看沈鈞的書那時，她為了下次再看的時候不至於找不到書頁，便摺了一下。下一刻，無憂便起身，一邊往書案這邊走一邊解釋道：「你說的是那本《南詔記事》吧？」

聽到這話，沈鈞一抬頭，看到無憂已經走到書案前，他疑惑地拿著手中的書問：「這是妳看的？」

無憂低頭一望，只見那本書上自己摺的書頁還在，才笑道：「是啊，今兒白天我看到這本書挺有意思的，就翻看了幾頁，為了下次再看時不至於找不著看到哪裡，我就摺了這頁。對不起啊，沒有經過你的同意就拿了你的書看。」

沈鈞又低頭掃了一眼自己手中的書，不由得挑眉問：「這種書妳也喜歡看？」像這種很乏味的敘述地理人情的書，一般女子是很少有人看的，他也是為了瞭解一些外族，以防將來有戰事才看的。

聞言，無憂不禁道：「這書怎麼了？不是很有意思嗎？」

「有意思？哪裡有意思？」沈鈞好奇地問。

隨後，無憂便興致勃勃地回答道：「這南詔國是和咱們大齊接壤的國家，據說這南詔國的都城大理是個四季如春的好地方，天天都能聞到花香，花朵都比菜還便宜。風景就更不用說了，有山有水，而且山明水秀。最有特色的是那裡還有好多雪山，雪山上還有好多名貴的藥材，像雪蓮、蟲草等等。還有那裡有好多少數民族，白族、哈尼族、摩梭族、苗族、彝族等等，據說有二、三十個民族呢，那裡的風土人情也是一大特色。當然還有各民族的美食，黑羊肉、冷水魚等等。唉呀，要是有一天能去那裡看看就太好了。」說著，無憂竟然仰頭望著房梁，彷彿已經看到大理的藍天白雲了。

其實，今兒看到這本《南詔記事》，無憂就感覺很奇怪，在比對了地圖和歷史之後，她便確定這個地方是現代的雲南，好像在中國歷史上這個地方也叫過南詔來著，具體的她也忘了。在現代的時候她就很想去這個四季如春的地方，只是一直都沒有機會，等到想去了，卻穿越到這個地方來，真令人惋惜。不過看到了這本書之後，竟然發現在大齊也有雲南這個地方。

聽到這些，沈鈞不得不重新審視眼前的這個小女子。這本書他也翻看好久，可以說書中的精髓大致都被她說出來了，她只不過才翻看幾頁而已，而他好幾天也只不過總結了這些。以前他認為女子高雅的會些琴棋書畫，低俗的只會些烹飪針線活，要不然就是伺候男人生孩子罷了。沒想到她不但懂得醫術，還比別的男子醫術高明，現在頂多看了一下午這本厚厚的《南詔記事》，彷彿就已經知道這本書的精髓了。

看到他用異樣的目光盯著自己，無憂不禁低頭望了望自己，見她的衣服很平整，並沒有什麼不妥之處，不由得問道：「怎麼了？你怎麼這麼看著我？」

這時候，沈鈞才算回過神來，道：「喔，沒有。妳想去這個地方遊玩好像不大容易，因為南詔離大齊的京城大概有將近兩千里。而且南詔雖是咱們大齊的藩國，近來卻是蠢蠢欲動，每每想越過邊界滋事，所以現在邊疆很不太平，那就更去不得了。」

聽到這話，無憂不禁有些失望，感慨地道：「原來如此，我說你怎麼這幾日都是拿著這本《南詔記事》看呢，原來也許是有戰事了。」

聞言，沈鈞不禁感嘆眼前的女子是洞察力很強的人，他竟然也很喜歡和她說話了。下一刻，他道：「如果真有戰事，妳以為看這本《南詔記事》就管用了？」沈鈞心想——到底是個女人，就算再聰明，也不會明白男人打仗的事。

聽到沈鈞眼眸中彷彿有一絲瞧不起的那種鄙夷態度，讓無憂很是惱火，雖然在這個時代女人只是男人的附屬品，但是具有現代思想的她還是很難接受。下一刻，她便道：「自然是不管用。因為打仗要做到知彼知己，才能百戰不殆。到別人的地方打仗，最重要的就是要熟悉地形，熟悉當地人的思想和風土人情。這本書上只有後者，對前者雖然也描述了一些，但是離詳盡那還差得遠呢！如果你真的想防患未然，最好現在就開始派人去南詔，把所有地形都詳盡地描繪下來，也許當你真的要去征戰那塊地方的時候，應該是取勝的關鍵。」

聽了這話，沈鈞不由得正視起無憂來，因為這件事他在數日前就已經做了，沒想到她跟他還真是想到一塊兒去了。下一刻，沈鈞便更加有興致了，繼續問：「要讓妳說大齊如果要征討南詔，有多少勝算？」

聞言，無憂已經看出沈鈞看她的目光沒有剛才那般鄙夷了。這些個臭男人就是以為女人不如他們，只會生孩子做飯，其實在現代好多領域的帶頭人可都是女的。隨後，無憂便笑道：「兩軍對壘比的不僅是兩方的人馬，最主要的還是兩國的實力和後援以及國力。咱們大齊的人馬自然是不少，也有不少像二爺你這樣的將領，至於勝算多少就要看聖上對這次戰爭有多大的決心，以及大齊能夠付出多少糧草物資了。南詔畢竟是個小國，人口不多，而且多數是少數民族，他們本身內部矛盾就不少，很容易被分化。大齊畢竟是泱泱大國，實力誰大誰小一眼就可以看出來了。」

聽到這話，沈鈞不禁眉頭一皺，因為無憂說得句句在理，事實就是如此。這一刻，沈鈞竟然也對無憂佩服起來，她一個女人知道的一點都不比他少，而且看問題的方式也很全面，要是個男人的話，肯定也是個不可多得的人才。怪不得秦顯會如此看重她，看來秦顯才是慧眼識珠的那個人。

看到沈鈞似乎像看怪物一樣地看著自己，無憂抿嘴一笑，心想——她其實不是在顯示什麼，只是想讓他知道別看不起女人。他們知道的、能夠看到的，女人也是都會看得到的。

隨後，沈鈞又想繼續說：「……」

「我回去看我的醫書了。」無憂卻不想再和他攀談下去，在沈鈞沒有把話說出來之前，無憂便說了一句。然後轉身離開了書案，走到自己的八仙桌前，重新拿起自己的醫書開始翻看。

看到這情景，沈鈞不禁有些訕訕的，當然也有些失落，因為他可是還想繼續跟無憂談談這南詔國的事呢！不過看她好像並不想繼續跟他談下去，他也不是個不識趣的人，雖然心裡有些失望，還是伸手拿起了那本《南詔記事》繼續看著……

第三十九章

這天二更的時候，照舊是無憂先上床睡覺，沈鈞不知道又看書、看地圖的看了多晚。不過，翌日一早，他們倒是同時起床了，丫頭們也在外邊準備好洗臉水恭候著。

洗漱過後，沈鈞便道：「我陪妳一起去給母親請安吧？」

聽到這話，一抹感激之情迅速在心口升起。沈老夫人本來就不怎麼喜歡她，現在因為玉郡主說的那些話更是嫌了她，無憂正想今日去給老夫人請安會不會吃閉門羹呢，現在聽到沈鈞主動說要陪她去，她當然是很高興的。

「嗯。」無憂馬上笑著點了點頭。臨出門前，無憂看了看一旁的春蘭、連翹等人，轉而吩咐一旁的秋蘭道：「秋蘭，告訴廚房今兒早飯二爺在家裡吃，讓廚房多準備幾樣飯菜。」

「是。」秋蘭聽了馬上應聲去了。

路上，無憂笑道：「你今日是特意留下來陪我去給母親請安的吧？」

聽到這話，沈鈞卻道：「正巧今日軍營裡沒有什麼事，就晚走一會兒。」

聞言，無憂不禁想——這個沈鈞，真是沒意思，明明就是好心陪自己去給老夫人請安，怕老夫人給自己難堪，還偏偏不承認。真是頭一次看到他這樣的人，對別人好還要給自己找個理由，還什麼正巧今日軍營裡沒有什麼事。

見無憂半晌沒有說話，沈鈞回頭望了無憂一眼，也問：「妳現在倒也挺像個賢妻良母了，還吩咐人讓廚房給我多準備些飯菜。記得以前大哥也很少在家裡吃飯，每逢在家的時候，大嫂也都極其細心地吩咐廚房準備大哥愛吃的飯菜。」不知不覺中，彷彿他們兩個都已經進入角色狀態。

聽沈鈞這麼一說，無憂故意地一揚下巴，學沈鈞的口氣道：「正巧我今日胃口好，想多吃點，所以就讓廚房多做些菜式了。」

突然看到無憂學他說話的樣子，沈鈞竟然忍不住笑了起來。這時候，學沈鈞揹著手的無憂看到沈鈞笑了，馬上就愣住。沈鈞笑過之後，突然發現無憂瞪著一雙大眼睛看著自己，不由得又繃住了臉，問：「妳這麼看我幹什麼？」

無憂則像發現了新大陸一樣，上前兩步便走到沈鈞的面前，伸手指著沈鈞的臉，驚奇地道：「你笑了！你竟然笑了！」

沈鈞不由得哼了一聲，然後低頭望著大概矮他一個頭的無憂問：「我笑一下妳用得著如此激動嗎？」

「我當然激動了，因為我還沒有看你笑過。我以前還以為你根本就不會笑呢！」無憂仰頭望著高大的沈鈞回答。

聞言，沈鈞竟然又笑了一次，不過這次的笑可以用哭笑不得來形容。以前看她都是一副溫婉賢淑的模樣，今兒活潑起來好像還挺可愛的。望著今日穿著一身淺碧色褙子的她，心裡好像忽然升騰出一抹說不清道不明的感覺。雖然對她越來越有好感，但是下一刻沈鈞還是把眼光移向別處，聲音有些生硬地道：「我只是不愛笑罷了。」

看他又恢復以前那副冷冰冰的死樣子，無憂也收住笑容，轉身往前走。沈鈞見狀，也不說話，跟無憂肩並肩地走著。不過無憂的心裡卻仍在想著剛才他臉上的那抹微笑，他笑起來還真是挺好看的。

轉眼二人便到了沈老夫人的住處，一站在正屋的門外，丫頭便急忙跑了過來，福了福身子道：「給二爺、二奶奶請安。」

沈鈞對那丫頭道：「老夫人起身了嗎？」

「起來了，雙喜姊姊正在給老夫人梳頭呢！」那丫頭趕緊回答。

沈鈞便吩咐那丫頭說：「去稟告老夫人，我和二奶奶來給她老人家請安了。」

「是，二爺、二奶奶稍等。」說完，那丫頭便轉身打開門簾進了屋子。

沈鈞和無憂站在原地等著。無憂心想——這就是沈鈞陪自己來的好處，所有人都對他恭恭敬敬的，而且該傳話的傳話，根本就不會有一刻的耽誤。站在沈鈞的面前，她倒是還多了幾分底氣，難道這就是所謂的狐假虎威嗎？

過沒多久，只見那丫頭掀開簾子出來，低首回道：「二爺，老夫人說您要忙就忙去，不用給她請安了，她這會兒正梳頭，不想讓人打擾。」

聽到這話，無憂並不意外，因為她知道現在老夫人肯定是不想見她的。沈鈞聽到這話，則是蹙了下眉頭，說：「妳去告訴老夫人，就說我今兒不忙，讓雙喜給老夫人慢慢地梳，我和二奶奶就在這裡等著好了。」沈鈞也知道老夫人並不是不想見他，而是不想見無憂罷了。

聽了沈鈞的話，那丫頭看似有些為難。其實傻子也知道剛才老夫人的話只不過是個託詞罷了，壓根兒就是不想見無憂。梳個頭罷了，進去請個安說個話還能妨礙她梳頭嗎？只是倒難為了那個丫頭，不知道該怎麼進去回話來著。

正在這時候，門簾忽然從裡一挑，便走出來一個穿著暗紅色比甲的丫頭。無憂抬頭一看，是雙喜。雙喜是老夫人身邊最得力的大丫頭，這沈家的主子可是都給她幾分面子的。看來沈鈞的面子不小，要是自己來的話，估計連雙喜都不會露面就把她打發走了吧？

只見雙喜走到沈鈞和無憂面前，也是福了福身子請了個安。「雙喜給二爺、二奶奶請安。」

看到雙喜，沈鈞朝門簾的方向看了一眼，問：「妳不是在給老夫人梳頭嗎？」

雙喜轉頭看了那個小丫頭一眼，打發她走開後，才笑道：「二爺、二奶奶，今兒奴婢給老夫人梳頭，可是她總是不滿意。這不頭將就著是梳好了，可是今兒老夫人心情不太好，也不想見人，現在正歪在炕上等著早飯送進去呢！要不二爺和二奶奶改日再來？」

聽到這話，沈鈞和無憂對望了一眼，沈鈞才道：「那好吧，我和妳二奶奶改日再來好了。」

「是，二爺、二奶奶慢走。」雙喜趕緊送出門道。

沈鈞和無憂出了沈老夫人的院子，無憂沒有說話，心裡在想——剛才雙喜說的是改日再來，那麼今晚也不用去請安了嗎？這應該擺明了就是不願意看到自己吧？

見無憂不說話，沈鈞以為她不高興了，倒是勸解道：「妳不必放在心上，母親人老了，有時候也跟小孩子一樣愛使性子什麼的，過陣子她把那件事忘了也就好了。」

話是如此說，但無憂知道要想讓老夫人不生氣，估計也沒那麼簡單。既然不簡單，她也就先不想了，抬頭笑道：「我沒有放在心上。」

聽到這話，沈鈞掃了無憂一眼，看見她古靈精怪的神情，不由得扯了下嘴角。進了他們居住的院子，丫頭們看到他們回來了，便趕緊張羅著擺飯。

不久後，飯桌上便擺滿今兒的早飯，有清粥、豆漿、雞蛋湯，十幾樣各式的葷素小菜，蛋餅、花卷、炸果子，還有兩樣糕點，很是豐盛。

望著眼前飯桌上的豐盛早飯，無憂不禁想——秋蘭真上心，果然叫她去傳飯沒有錯，只要是沈鈞在，她會把吃食都交代得妥妥當當的。

瞥看了一眼站在一旁伺候的幾個丫頭，無憂便道：「妳們都下去用早飯吧！」

「是。」聽到主子的話，春蘭、連翹和玉竹都退了下去。

過了一刻，無憂再一抬頭，只見秋蘭還侍立在一旁，她不禁道：「秋蘭，妳怎麼還不去吃早飯啊？」

這時候，秋蘭看了一眼無憂對座的沈鈞，趕緊笑道：「二奶奶，秋蘭還不餓，正好可以在這裡伺候您和二爺。」說完，便伸手為無憂盛了一碗豆漿放在眼前，又笑道：「二奶奶，清粥和雞蛋湯您要不要也來點？」

「這碗豆漿就好了。」說完，無憂便低頭吃飯不再說話了。

很明顯地，她當然能夠看得出秋蘭是想在這裡伺候沈鈞。抬眼望了一下對座的沈鈞，卻是不發一言，繼續在那裡慢條斯理地吃飯，一旁的秋蘭不時還會為他盛碗豆漿、遞個卷子什麼的過去。不過沈鈞的臉上卻是和以往一樣，一點表情都沒有，秋蘭倒是小心地伺候著，看得出眼中沒有別人，對她這個二奶奶只不過是應個景而已。

看到這裡，無憂不禁略略擰了下眉頭，心想——以秋蘭的這個做法，簡直就是在作死，只不過她並不是什麼真的二奶奶，對沈鈞的人她是不好隨意處置的。這要是嫁過來的是沈鈞真正的妻子，這個秋蘭估計都不知道自己是怎麼死的了。

吃著吃著，無憂看到一個小碟子裡放了兩塊白切雞，顏色很鮮亮。這白切雞在現代的時候她也吃過幾次，感覺挺好吃的，便伸出筷子去挾了一塊。沒想到還沒挾進碗裡，秋蘭便上前笑道：「二奶奶，這個白切雞不是咱們家廚子自己做的，是在外邊買來的，不知道您會不會嫌不乾淨？」

聽到這話，無憂愣了一下，心想——嫌不乾淨？既然是不乾淨的東西，怎麼還拿上來？難道沈鈞不怕不乾淨嗎？正疑惑著，無憂忽然看到沈鈞的碗裡也有一塊白切雞，這一下子她終於明白了，原來這個白切雞是沈鈞喜歡的，她是怕自己搶了沈鈞愛吃的東西吧？隨後，她一笑，道：「沒事，我這個人腸胃好，不怕的。」說完，便放在嘴裡嚐了一口，然後道：

「嗯，不錯，怪不得是外邊買來的，果然挺好吃。」

聽到這話，秋蘭後退一步，素手站在那裡什麼也沒有說。

對座的沈鈞卻在這個時候伸手用筷子挾了碟子裡最後一塊白切雞，放在無憂的碗裡，還說了一句。「喜歡吃就多吃。」

聽到這話，無憂一怔，然後沈鈞便自顧自地又吃起飯來，她也低頭津津有味地吃起碗裡的白切雞，心想——這個味道還真好吃，怪不得要到外邊去買呢！哼，現在不用看，那個秋蘭的臉色肯定是好看不了吧？

很快，一頓早飯的時候便過去了。吃完之後，秋蘭伺候沈鈞漱了口，沈鈞便對無憂道：

「軍營裡還有事，我先走了。」

聽到這話，無憂便站起來，點了點頭。「二爺慢走。」

秋蘭這時候趕緊把寶劍拿過來遞到沈鈞的手裡，沈鈞接過寶劍，便轉身出了房門。不想剛邁出門檻一步，又忽然轉身，無憂一怔，隨即沈鈞便望著無憂道：「晚上我回來吃飯。」

「喔。」聽到這一句話，無憂茫然地點了點頭，心想——她和他之間這作戲作得也太逼真了吧？怎麼連她自己都感覺彷彿她真的是在和他過日子了。

沈鈞走後，春蘭她們也早已經吃完飯，過來把桌子都收拾了。無憂把連翹叫過來道：

「妳去二門外把茯苓叫來，讓她做兩樣鬆軟的糕點，做好了妳讓春蘭給老夫人送過去。」春蘭是沈鈞身邊的人，她去的話肯定比連翹她們去要好得多，最起碼應該能和雙喜說上話。

聽到這話，連翹詫異地問：「二小姐，您不是說老夫人正在生您的氣，先不要送東西過去嗎？」

「我吩咐妳，妳只管去做就是了。」無憂道。

「是。」連翹不再多言，趕緊出去。

無憂又吩咐玉竹道：「妳把我昨兒說的那幾味草藥給我拿進來，好些日子沒有研製藥丸，感覺手都有些癢了。」

「是。」玉竹應聲趕緊去了。

不多時，玉竹就拿了好多味草藥過來，屋子裡都散發著幽幽的藥草香。無憂坐在八仙桌前一邊看書一邊研究著。玉竹她們看到她專注的樣子也都退了出去，因為她們都知道二小姐一研究起藥來可是廢寢忘食、不喜歡被人打擾的，連午飯也都是隨便扒了兩口。

午飯後休息一個時辰又看了一會兒書，無憂走出屋子。看看天色還不算太晚，這在屋子裡憋了一天，實在是有些憋悶，所以想出門走走。忽然轉頭一瞥，看到院落裡種植的一些花草樹木都長得挺茂盛的，不禁突發奇想。在院落裡的廊簷下看了一塊地，上面並沒有種植什麼，便叫連翹過來，讓她帶著丫頭們挖個深一點的坑。吩咐完就進屋去喝了杯茶，過一會兒出來一看，只見連翹、玉竹幾個圍著一個長得有些粗壯的小丫頭，那小丫頭正拿著一把鐵鍬一點一點地挖坑，可是那個坑還是不大。雖說是個粗壯的丫頭，但是像這種活兒到底也是沒怎麼幹過吧？

見無憂回來了，連翹上前問：「二小姐，您看這個坑怎麼樣？夠不夠深？」

無憂早就看到了，直接搖頭道：「這個不行，還得再挖深一點。」

聽到這話，一旁的春蘭見那個丫頭挖不動，便提議道：「二奶奶，不如奴婢去二門外叫個小廝進來挖？這個活兒女孩子到底是幹不了的。」

無憂抬頭看看這個時候天色都暗了，再叫個小廝進來，今兒都別想種了，便一邊搖頭一邊把裙子撩起來塞進腰帶裡，說：「不用了，我自己來。」

「啊？」幾個丫頭聽到無憂說她自己要親自來挖坑，不禁都驚訝得張大嘴巴。連翹知道雖然二小姐是主子，但是從小到大都不是嬌弱的小姐，今兒主子會自己親自動手挖坑倒也不稀奇。可是玉竹還不太瞭解這位主子，春蘭、秋蘭等人就更是不解了，二奶奶親自挖坑，傳出去還不被人笑死？挖坑這種活兒就是沈家的丫頭也不會去做的。

說幹就幹，只見無憂伸手拿過那個挖坑丫頭手裡的鐵鍬，便一板一眼地開始從那個小坑裡鏟土出來，她幹得好像還挺得心應手的。別說這種活兒雖然在這一世沒做過，但是在上一世可是每年都要做一次的，那就是在植樹節的時候。她幹得很賣力，不一會兒的工夫那個坑就挖得不小，而且比那個粗壯的丫頭可是厲害許多。

夕陽照耀著彩色的雲朵，無憂整個人都沐浴在那燦爛的霞光中，正在此時，一個黑色身影走進院落，身後還跟著一身藍色布衫的沈言。

當看到眼前這一幕的時候，沈鈞先是一怔，只見五彩霞光中，一個把白綾裙子都掖在腰間的女子正站在一個坑裡，她的手裡拿著一把大大的鐵鍬，把一鐵鍬一鐵鍬的土從坑裡往外劃出，還不時拿衣袖擦著額前的汗水。隨後，沈鈞的眉宇便皺在一起，因為她的周圍還站了整整一圈的丫頭，都在觀看著她的動作。她幹得還算是一板一眼，衣著雖然是主子，但是並不華麗，頭上也沒有戴多少金銀首飾。現在的她簡直就有一種說不出來的美，不是那種庸脂俗粉只會琴棋書畫舞蹈的搔首弄姿的美，是那種最自然的美，一種他從來都沒有見過的英姿颯爽。

沈鈞足足望著這樣的無憂好一刻，他的眼也瞇在一起。當然，那些丫頭都只顧著看無憂挖坑，壓根兒就沒有人發現他。

這時候，跟著沈鈞進來的沈言雖然看到二奶奶親自挖坑也是吃了一驚，不過他可沒有愣住，而是趕緊跑到無憂跟前，笑道：「二奶奶，您怎麼親自幹這種粗活呢？趕快把鐵鍬給小的，讓小的來幹就好了。」

突然聽到一個男音，無憂停住手，把手放在鐵鍬上一邊喘著粗氣一邊抬頭，看到是沈言站在自己面前，她卻微微笑道：「不用，馬上就好了。」

「您畢竟是個女人家，怎能幹這樣的活兒呢？」見二奶奶不肯把鐵鍬給他，沈言蹙了眉頭，很是著急的樣子。

這個時候，圍著無憂只顧著看的那些丫頭看到沈言來了，就知道二爺肯定也回來了，一轉頭，果不其然，只見一身黑袍的二爺正揹著手站在院子中央，一雙眼睛陰晴不定地望著這邊。隨後，春蘭、秋蘭、連翹、玉竹以及一幫小丫頭等，趕緊福了福身子行禮。「二爺。」

這時，無憂也抬頭朝院子中央望去，只見霞光中一個魁梧的黑色身影站在那裡，異常的高大威武，怪不得皇上會封他為威武大將軍，果真是神武非常。只是他的臉色好像不怎麼好看，一雙帶著陰鷙的眼眸半瞇著望向自己。看到這裡，無憂趕緊低頭望望自己，只見她的袖子挽在胳膊上，露出一截白如蓮藕的手臂，而她下身的白綾裙子就更是慘不忍睹了，裙子都被掖到褲腰裡，露出裡面鴨青色的褻褲，這個樣子可真是不雅呢！

隨後，那黑色身影一言不發地大步走到無憂的面前，無憂還來不及反應，只見沈鈞伸出一隻大手便抓住無憂的手腕，她不得不低呼一聲。「啊……」

隨後，她的身子已經被沈鈞拉了上來，而她的鐵鍬也被他搶了過去，無憂不禁怔了，傻傻地問：「你……幹什麼啊？」

而換來的卻是沈鈞臭著一張臉的斥責。「妳看看妳，成什麼樣子？」

「我……」無憂剛想辯解。

不想，沈鈞一下子跳入她剛才挖的那個坑裡，伸手把袍子的一角瀟灑地掖在了腰帶中，然後拿起鐵鍬，彎腰便開始挖起坑。看到這情景，無憂不禁怔了，他前一刻不是還在斥責自己嗎？怎麼現在又幫自己挖起坑來了？四周圍著的丫頭本來也以為這位二奶奶要惹二爺生氣了，可是誰也沒想到二爺竟然親自為二奶奶挖起坑來，不禁都在心中深深地納罕。

這時，沈言才反應過來，趕緊上前道：「二爺，還是讓沈言來吧？」

「你該幹麼就幹麼去吧！」沈鈞卻是連頭都沒有抬，繼續賣力地把坑中的土一鐵鍬一鐵鍬地剷出來。不過，沈言卻是不敢走的，只能在一旁候著，看看一會兒有沒有他能幹的活兒。

男人就是男人，不一會兒後，那個坑就挖得很大了。這時候，沈鈞停了下來，抬頭望著盯著他看的無憂問：「妳挖這個坑要幹什麼？」

「啊？」聽到問話，無憂才緩過神來，趕緊道：「我……我要種樹。」

「種樹？種什麼樹？」聽到這話，沈鈞皺緊了眉頭，心想——這個女人到底想搞什麼？

「等……等一下。」這時候，無憂低頭一望，自己的裙子還在腰裡，便趕緊把裙子放下來，然後便轉身跑進屋子裡。

不多時，就在眾人疑惑的目光中，只見無憂從屋子裡跑了出來，來到沈鈞的面前，把手伸出來。隨後，沈鈞的目光便在她慢慢張開的手掌心裡看到兩顆果核一樣的東西，看到這個，他不由得眉頭一擰，問：「這是什麼？」

「杏梅啊！」無憂微笑著回答。

聽到這話，沈鈞還沒有反應過來，一旁的春蘭卻忽然道：「哦，奴婢想起來了，這是大奶奶給二奶奶的那兩顆杏梅吧？怪不得連核也這麼大，那杏梅可是貢品，只是在咱們這地方能長成嗎？」

聽了春蘭的話，沈鈞突然想起幾天前的晚上，他在書案前看到的那顆又大又紅的杏梅，現在還能想起那抹又酸又甜的味道。對了，大嫂那日還開玩笑說無憂只拿了兩顆，看來那一顆真的是她特意留給自己的。這一刻，沈鈞忽然感覺心中又異常地舒暢起來。

這時候，無憂便對沈鈞道：「我也不知道這杏梅在咱們這個地方能不能長成，不過我感覺這個杏梅這麼好吃，如果咱們這裡也能長上一、兩株，以後要是想吃就方便了。不過我想要是這株杏梅樹能夠結好多果子，都是又大又紅的，肯定非常好看。」

看到無憂憧憬的樣子，沈鈞鬆開了眉宇，說了一句。「那就試試吧！」

聽到這話，無憂高興不已，便把手中的果核扔進了沈鈞挖的坑裡。隨後，只見沈鈞站在坑外，拿著鐵鍬，又一鐵鍬一鐵鍬地把土往坑裡填著。見此，沈言又跑過來說要幫忙，可是沈鈞不讓，只是讓他去提水。當把所有的土又都填回去，澆了好幾桶水後，夕陽早已經被無邊的黑夜吞沒，屋裡屋外都已經掌了燈。沈鈞和無憂進了屋子，丫頭們都伺候著他們洗手洗臉。

無憂先行清洗好了，便對秋蘭道：「秋蘭，妳去廚房看看晚飯好了沒有？好了就傳飯吧！」

「是。」秋蘭趕緊應聲去了。

聽到無憂吩咐秋蘭去傳飯了，正由春蘭伺候著換衣服的沈鈞掃了她們一眼。大概過了一盞茶的工夫後，飯菜已經在桌上擺好，沈鈞和無憂也分別上了位子。低頭望了一眼飯桌上的菜餚，沈鈞吩咐道：「去拿一罈酒來。」

「是。」春蘭趕緊跑著去了。

聽到他命人去拿酒，無憂笑道：「二爺，今日這麼有興致？」

聞言，沈鈞今日說話也很溫和。「妳要不要陪我喝兩杯？」他的目光落在無憂的身上，換了衣服後，她身上穿的是青色繡著花邊的對襟小襖，下身是條白色的裙子，頭髮鬆鬆地綰起，頭上只插了一根刻著木蘭花的白玉簪，耳垂上是一對碧綠色的水晶珠墜，這身打扮十分清爽，讓人看著就舒服。

聽到他的邀請，無憂笑道：「難得二爺好興致，我當然願意奉陪了，不過我的酒量不好，只能點到為止了。」

聞言，沈鈞的唇邊一扯，道：「我也沒有那麼多酒可以讓妳喝。」

說罷，只見春蘭已經搬一罈酒過來，只是那罈子很小，而且不是一般的酒罈子，而是個乳白色上面刻著好看花紋的瓷罈。掃了那罈子一眼，無憂心想——怪不得說沒有多少酒讓自己喝，大概這酒很名貴吧？

隨後，春蘭便打開酒罈的蓋子，為沈鈞和無憂分別倒上一杯。還沒有喝，無憂就聞到一抹濃濃的酒香，不由得道：「這是什麼酒？怎麼這麼香？」

聽到這話，沈鈞的嘴角一翹，沒有回答，而是說：「讓春蘭告訴妳吧！」

隨後，無憂的眼睛便望向春蘭，春蘭便趕緊道：「回二奶奶的話，這酒叫竹葉青，其實倒也常見，只是這種酒是竹葉青裡的極品，是當代釀酒大師南宮二郎親手釀造的。這位釀酒大師南宮二郎是咱們二爺的好友，要不然別人可是花費千金都買不來呢！」

聽到這話，無憂點了下頭，心想——原來是和釀酒人有關係，這酒香倒是不錯，看來沈鈞也算是個愛酒之人。其實她在現代平時無事也曾經釀造過葡萄酒，還請名家傳授過技藝，到時候倒是可以給他露一手了。

隨後，沈鈞便對在一旁侍立的丫頭們揮了揮手，道：「這裡不用妳們伺候了，都下去吃飯吧！」

「是。」連翹、玉竹和春蘭等人聽到這話，自然知道他們夫妻是有體己話要說，便紛紛退了下去。

這次秋蘭仍舊站在那裡不走，無憂掃了秋蘭一眼，並不在意，轉而低頭聞著酒杯裡的酒香。可是，這一次，對座的沈鈞卻發話了。「秋蘭，妳也下去。」

聽到這話，秋蘭趕緊陪笑道：「二爺，晌午的時候秋蘭吃撐了，就讓奴婢在這裡伺候您和二奶奶吧？」說著，秋蘭還看了一旁的無憂一眼。

沈鈞卻是看也不看秋蘭一眼，聲音還有些清冷地道：「不餓就下去歇著，我和妳二奶奶有私房話要說。」

「是。」聽到這話，秋蘭咬了下下唇，很是不情願地福了福身子，便緩緩轉頭往外走著。

無憂瞥了秋蘭一眼，只見她失魂落魄地走了，連那背影都顯得形單影隻的。唉，無憂心裡不禁嘆了一口氣。在現代如果愛上不該愛的人，也就是落個傷心罷了，而在古代，如果女人愛上一個不該愛的人，除了傷心以外，也許還會粉身碎骨。

「來，先喝一杯。」沈鈞說著便舉起酒杯。

「嗯。」無憂點了點頭，也舉起手中的酒杯。

沈鈞望著無憂道：「我可以乾，妳喝一小口就是了，這種酒的後勁可是很大的。」

「好。」無憂微笑著點了點頭，隨後，果然看到沈鈞把一杯酒都乾了，無憂則是喝了一小口，便感覺火辣辣的。大概是看到她齜牙咧嘴的模樣，沈鈞沒有說話，只是伸出筷子挾了一塊排骨，放在她面前的碟子裡。

「謝謝。」說了一句，無憂便趕緊低頭吃菜，沈鈞也低頭挾了一口菜吃。

隨後，無憂忽然抬頭說了一句。「其實秋蘭是很喜歡在這裡伺候你的。」她也不知道自己怎麼突然就說了這麼一句。

沈鈞抬頭望了無憂一眼，無憂才感覺自己好像多嘴了。下一刻，沈鈞則是一邊挾菜一邊來了一句。「難道妳喜歡她在這裡伺候嗎？」

聞言，無憂一笑，心想——難道是他以為自己不喜歡，才把秋蘭打發走的？隨後無憂道：「誰伺候都無所謂啊！」

「可是我發現妳好像很喜歡吩咐秋蘭去傳飯。」沈鈞忽然來了一句。

聽到這話，無憂愣了一下，眼睛望著沈鈞，心想——沒想到他的觀察還挺仔細的，這也發現了。不過她也不怕實話實說，遂道：「唉，我可是為你著想，你愛吃什麼、愛喝什麼，她都是瞭若指掌。你在家裡用飯的時候讓她去傳飯，你肯定能吃好的。」其實還有兩句話無憂在心裡沒有說，秋蘭去傳飯的話，菜色也會非常豐盛，她可是也能跟著沾點光。

聽了這話，沈鈞沒有言語，只是默默地吃著菜，還不時地自斟自飲。大概是怕無憂喝多了吧，三杯過後就沒怎麼再讓她喝了。

吃著吃著，沈鈞和無憂也有一句沒一句地閒聊起來。沈鈞發現他倒是不討厭跟她聊天，她和一般女子好像真的挺不一樣，可是究竟哪裡不一樣，他還有些說不上來。

「這府裡的日子妳還習慣吧？」沈鈞忽然問。

聞言，無憂一笑。「我這個人呢，是天涯海角隨遇而安的人，只要吃得好、睡得好而且清靜，我就都習慣了。」

聽到這話，沈鈞不禁一怔，心想——這麼隨興的女子他還是第一次碰到，天涯海角隨遇而安？就是他這個男子也不一定能做到的。

見他不說話，無憂便問：「據說你大部分時間都是領兵在外，這句話送給你倒是挺合適。對了，帶兵打仗是不是也挺有意思的？」

看她說得輕鬆，沈鈞抿了下嘴唇，眼眸望著眼前的燈火，臉色也一凜，幽幽地道：「戰爭的慘烈不是妳這種在閨閣裡養尊處優的女子所能想像的，要知道一將功成萬骨枯，其實打仗的人最不喜歡的就是打仗。可是有時候為了自己國家的利益，為了自己國家百姓的安危，卻不得不去打仗。真的去了戰場，對親人來說那就是生離死別，也許這輩子都不會再見了。」

聽到這話，無憂忽然感覺心裡異常的沈重，從他那幽深的眼神中她彷彿能夠看到那抹深深的憂鬱和揪心。看來他在戰場上是經歷過許多的人，怪不得他的性格如此冷硬，那麼不苟言笑。也許他以前並不是這樣的人，是那個充滿硝煙的戰場把他變成今日的模樣吧？忽然，無憂的心裡竟然升起一抹濃濃的心酸。

對，就是那種帶著一點痛的心酸。她忽然非常同情起眼前這個看似堅毅無比的男人來，她能夠感覺得到他的心似乎是柔軟的，堅毅的外表只是用來偽裝的工具，她突然有種想去撫慰那抹柔軟的衝動。不過她知道這只不過是她一時的衝動，她要隱忍，也許跟他交個朋友也不錯。抱著這樣的想法，無憂感覺以後跟他相處起來也許就容易得多了。

這晚，照舊是無憂先行睡了，沈鈞仍是看了好久的書和公文才來到榻上睡去。

第四十章

翌日，天剛矇矇亮，一個黑色身影便輕手輕腳地離開房間。

這時候，沈言早已在府門外備好了馬，看到沈鈞出來，趕緊低首道：「二爺。」

沈鈞嗯了一聲，從沈言手中接過轡繩，便一躍上馬，一夾馬肚，馬兒便往前慢跑起來。沈言見狀也躍到馬上，騎著馬兒追了上去。

這次，沈鈞並沒有像以前一樣揚起馬鞭抽打馬屁，一溜煙地往城外跑，而是讓馬兒一直慢慢地走著。沈言見狀，知道必定是有什麼事，便趕緊跟上來。

「二爺，可是有什麼吩咐？」沈言上前道。

「今日你不必隨我去軍營，你去調查一下二奶奶未嫁到咱們沈家以前的事，包括她家裡的事，越詳細越好。」沈鈞低聲吩咐著。

聽到這話，沈言一愣，不過來不及多想，趕緊應聲道：「是。」

最後，沈鈞還囑咐了一句。「這件事別讓人知道。」

「二爺放心，沈言明白。」沈言趕緊點頭。

「嗯。」聽到沈言的話，沈鈞滿意地點了點頭。然後，便揚起馬鞭，衝著馬屁股狠狠地抽打兩下，馬兒一聲長嘯後，拚命地往前跑著。

坐在馬上，道路兩旁的景象飛快地往後退。沈鈞的腦海裡卻是對無憂這個女子越來越好奇，她現在彷彿就像一本他很感興趣的書，他想把她翻開，一頁一頁地讀了……

兩日後——

這日一早，無憂正坐在梳妝檯前梳頭，忽然聽到外面喊了一聲。「二奶奶，大奶奶來了。」

聽到這話，無憂一怔，心想——今兒姚氏怎麼突然來了？因為這兩日她都是對外稱病並沒有出門，而且連老夫人那邊也沒有去請安，想必是來看望她的病的？

站在無憂身後為她梳頭的連翹趕緊低聲道：「二小姐，要不要上床去裝一裝啊？」

「不必了。」無憂知道她的稱病不出也只是託詞，大概府裡的人都明白吧？而且這幾日她都有派人去給沈老夫人送吃食，也不算對沈老夫人不敬。

姚氏還沒有進門，聲音就已經先傳進來。「弟妹啊，大嫂來看妳了。」

無憂趕緊起身相迎，笑道：「大嫂，您來了？連翹，趕快給大奶奶倒茶。」

「是。」連翹趕緊應聲。

「聽說妳不舒服，這兩日也沒能得空來看妳，今兒好不容易得了空，就來了。」姚氏一邊說一邊打量著無憂。

姚氏的眼光很銳利，無憂知道她是來看自己是不是在裝病的吧？無憂抬眼，聲音緩緩地道：「大嫂，坐下說話吧！」

「好。」

隨後，姚氏和無憂便都坐在八仙桌前。

「這兩日就是有些懶洋洋的，大概是著了點涼，沒什麼大事，還勞大嫂跑一趟。」無憂說著便伸手摸摸頭。

聽到這話，姚氏笑道：「沒事就好，大嫂就不掛心了。再說弟妹妳也是個大夫，這點小毛病不算啥，妳自己開點藥吃就好了。」

「嗯。」無憂微微笑了笑。

這時候，連翹倒了一杯熱茶過來，放到姚氏面前。「大奶奶，請喝茶。」

瞥一眼面前還冒著熱氣的茶水，姚氏笑道：「我還有事，可是沒有閒工夫喝茶了。」

「大嫂再忙，喝杯茶的空也無妨吧？」無憂笑道。

聞言，姚氏道：「今兒不是謝家的弄璋之喜嗎？我和老夫人一會兒後都要去謝家道喜呢！」

聽到這話，無憂掃了一眼今日姚氏的打扮，怪不得今日穿得如此正式，一身的誥命衣裙，頭上也戴著很莊重的點翠首飾，原來是去謝家登門道賀。無憂便笑道：「原來是去謝家啊。」她們一起去謝家，那她是否隨行？按理說她是次子的正室，沈鈞又官拜威武大將軍，雖然頭上沒有爵位，但是在朝廷裡算是掌權派，沒道理不讓她去。不過這幾日她一直都是稱病不出，倒也給對方一個理由吧？畢竟老夫人這幾日還不想看到自己。那麼姚氏今日也不是專程來看自己，恐怕是和這件事有關吧？

果不其然，姚氏笑道：「弟妹，按理說妳也應該跟我們一起去，可是妳這身體能行嗎？到謝家那邊恐怕要熱鬧一天才能回來呢！」

聽到這話，無憂便索性順水推舟，笑道：「大嫂說得是，這兩日我的身體不太方便，不如大嫂替我和老夫人說明吧，我就不去了。」不想讓她隨行，大概也是沈老夫人的意思吧，畢竟姚氏應該是不會這樣自作主張的。看來沈老夫人的氣性還很大，一點也沒有降火的意思。

聞言，姚氏一笑。道：「放心吧，妳就好好在家裡休息，老夫人那裡大嫂去替妳說。」

這時無憂起身道：「那就有勞大嫂在老夫人跟前侍奉了。」

下一刻，姚氏也站起來道：「弟妹不用客氣，咱們都是自家妯娌，沒什麼可說的，那我就先走了。」

「大嫂慢走。」無憂送道。

姚氏走後，連翹不禁道：「二小姐，她們也太不把您放在眼裡了，去謝家賀喜這樣的事也不叫上您，還讓您自己說不去。」

無憂轉身坐在梳妝檯前，一邊理著頭髮一邊道：「那樣的場合鬧騰得很，見著什麼人都要客套。現在我反倒落個輕鬆。」

連翹卻道：「二小姐，您這樣不爭不搶的性子是不行的，這樣下去您在這府裡可是一點地位都沒有呢！」

「過好咱們自己的日子就行，管那麼多做什麼？」無憂笑了一下。

「二小姐，話是這麼說，可是您想想咱們家大奶奶以前也是這麼想的，可是二奶奶就步步緊逼，到最後連個安生日子都沒得過。」連翹好意提醒著。

無憂半晌沒有言語，凝了會兒神，然後問：「春蘭呢？」

「在外邊呢！二小姐有事叫她？」連翹回答。

「把她叫進來回話。」無憂吩咐道。

「是。」連翹應聲出去了。

不多時，只見春蘭走進屋子，來到無憂的跟前，低首道：「二奶奶有事叫春蘭？」

坐在梳妝檯前找了一根玉簪子插進頭髮裡的無憂，看了一眼春蘭，然後問：「這兩日妳都把茯苓做的糕點給老夫人送過去了嗎？」

「回二奶奶的話，奴婢都是趕在晌午之前送過去。今兒好像老夫人要出門，正好想來討您的示下，今兒要不就晚上送過去？」春蘭趕緊道。

無憂問：「這幾日妳見到老夫人了嗎？」

「沒有，只看到雙喜。老夫人還是不怎麼高興，不過倒沒像前幾日那般說難聽的話，只說糕點她不喜歡吃，都賞給老夫人院子裡的下人。」春蘭回答。

聞言，無憂想了一下，然後說：「既然不喜歡吃糕點，那今兒妳就讓茯苓做些別的吃食，妳按時給送過去就是了。」

「是。」春蘭趕緊點頭道。

無憂又掃了一眼屋子裡，隨口問一句。「怎麼這兩天沒看到秋蘭啊？」

聞言，春蘭便趕緊道：「回二奶奶的話，二爺前兩日吩咐以後秋蘭就只管打理書房那邊的事，讓奴婢在二奶奶跟前伺候。」

突然聽到這話，無憂捋著頭髮的手忽然一僵，不由得有些吃驚，心想——沈鈞這是什麼意思？就是說讓秋蘭以後都不用在自己跟前伺候了？難道他也看出來秋蘭對自己的那一分不恭敬了？想到這裡，無憂的心忽然彷彿有一股溫熱的泉水流淌在心間。沒想到他竟然如此細心，雖然她並不是他的什麼人，而且她也不怎麼在乎秋蘭的那份小心思，但她還是感覺心裡很受用。

看到無憂有些吃驚的樣子，春蘭不禁道：「怎麼二爺還沒跟二奶奶說這事呢？」

無憂趕緊收斂了神色，說：「妳二爺這兩日都忙，大概給忘了吧？這裡沒妳的事了，下去吧！」

「是。」隨後，春蘭便低首退出去。

春蘭退出去之後，連翹端著一杯熱茶放到梳妝檯前，笑道：「二小姐，奴婢這兩日還奇怪呢，怎麼一向最殷勤的秋蘭沒在您和姑爺身邊伺候，原來是被二爺發配到書房去了。」

無憂伸手端過那茶碗，低頭喝了一口，道：「妳一向是看秋蘭不對眼的，這下妳可高興了吧，以後不用時時都看到她了。」

聞言，連翹卻有些不滿地道：「二小姐，您這話可怎麼說的？奴婢看那個秋蘭不順眼，也不是因為奴婢自己啊，那個秋蘭又沒有得罪過奴婢，奴婢還不是為了您嘛。是她總是弄不清楚自己的身分，蹬鼻子上臉的。幸虧姑爺火眼金睛，肯定是姑爺看出她不安分，才把她打發去書房，不讓她在二小姐面前讓您煩心，可見姑爺是真的對二小姐好呢！」

「好了，我說一句，竟然就惹出妳這麼多話來，我還想安靜地看會兒書呢，妳忙去吧！」說完，無憂便拿過一本書翻了起來。

這日天色漸暗之時，京城南門外軍營內最大的一頂帳篷內，一個黑色身影正在大帳裡來回地走動，眼眸不時地望望牆壁上掛著的一幅大地圖。

「二爺，沈言求見。」正在這時候，外面忽然傳來沈言的聲音。

「進來。」沈鈞對外面喊了一聲。

沈言進來後，沈鈞已經坐在鋪著虎皮的座位上，看到沈言行色匆匆地進來，直接問：「交代你的事都查清楚了？」

「都查清楚了。」沈言走到沈鈞跟前點頭道。在沈鈞麾下可是有許多的偵察兵，要想查清楚一個人真是太簡單不過，所以這件事沈鈞一點都不擔心。

半晌，沈鈞沒有說話，沈言便趕緊道：「二奶奶的娘家父親是吏部主事薛金文，母親朱氏不是京城人士，早年隨著父親和兄長進京做生意才結識了薛金文……」沈言仔仔細細地娓娓道來。

沈鈞聽得很仔細，幾乎是連一個微小的細節都沒有錯過，而沈言這一彙報也足足彙報到天色全黑，大帳裡都掌起燈火。

「再以後的事情就是二奶奶嫁入咱們府裡，剩下的事二爺就都知道了。」很久後，沈言說了最後一句。

「下去吧！」沈鈞揮了揮手。

「是。」沈言便趕緊退下去。

沈言退下後，大帳裡又恢復了寧靜，望著眼前的燈火，沈鈞坐在那裡久久沒有動。他沒有想到無憂是在那種壞境下長大的，親爹不喜，母親纏綿病榻，她一個人還能博覽群書，自學成為一位醫術了得的大夫，這也算是個奇跡。最主要的是她那抹淡定隱忍的性格，非一般閨閣女子可比。可恨的是她那刻薄的二娘，不成器的弟弟妹妹，還有那詆毀她名節的李大發等人，看來上次教訓李大發還算輕了。又坐了一刻，沈鈞終於坐不住，起身拿起自己的寶劍就朝大帳外面走去。

「二爺回來了？」沈鈞一進院門，兩個在院子裡的小丫頭一看到他回來，便趕緊低首道。

這時候，飯菜剛剛擺上桌子。無憂研究藥材研究得晚了一點，想必這個時候沈鈞還沒有回來就不會回來了，便直接傳飯。不想剛坐到桌前，就聽到外面有人喊他回來了。

下一刻，一道黑色身影便步入房間，燈火通明的屋子裡，無憂一抬頭，正好對上了沈鈞那雙幽深的眼眸。他定定地望著她，無憂不禁心裡一慌，感覺他今日的眼神似乎有什麼不對，但是又想——能有什麼不對呢？大概是她多想了吧？

看到沈鈞進來，屋子裡的連翹、玉竹和春蘭趕緊福了福身子，行禮道：「二爺、姑爺。」

她們的聲音才讓沈鈞回過神來，他伸手把手中的寶劍交給上前來的春蘭，玉竹也趕快把水盆端過來讓他洗手淨面，無憂則是吩咐一旁的連翹道：「趕快讓廚房再準備兩道菜來，把二爺的碗筷拿過來。」

「是。」連翹趕緊應聲去了。

無憂起身，一邊望著沈鈞洗手一邊笑道：「這個時候了，我還以為你不回來，所以我就想先吃了。」

沈鈞一邊用毛巾擦手一邊道：「我來去的也沒個準，妳要是餓了就先吃。」說完，便把手中的毛巾遞給玉竹，並向春蘭吩咐一句。「去拿酒來。」

無憂不禁眉頭一擰，心想——還要喝酒啊？前兩日那個晚上她只喝了兩杯，結果就有些頭重腳輕，那日晚上都不知是怎麼睡著的。

沈鈞和無憂兩個已經對坐在飯桌前，大概是看到無憂的眉頭微微地一擰吧，沈鈞扯了下嘴角道：「放心，今兒就不讓妳喝。我有些乏了，喝兩杯就好。」

無憂不禁一笑。「我不勝酒力，就不相陪了。二爺酒量好，多喝幾杯也是無妨的。」

說話間，春蘭已經把酒罈拿來，為沈鈞倒一杯酒，過了一會兒，又端上兩道菜品來。沈鈞揮手把所有人都打發出去，屋子裡只剩下沈鈞和無憂兩個人。感覺周圍一下子就靜了下來，不知怎麼，今兒和他獨處感覺有些怪怪的，似乎有什麼不明的氣氛籠罩在他們兩人身上。下一刻，無憂便打破沈悶，沒話找話地說道：「今兒這道素燒菜心挺好吃的。」

聞言，沈鈞挑了下眉，說：「妳都沒吃，怎麼就知道好吃？」

無憂的臉唰地一下子就紅了，她是沒吃那個素燒菜心，她吃的是另一道螞蟻上樹。不過好在她反應快，趕緊說：「我是看著這顏色很好，而且聞著味道也很香，感覺肯定也很好吃的。」說著，就伸手用筷子挾了一口放在嘴巴裡咀嚼著，還一邊吃一邊點頭說：「嗯，是很好吃。你也嚐嚐？」

聽她這麼說，沈鈞還真相信，也挾了一口放在嘴巴裡咀嚼，感覺味道還真是不錯。畢竟男人粗心，也沒有太留意無憂的臉色，便隨口說了一句。「對了，妳的那棵杏梅樹長出來了嗎？」

「哪有那麼快？怎麼也得過個十天半個月才能長出一點來吧？不過也沒準兒是啥也長不出來呢！」無憂對這可是一點把握都沒有，只是一時興起的所為而已。

「妳喜歡的話，我託人去給妳從南邊運兩株來好了。」沈鈞隨口一說。

「千里迢迢的，還是免了吧！這杏梅樹要是能長出來，說明我有口福；要是長不出來，是我沒這個口福，就順其自然好了。」無憂推辭道。

沈鈞道：「就算這兩株樹長出來，沒個三年幾年的也不會結果子。」

「那倒是不怕，我願意等。」無憂笑道。

望著眼前那張笑靨如花的臉，沈鈞抿了一下嘴唇，眼眸幽暗起來。

隨後，兩個人就像一對多年的夫妻一樣，一邊吃飯一邊交談著家務事。

「對了，這兩日妳給母親送的糕點，她老人家都吃了嗎？」沈鈞忽然問。

聞言，無憂沈默了一下，然後才說：「母親好像還在生我的氣，我送的東西她還不會吃。」

聽到這話，沈鈞眉頭一皺。見此，無憂趕緊道：「不過你不用擔心，大概過些日子就好了。我會一直都送些吃食去給母親的，這幾日我都對外稱病，今兒謝家的弄璋之喜我也沒去，過兩日就會天天去給母親請安的。」

聞言，沈鈞道：「母親和大嫂沒有叫妳一起去？」

「我不是說病了嗎？大嫂倒是來了一趟。」無憂說。

聽了這話，沈鈞說：「不去也罷，那種場合不是寒暄就是客套，我想妳也不一定會喜歡。再說謝家的事情咱們沈家還是少參與的好，只是母親和大嫂不這麼想罷了。」

沈鈞的話無憂也是贊同的，總感覺別看這謝家現在繁花似錦，其實以後是相當不妙的。別看現在好多人都巴結奉承地貼上去，可真要有事，恐怕是躲都來不及，所以沈鈞兄弟兩個還是有些遠見的。無憂下一刻便笑道：「是啊，我不太喜歡那種熱鬧的場合。」

又吃了一刻，無憂看似不經意地說了一句。「你把秋蘭打發到書房做事了？」

沈鈞一怔，然後便道：「春蘭和秋蘭兩個都是打小服侍我的，原來我也只有書房那兩間屋子，現在又多了妳這一頭，便讓春蘭待在這屋裡，秋蘭就去打理書房好了，反正那邊也需要一個管事的人。」

看沈鈞說得很自然，好像絲毫沒有顧及自己感受的想法，無憂只是一笑，並沒有多言。其實她和他也都算聰明人，說開了反倒尷尬，無憂也就選擇不提了。不過不用看到那個秋蘭，倒也算是一件好事，雖然她沒有什麼心跟一個丫頭爭男人，但是沒有她在身邊，以後也許可以少很多事。

隨後，沈鈞忽然很嚴肅地道：「對了，我有件事需要妳的幫忙。」

「什麼事？還能用上我？」無憂好奇地望著沈鈞。

「我知道妳的醫術了得，妳有沒有比較好的麻醉藥？」沈鈞問。

無憂擰了一下眉頭，想了一想，然後說：「我一般都用穴位麻醉加藥物麻醉相結合的方法去麻醉人體，因為單純的藥物麻醉或是穴位麻醉的效果都不是很好。」

隨後，沈鈞便蹙著眉頭道：「麻醉藥在戰場上很缺乏，妳知道軍士一旦上了戰場，那可是非死即傷，對負傷的軍士來說，麻醉藥可以有效緩解士兵的痛苦。妳是個大夫，應該也知道華佗所研製的麻沸散早就失傳了，現在的大夫所用的麻醉藥也只不過是幾種草藥，根本就不能有效地緩解受重傷士兵的痛苦。妳所說的那個用穴位針灸和麻藥相結合的方法，在戰爭中也是不可取的，因為我們根本就沒有那麼多的軍醫，所以這一直都是困擾軍醫的重大難題。妳在外號稱聖手小王，我想妳應該會有辦法吧？」

聽到這些，無憂不禁啞然，心想——其實這幾年來她也一直都在想麻醉藥這個問題，只是沒有深入研究罷了。今日沈鈞提出的也是她一直都想解決的問題，只是他最後這兩句話不但奉承了她，也給她出了一道難題。

看到無憂沈默不語，沈鈞當然也知道他提的這個的確是個難題，因為好多軍醫已經研究多年都沒法解決這個問題。不過，他也不想讓她太著急，便道：「妳不用壓力太大，妳可以慢慢地想，慢慢地研究……」

還沒等沈鈞說完，無憂接話道：「你放心吧，這件事我會盡全力的。」

聞言，沈鈞高興地點頭道：「謝謝妳。」

「等我真的研製出有效的麻醉藥，你再說這個謝字也不遲。」無憂道。

「我相信妳的能力，當日那麼多大夫，甚至連太醫都說大哥的腿沒得治，可是妳還不是讓他又站起來還能走路？我想這次妳一定也可以的。」沈鈞對無憂充滿信心。

讓人這樣寄予厚望雖然很讓無憂有信心，但也確實給她很大的壓力，因為這個時代的提煉技術實在是太落後了，她必須找到一種麻醉成分含量極大的植物，而且還要發明一種非常簡單易操作的提煉技術，才可以解決這個問題。不過在科研上，她也是個敢於迎接挑戰的人，只能說未來的一段時間她可是有事情做了，再也不能像這些日子這般悠閒。無憂笑著道：「那你得給我一段時間。」

「這個沒問題，不但是時間、人力、物力，需要什麼幫忙和協助，妳儘管吩咐就是了。」沈鈞拍著胸脯保證道。

這一頓飯可是吃了很久很久，最後丫頭們都站在外面候著，可是誰也不敢貿然地進去……

數日後——

無憂知道再不能稱病不出了，算算老夫人生氣也有個七、八日，再大的火大概也消了一大半，所以這日早上便帶著春蘭去老夫人那裡請安。

剛走到老夫人居住的院落門前，忽然看到姚氏也帶著春花往這邊走來，無憂停住了腳步。遠望著，姚氏今日穿的是暗粉色的褙子，高聳的髮髻上戴的是一套銀色鑲嵌藍寶石的素白首飾，倒也清冷高貴。等姚氏走近了，無憂笑道：「大嫂早啊。」

「弟妹早。」姚氏笑著點了下頭，走到無憂的面前，往院子裡望了一眼，說話聲音降低了些。「弟妹，妳的身子好些了？」說話間還打量著穿碧綠暗紋的褙子，頭髮輕輕綰著，只插了幾支碧綠簪子的無憂。

「好多了。」無憂點了點頭，其實她又何必問呢？以她的精明，肯定猜都可以猜得到自己這幾日都是裝病不出的。

「老夫人妳一直沒見到吧？」姚氏忽然問。

「沒有。」無憂搖搖頭。

聽到這話，姚氏卻很熱心地說：「沒事。這樣妳跟我一起進去給老夫人請安好了，老夫人見了妳，肯定氣也就消了。」

「謝謝大嫂。」無憂笑道。

走進院子，正好小丫頭端著洗臉水從屋子裡出來，看到姚氏和無憂趕緊低首行禮道：「大奶奶，二奶奶。」

「老夫人起來了？」姚氏往簾子裡面望了一眼問。

「剛梳洗過，現下正和雙喜說話呢！」那小丫頭回答。

「嗯，妳去吧！」聽完，姚氏便朝那小丫頭揮了揮手，便拽著無憂進了沈老夫人的屋子。

撩開竹簾子進去，轉過一道屏風，走入廂房，就看到剛剛梳洗完的沈老夫人坐在床上的小炕桌前和雙喜說著話。今日沈老夫人是一身家常打扮，穿了一身玄色的對襟褙子，額頭上繫著一條青色鑲嵌白玉的抹額。雙喜站在炕下面，正和沈老夫人說話，看到姚氏和無憂進來，趕緊笑道：「老夫人，大奶奶和二奶奶來給您請安了。」

聽到這話，沈老夫人明顯地一怔，然後眼光便朝姚氏和無憂這邊看來。姚氏和無憂則上前福了福身子，行禮道：「給母親請安。」

看到無憂，沈老夫人雖然面上一僵，倒也沒有表現出多少慍怒的神色，只是面無表情地對一旁的雙喜道：「還不給妳兩位奶奶看座？」

「是。」雙喜應聲搬了兩個繡墩過來，放在姚氏和無憂的身後。

「謝母親。」姚氏和無憂便應了一聲，往後坐在繡墩上。

姚氏打量了沈老夫人一眼，笑道：「母親，您今兒眼圈有些發黑，是不是昨兒夜裡沒有睡好啊？」

無憂也看了沈老夫人一眼，果不其然，眼睛是有些腫。

沈老夫人伸手摸了下自己的眼睛，道：「妳的眼光是厲害，一看就看出來了，昨兒我是半夜沒有睡好呢！」

聞言，無憂便陪笑道：「母親，要是哪裡不舒坦，要不要讓無憂給您把把脈？」

聽到這話，沈老夫人看了無憂一眼，語氣還算溫和地道：「不必了，我也沒有什麼不舒坦的，就是昨兒夜裡有點事情煩心，睡不著罷了。」

說到有點事情煩心，這煩心事不知是何事？難不成與自己有關？無憂沒敢再問。

一旁的姚氏好像知道事情始末似的，隨口問道：「母親莫不是因為昨兒聽到的話而煩心？」

聽了姚氏的話，沈老夫人凝了下神，點頭道：「唉，可不是嗎？妳說這玉郡主雖然沒有……」說到這裡看了一旁的無憂一眼，沒有再說下去，又道：「這玉郡主怎麼會突然下這樣的決定呢？這不是拿自己的終身開玩笑嗎？」

無憂不禁擰了下眉頭，不知道這次玉郡主到底又出了什麼事？怎麼讓老夫人也這般愁容滿面的？隨後，無憂便把眼光望向姚氏，不知道她的話會不會透露出點什麼來？

這時候，姚氏道：「要說也是，若是別人呢，可以說貪圖這謝家的榮華富貴，可是玉郡主本身就是金枝玉葉，實在沒有必要嫁入謝家。」

無憂聽了不禁一怔，心想——玉郡主要嫁入謝家？這個決定好像有些匆忙，從她那次來沈家才幾天的時間，怎麼就找好婆家了？

「誰說不是呢？那個謝仁傑可是有名的吃喝嫖賭樣樣皆全，而且相貌也醜陋得很。玉郡主就算是心裡憋著一口氣，也不能拿自己的終身開玩笑啊。」沈老夫人煩心地道。

「是啊，玉郡主就算是要嫁人，也該擇一門好親事才是，實在是犯不著因為一時賭氣而搭上自己的一生。」姚氏在一旁附和道。

沈老夫人又蹙著眉頭道：「這個玉郡主雖然任性，但是從小到大也是我看著長大的。因為鈞兒的緣故，對我也是極其孝順，有什麼好吃的東西都送過來孝敬我。說實話，我真是不想看著她以後過得不好。」

聽到這裡，無憂大概明白是怎麼一回事了，看來玉郡主回去後仍然心緒難平，便匆忙地定了一門婚事，這門婚事的男方就是謝家的某個人，而這個人是個不務正業的紈袴子弟。想到這裡，無憂不禁蹙了眉頭，心想——這個玉郡主果真是讓秦家給嬌慣壞了，竟然拿自己的終身開玩笑。

姚氏看沈老夫人很擔憂的樣子，不禁勸說道：「老夫人，咱們雖然都替玉郡主擔心，可是咱們這些不相干的人又能怎麼樣呢？您還是放寬點心吧，可別愁壞身子，現在只希望秦丞相和秦老夫人能夠趕快阻止這件事了。」

「他們要是能阻止，這件婚事也不會傳出來了。妳沒看到謝家已經大張旗鼓地在籌備婚事了嗎？玉郡主從小沒有父母，秦丞相和秦老夫人一直是視若掌上明珠，據說玉郡主尋死覓活地非要嫁給那個謝仁傑，想來是阻止不了了。」沈老夫人道。

「那也是她命該如此。」姚氏嘆一口氣，轉眼望一眼坐在自己身旁的無憂。見無憂用疑惑的目光望著自己，姚氏趕緊道：「弟妹啊，妳可能還不知道玉郡主的事呢！」

聞言，無憂微微笑道：「剛才聽大嫂和母親說的這幾句大概也明白了一些，可是玉郡主要嫁人了？」

「是啊。」姚氏點頭，然後解釋給無憂聽。「母親和我不是去謝家賀喜嗎？在那裡正好聽說玉郡主要嫁給謝丞相的幼子謝仁傑。謝家現在已經大張旗鼓在籌備婚事了，妳是沒看到謝丞相和謝夫人那副得意的樣子啊。這也難怪了，妳沒有見過那個謝仁傑，長得……那就別說了，還好色得很，就差沒住在花樓裡不回家了。以前他就看中玉郡主的美貌，幾次去秦家求親不成，為這事宮裡的太后和貴妃娘娘都對秦家頗有微詞，只是礙於秦家也是家大勢大，而且玉郡主又是已故朝陽公主的女兒，所以謝家是不敢怎樣的。誰知道這次不知怎麼回事，玉郡主竟然答應嫁給那個謝仁傑。唉，真是一朵鮮花插在牛糞上了。」

聽到這裡，無憂心想——不知道秦顯是不是也為這件事焦頭爛額？他就這麼一個妹妹，只是玉郡主實在是太任性了。她這麼做，先不說自己痛快不痛快的，可是讓她的親人難受無比。下一刻，無憂道：「腳下的路都是自己走出來的，她如此行事，以後肯定會吃大虧，只是到那時候一切都已經晚了。」

這時候，雙喜帶著小丫頭端了茶水進來，姚氏和無憂分別接了，一邊喝著茶水一邊跟沈老夫人說著話。喝了一口茶後，沈老夫人蹙著眉道：「玉郡主的事咱們是管不了，只是這門親事如果成了，對咱們沈家可是大大的不利。」

「母親，您是說……」姚氏一聽，立刻就嚴肅起來。

沈老夫人隨後道：「妳想想玉郡主那麼恨鈞兒，恨咱們沈家，她這次非要嫁給謝家，我想不是沒有原因的。本來那秦家就已看咱們不順眼，而且有碧湖長公主的緣故，當今太后看咱們也不怎麼順眼，現在要是再加上謝家，那咱們可是不能不防。」

一聽這話，姚氏便已經坐不住了，著急地問：「那可怎麼辦啊？母親，這秦家和謝家一個左丞相一個右丞相，而且還都是皇親國戚，要是聯合起來對付咱們，咱們十個沈家也招架不住啊！」

這時候，無憂心想——怪不得老夫人不喜歡自己，原來除了自己的身世以外，還夾雜著這麼多的門第之間暗中角力的事。碧湖長公主和當今太后與謝家不和，這已經是眾人皆知的事，她的婚事卻是碧湖長公主在皇上面前一力促成的，而且沈鈞又手握兵權，如此一來難免會被對方所忌憚。透過玉郡主的事，現在秦家早已經很疏遠沈家，再加上謝家，那沈家的處境確實是很危險。

沈老夫人卻道：「咱們沈家雖然在京城比那謝家差多了，但到底也是百年大戶，祖上也算是開國功臣，而且世代忠良。現在鎮兒雖不能為國效力，可是鈞兒卻很得皇上器重，在年輕一代的將領中也是數一數二，是皇上能用得上的人。況且咱們家一直都是克勤克儉，低調行事，所以要想對付咱們也不是件容易的事。」

「那倒也是。」姚氏點了點頭。

可是，無憂卻不這麼想，自古以來政治鬥爭那可都是欲加之罪何患無辭，好多忠良之人不都是被莫須有的罪名害死的嗎？要是對頭是個君子那還好說，最起碼不會有政治迫害這種事。可是據她所知，謝家人並不是好鳥，依仗太后和貴妃的權勢做下不少傷天害理的事，看來這次沈家可是真的要小心了。唉，她怎麼一不小心就步入了政治鬥爭之中呢？要知道現在她也算是個沈家人，她的命運也是跟沈家人緊緊地連在一起，看來她得要確保這條船不能沈下去。

下一刻，沈老夫人又道：「話雖如此說，咱們也要謹言慎行，一定要嚴管下人，不要讓別人抓了小辮子才是。」

「是。」姚氏趕緊點頭道。

沈老夫人又特別轉頭對無憂囑咐了幾句。「老二媳婦，剛才的話妳也都聽到了，說實話，以前我對妳多少有些看法，不過咱們既然今生有緣做了婆媳，那就好好地相處下去。以前的事我也不說什麼，但是妳以後要謹言慎行，一切都得以咱們沈家為重才是。看妳也算是個孝順孩子，這些日子都是變著花樣給我送吃食過來，我聽那些個丫頭們說妳和鈞兒相處得也還不錯，難得你們有這個緣分，以後妳要做個賢妻才是。咱們家以後的日子恐怕也不怎麼好過，雖然也算錦衣玉食，但到底會有些提心弔膽地過日子。這次我總有不太好的預感，玉郡主是不會善罷甘休的。鈞兒的脾氣太過耿直，妳要多勸著他點，以後要低調行事，不要把事情惹到自己頭上。」

「無憂謹遵母親的教誨。」無憂點頭道，心中也吁了一口氣，畢竟這次老夫人的怒氣是過去了。雖然她和老夫人短時間內不會是一對親密的婆媳，但至少面子上能過得去，真不知道要不要感謝玉郡主弄的這一齣了。

從老夫人房裡出來後，姚氏便拉著無憂說笑道：「弟妹，恭喜妳啊，老夫人這次是不生妳的氣了。」

「這還要感謝大嫂呢！」無憂笑道。

聽到這話，姚氏捂著嘴巴笑道：「唉呀，弟妹，我又什麼也沒有做，感謝我做什麼？唉，其實這婆媳自古就是難相處，不過只要是自己的男人給自己撐腰那就不一樣了。只要男人對妳好，再難纏的婆婆也是沒招的。」姚氏和無憂走出沈老夫人的院子，姚氏還在說個不停的。

對於姚氏的那些話，無憂卻是沒有時間和心情聽她講八卦，笑道：「大嫂，我屋裡還有些事，就先走了。」

「妳有什麼事啊？難得大嫂我今日沒有什麼事，走，去我那裡坐坐。」姚氏卻是熱情地邀請道。

聽了這話，無憂只好婉言謝絕。「大嫂，今兒我真的有事，不如改日再去拜訪妳好了？」

姚氏自然是有些失望，翻了翻眼睛道：「那還真是不巧。好吧，弟妹先去忙吧，改日再和嫂子一塊兒聊天。」

「那無憂告退了。」無憂便帶著春蘭離去了。

望著她們離去的背影，春花撇了撇嘴，在姚氏的跟前獻媚道：「真是不識好歹，奶奶您好心請她，她卻不領情。」

「哼，人家會看病，又會識字看書，看不起我這什麼都不會的。」姚氏白了一眼，便轉身往回走去。

春花趕緊跟過去，笑道：「奶奶，您可別說，奴婢覺得這位二奶奶的確是有些不合群，您對她這麼熱情，她彷彿一點感覺都沒有。」

「哼，這就叫自命清高，不是一路人就不相為謀。走，咱們回去。」姚氏說了一句。春花趕緊跟著姚氏走了。

第四十一章

無憂回去之後，便又埋頭於中草藥之中，這兩日她查遍了醫書，列了個單子把所有具麻醉效果的中草藥都讓連翹給她找來，她要一樣一樣的試，看看哪一種藥材的麻醉效果最好。這一研究就是一天，中午也是胡亂地吃了幾口，都沒有休息過。外面天色不知何時早已經全部黑了，無憂仍舊是不眠不休地繼續坐在堆滿草藥的八仙桌前冥思苦想著……

滿天星光的時候，沈鈞從外面回來了。春蘭和連翹看到沈鈞回來趕緊上前，一個撩開竹簾子，另一個跟進來道：「二爺，您吃過晚飯了嗎？」

「吃過了。」沈鈞回答完，便走進了屋子。轉頭看到無憂坐在八仙桌前，屋子裡燈火通明，桌上堆著一堆各式各樣的藥材，都是他叫不出名字來的。

連翹見狀，趕緊道：「姑爺，二小姐在這裡坐了一天，現在晚飯還沒吃上呢！」

沈鈞聽了眉頭一皺。

這時候，無憂已經聽到他們說話，抬頭道：「行了，我是不餓而已。」

看到無憂確實是一臉憔悴，沈鈞不禁用嗔怪的語氣上前道：「妳怎麼光顧著看這些藥材，一點都不注意自己的身體？現在都一更天了，還不吃晚飯？」

看見他臉上流露出來的明顯關心，無憂笑道：「我是真的沒感覺到餓。」

沈鈞便轉頭吩咐道：「還不趕快讓廚房給二奶奶把飯傳過來？」

「是，奴婢這就去。」春蘭和連翹趕緊應聲去了。

她們走後，沈鈞掃了一眼八仙桌上擺著的各式各樣藥材，開口問：「這些是什麼藥材？我好像什麼也不認識。」

無憂微微一笑，說：「這些都是入藥的草藥，有的是植物的花、莖、葉、根等，你自然不認識了。」

知道這兩日她都在研究具有麻醉效果的草藥，沈鈞伸手拿起一株乾乾的花朵模樣的藥草，問：「這些都是具有麻醉效果的草藥嗎？」

「嗯。」無憂點了點頭，然後說：「你拿的那個是曼陀羅花，這個是天仙子，這個是七里子，這個是川烏、草烏、薄荷腦、細辛、阿芙蓉等等。」無憂伸手一樣一樣的指著給沈鈞說明。

看到無憂說的草藥足足有十幾種之多，沈鈞不禁挑了下眉，問：「這麼多種？我還以為只有幾種。那這些藥都要一一試過嗎？」

「嗯。」無憂點了點頭，又說：「這些藥的藥性有強有弱，要找出幾種藥效最好的來研究。這個倒是很簡單，以前我多半都接觸過，也知道哪幾種最厲害。找出最厲害的幾味藥，然後就想辦法提取其中的精華，這個比較難。因為在戰場上需要大量使用，就要找出一種最簡單又不浪費人力的辦法才行。」

「不錯。」沈鈞聽了後點頭道。

「不過這提煉方法現在可是有些難住我了，太難的一般人很難掌握，太容易的現在又想不出來。最重要的一點是找到提煉方法後，還要在人的身上實驗，要不能有副作用才行。」無憂擰著眉說。

見她愁眉深鎖的樣子，沈鈞開導道：「這些妳可以慢慢想，不要著急，更不能這樣不眠不休地研究，身體要緊。」

聽到他關切的話，無憂微微一笑，點了點頭。「嗯。」

這時候，春蘭和連翹帶著兩個提著食盒的小丫頭進來，飯菜很快就擺好在桌上，連翹笑道：「二小姐，晚飯好了，趕快用吧，要不然就又涼了。」

聽了連翹的話，沈鈞說：「先吃飯吧！」

「嗯，現在不能叫晚飯，要叫宵夜了。」在古代，由於晚上沒有什麼娛樂活動，人人都睡得早，起得也早。現在已經過一更天，好多人可是都已經躺下了。

坐在飯桌旁，無憂看到四道葷素搭配的菜品，肚子不由得叫了一聲，這一聲咕嚕連沈鈞都聽到，他挑了下眉。無憂則是撫著肚子笑道：「別說，我現在還真的餓了呢！」

「那就快吃。」沈鈞接過連翹端來的一碗米飯，放在無憂的面前。

「你要不要再用點？」看到沈鈞也坐在對座，無憂詢問一聲。

「不用了，我和幾個將領在外面剛剛吃過。春蘭，給我沏壺茶水來。」沈鈞轉頭對一旁的春蘭吩咐道。

「是。」春蘭應聲後趕緊去了。

不多時，春蘭便提著一壺熱茶放在桌上，為沈鈞倒一杯後，沈鈞便揮手示意幾個丫頭都退下去，一時間，屋子裡只剩下無憂和沈鈞兩個。無憂低首吃飯，沈鈞坐著喝茶，兩個人有一句沒一句地攀談著，好像他們吃飯的時候總是這樣聊天，無憂都習慣了，現在他不在家裡吃飯的時候，她還真感覺有些悶得慌呢！

吃了一刻後，無憂抬頭望了望坐在那裡悠然喝茶的沈鈞，忽然開口問：「玉郡主的事……你聽說了嗎？」

沈鈞有些意外，看了無憂一眼，然後擰了下眉頭，道：「妳知道了？」

大概他以為她天天不出門不知道外面的事吧？她這個人不愛湊熱鬧，老夫人在生她的氣，不見她的，而大嫂那邊她也不喜歡去串門子。看到他的疑惑，無憂微微笑道：「今兒我去給母親請安，正好碰到大嫂，結果看到母親愁眉不展的，大嫂一問，原來是擔憂玉郡主的事情。」

聽到這話，沈鈞道：「母親肯見妳了？」

「嗯。」無憂先是點了點頭，然後說：「母親已經暫時不生我的氣，你也放心吧！還囑咐我和大嫂兩個以後謹言慎行。」

聞言，沈鈞點點頭，不由得嘆了一口氣。「唉，秦玉從小就任性，這一次她竟然拿自己的終身大事作兒戲。我今兒已經見過秦顯，他也很煩惱。可是這次秦玉在家裡尋死覓活的，連秦丞相和秦老夫人也沒有辦法，生怕她真的出事，所以也不得不答應，而且連成親的日子都定好了，就在五天後。」

「這麼急？」無憂聽到這裡也蹙了眉頭。

沈鈞點了點頭道：「那謝家自然是不怕急的，這門婚事他們可滿意得很，只是秦家頭疼死了，秦顯如今脾氣是壞得不得了。」說最後一句話時，沈鈞的眼睛直盯著無憂。

看到沈鈞那突然投向自己的眼神，無憂不禁擰了下眉頭，心想——怎麼一說到秦顯，他就用這樣的眼光盯著自己看？隨後，無憂便道：「秦大人是玉郡主的兄長，再說他們自小父母雙亡，感情格外親厚些。今日玉郡主作如此的決定，無疑是跳入火坑，秦大人自然是心急如焚吧？」

聽到這話，沈鈞沈默了，手指摸著手中的瓷碗好一刻，才忽然道：「有件事我想了許久，卻沒有想出個所以然來。」

聞言，無憂掃了一眼似乎有些難以啟齒的沈鈞，微微笑道：「有什麼話就問吧，有話憋在肚子裡可是很難受的。」

看她臉上突然露出調皮之態，沈鈞不由得眼眸一瞇，低頭望著手中的茶碗問出一句。「秦顯英俊瀟灑，才德兼備，又很傾慕於妳，為什麼偏偏妳就對他無動於衷呢？」

聽他這問話，無憂心想——她能說她不想找二婚男？她能說她不想當後媽嗎？當然不能。因為在古代是忌諱女子二婚，卻不怎麼忌諱男子續絃，更何況像秦顯這樣年輕的高富帥。下一刻，無憂便笑著反問：「其實我也有一件事情怎麼想也想不明白，玉郡主明豔動人，家世顯赫，對你可是一往情深，為什麼偏偏你也對她無動於衷呢？」

聽到無憂的話，沈鈞不禁噗哧一笑。看到他笑，無憂也笑了起來。隨後，他抬起頭來，笑容燦爛地對無憂道：「妳這也算回答嗎？」

他這次的笑容很燦爛，她非常有成就感，短短數日，她已經讓這個冰塊男笑了兩次，兩次啊，真是不容易。無憂便點頭道：「當然了。」

聽了她的回答，沈鈞只是微笑著沒有說話。無憂的眼睛定定地望著眼前微笑的人，連吃飯都暫停。下一刻，當沈鈞的目光又落在無憂臉上的時候，他不禁皺眉。「妳幹麼這麼盯著我看？」

這時候，無憂伸手托著腮，笑道：「欸，有人說過其實你笑起來很好看嗎？」

聽到這話，沈鈞不禁別過臉去，說了一句。「無聊。」不過，說過之後，又忽然忍不住笑了起來。

第二次了！今日可是笑了兩次。無憂在心中叫喊，不過，臉上卻還保持著平靜，然後便一邊挾一口菜放在嘴裡咀嚼，一邊對沈鈞道：「其實人應該常常笑，心情才會好，像你這樣一天到晚繃著一張臉的人，心情肯定很壓抑。」

「我的問題妳還沒回答我呢！」沈鈞的臉又恢復以往的冷酷。

「我剛才不是回答你了嗎？」無憂很無辜地道。

「可是我對妳的回答不滿意。」沈鈞堅持道。

無憂無奈地擰了一下眉，笑道：「我對他沒有感覺。」

沈鈞一愣，不過想想他對玉郡主倒也可以用這句話解釋，沒有感覺。他對玉郡主確實是沒有感覺，感覺她嬌滴滴的，更像個妹妹。

「沒有感覺？這個理由倒也算是個理由。」沈鈞隨後點頭道。

「當然算理由了。」無憂說完後，又問了一句。「我已經回答你了，不過你還沒有回答我呢！」

「我的理由跟妳一樣，也是沒有感覺。」沈鈞很乾脆地道。

聽到這個回答，無憂並不滿意，盯著沈鈞看了一刻後，才說：「只是沒有感覺嗎？不會是沈大將軍心裡已經有人了吧？」

沈鈞一愣，趕緊搖頭。「妳在胡說什麼？我心裡從來沒有過人。」

「是嗎？」無憂看到沈鈞急於否認，好像臉似乎還有些紅的樣子，她的眼眸一瞇，感覺不大對勁。

「當然。」沈鈞說完後便伸手端起茶碗來低頭喝茶，心中很奇怪，感覺好像心跳得有些厲害。

不知怎的，現在他面對眼前這個小女子似乎沒有以前那般坦然了，而且他還很願意跟她在一起似的，現在他幾乎一沒了事情就想回家，那種感覺就像有人在家裡等著他一樣。自從和她成親後，他幾乎沒有去過書房了，想看什麼書、想要什麼，都是吩咐人從書房裡拿過來。這些日子看來，他的所有起居用品和衣物全都搬到這新房裡來。然而剛剛成親那兩日他可不是這麼想的，他起初是想先在這新房裡睡幾個晚上，然後便藉口說有很多軍務要處理，可以去書房睡，甚至可以住在城外的大營裡不回來。可是現在彷彿一切都悄悄地發生變化，只是他自己還不願意承認這一點罷了。

見他突然低頭不說話，無憂也沒有再探究，也專心地吃起飯來。隨後，兩個人又有一句沒一句地說了一會兒話，等無憂吃飽也已經到二更天。丫頭們進來收拾乾淨，又梳洗過後，無憂便躺進被窩裡，這一天真是太累了。撩開床幔往外看了仍舊坐在書案前看書的沈鈞一眼，她便閉上眼睛，不久後就沈入夢鄉……

幾日後的一個午後，無憂研究了半天的藥材，有些倦了，剛歪在床榻上閉上眼睛，不想耳邊忽然傳來一陣陣細微的彷彿哭泣的聲音。聽到這聲音，無憂不禁擰了下眉，起身走了出去，那哭聲似乎是從偏房那邊傳出來的，便喊道：「連翹。」

「來了。」一聲音落地一刻後，偏房裡才傳出連翹的聲音。

隨後，連翹便匆匆忙忙地從偏房裡跑出來，看到二小姐站在院子裡，不由得有些慌張，趕緊道：「二小姐，您叫我呢？」

看到連翹彷彿有些緊張，無憂不禁望了一眼偏房的門，問了一句。「玉竹呢？」

「玉竹和春蘭去領東西還沒回來呢！」連翹趕緊道。

聽到這話，無憂不禁有些奇怪。明明聽到有人在哭，連翹的臉上此刻並沒有任何淚痕，便直接問：「妳屋裡的人是誰？」

連翹回答道：「是茯苓。」

「茯苓？」聽到這話，無憂皺了眉頭。茯苓一直都在二門外，和旺兒、百合他們住在一起，雖然這幾日有叫她過來做吃食，可是這兩日也沒有傳喚她啊，她怎麼過來了？而且怎麼還在連翹的屋子裡哭？

這時候，大概茯苓聽到了外面的對話，便慌慌張張地從偏房裡跑出來，還滿臉淚痕，她跪在地上，道：「茯苓給二小姐請安。」

瞟了一眼地上的茯苓，無憂問：「今兒我沒傳妳過來，妳怎麼就突然跑來了？怎還在連翹的屋子裡哭哭啼啼的，讓人聽到了成何體統？不知道的還以為我對妳們多刻薄呢！」

聽到這話，茯苓嚇得趕緊解釋道：「二小姐恕罪，茯苓真的沒想這麼多，只是一時慌了神，才忍不住過來求連翹姊姊的。」

一旁的連翹也趕緊替茯苓求情說：「是啊，二小姐，茯苓說的都是實話。」

聞言，無憂問：「妳究竟有什麼事，竟然哭成這樣子？」

「回二小姐的話，奴婢昨兒碰到一個遠親正好往這府裡來送柴，那個遠親說我娘病重，可是我那個混帳哥哥和嫂子卻不肯拿錢給她看病。奴婢一聽這話就……就慌了神，今兒便撿了空當兒來求連翹姊姊跟二小姐說一聲，放奴婢出去看看我那苦命的娘去。」說到這裡，茯苓又哭泣不止。

無憂聽了，不禁擰了眉頭，疑惑地問：「妳在這京城還有哥哥、嫂子和娘？妳不是被人販子賣了好幾次嗎？」

聽到二小姐的問話，茯苓哭得更加厲害，半天才支支吾吾地道：「奴婢……奴婢是自小就被哥哥嫂子賣了，他們嫌棄奴婢和奴婢的娘在家裡吃白食，就瞞著奴婢的娘把奴婢給賣了，那年奴婢才十一歲。」

聞言，無憂不禁氣得柳眉倒立，道：「竟然有這樣的事？妳那哥哥嫂子也太喪盡天良了。」

一旁的連翹附和道：「是啊，又不是活不了，竟然把親妹子賣了換錢，妳那哥哥嫂子遲早要遭報應的。」

無憂心裡也可憐同情起茯苓的遭遇，便道：「起來說話吧！」

茯苓卻堅持不起來，在地上磕頭道：「奴婢求二小姐，讓奴婢回去看我那可憐的娘親一眼吧！我娘這些年過的也不是人過的日子，天天受我那嫂子的氣，而且這兩年年紀大了，更是渾身病痛。奴婢也好久沒有看過娘，如果再不相見，恐怕……恐怕這一生就再也見不著了。」說罷，便忍不住地大哭了起來。

看到茯苓哭得如此傷心，無憂說：「妳這樣哭哭啼啼的，我怎麼安排妳回去看娘啊？」

聽到這話，茯苓馬上停止哭泣，仰頭滿臉淚痕地望著無憂，不可置信地道：「二小姐是答應……答應奴婢回去看我娘了？」

「嗯。」看到她驚訝的樣子，無憂微笑著點了點頭。

「謝謝二小姐！謝謝二小姐！」茯苓不禁在地上磕起頭來。

隨後，茯苓便站起來，連翹遞給她一條手帕擦眼淚。

無憂低頭想了一下，然後問：「茯苓，你們家位在什麼地方？」

「京城邊上的一個小村子裡，大概出了城有十里路。」茯苓回答。

無憂在內心盤算了一下，說：「那來回怎麼也得半日了。」

「嗯。」茯苓趕緊點頭。

隨後，無憂便道：「這樣吧，一會兒我讓春蘭去向大奶奶稟告一聲，明日讓旺兒趕一輛馬車載著妳和玉竹走一趟，對外就說旺兒帶妳們去我城外的莊子上看看，並裝些現下新鮮的瓜果蔬菜回來讓老夫人、大奶奶她們都嚐嚐鮮。玉竹跟著過去，她這兩年刻苦鑽研醫術，一些常見的病症都見過，讓她給妳娘看看，並抓些藥材給妳娘吃，妳就先守著妳娘幾日。妳那個哥哥嫂子指望不上，等妳娘好些了，過幾日我再派人去接妳回來。」

聽到二小姐給她想得如此周全，茯苓自然是感激不盡，趕緊又跪在地上磕頭道：「謝謝二小姐的大恩，奴婢以後甘為二小姐的牛馬，一生一世服侍二小姐。」

看到茯苓如此，無憂微笑道：「好了，快起來吧，我是看老人家可憐，老了不但骨肉分離，還攤上這不肖子孫。連翹，給茯苓拿十兩銀子帶上。」

「是。」連翹應聲後趕緊去櫃子裡拿銀子。

茯苓卻推辭道：「二小姐，銀子奴婢實在是不敢收，奴婢跟著您這一、兩個月也攢了幾兩銀子，這次回去夠用了。」

「妳才領了一、兩個月的月錢，就算是領賞也沒有幾兩銀子。這次妳難得回去一次，給妳娘買點吃的、穿的、用的，也給她留幾兩在身邊，多了恐怕妳哥哥嫂子也會惦記上。」無憂笑道。

聽到這話，茯苓看到連翹遞過來的一錠銀子，趕緊千恩萬謝地收了。「奴婢替我娘謝過二小姐。」

這時候，無憂看看外面的天色，眉頭一擰，不禁惦念起薛家的朱氏來，她嫁入沈家也有一個多月了，不知朱氏在家裡怎麼樣？下一刻，便吩咐道：「連翹，妳去廚房領兩隻雞來，讓茯苓今兒晚上就燉上，明兒裝一隻給茯苓她娘帶去，另一隻妳帶著回家裡看看大奶奶去。」

「是，奴婢這就去。」連翹趕緊應聲，便帶著茯苓下去打點明日的事了。

這日一早，沈鈞早已經出門，無憂坐在梳妝檯前，身後由連翹給她梳著頭，她則是低頭若有所思的樣子。

看到二小姐半日低著頭不言語，連翹笑道：「二小姐，您是不是又在想痲醉藥提取的事呢？您現在為這痲醉藥的事都快瘋魔了，每天吃飯也想、睡覺也想，不吃飯不睡覺的時候就更不必說了，您這樣下去可怎麼得了啊？」

連翹的話無憂只聽一半，她擰了下眉頭說：「大清早的，別在我耳邊像蚊子一樣嗡嗡了，本來有個好想法，也都讓妳給吵沒了。」

「您自己想不起來，還怨到奴婢頭上來，那奴婢以後還是閉嘴吧！」說罷，連翹還真就一心梳頭，再也不言語了。

見狀，無憂笑道：「對了，昨兒我讓妳在院子裡架一口大鍋，妳去辦了沒有？」

「奴婢已經交代給兩個小廝，大鍋已經找來了，一會兒吃過早飯後，他們就會過來給您架鍋了。」連翹趕緊回道。

「嗯，一會兒妳督促他們快點，我等著用呢！」無憂點頭道。

「二小姐，您好端端地要大鍋做什麼啊？」連翹疑惑地問。

無憂也懶得跟她解釋，只說了一句。「等架好妳就知道了。」

「喔。」見小姐不說，連翹只得點了下頭，腦袋裡卻還疑惑著，想想大概總跟這痲醉藥有關，二小姐這陣子想的做的都是這些。

正在這時候，春蘭忽然走進來，笑道：「二奶奶。」

「有事？」抬眼一瞧，只見春蘭已經走到自己的跟前。

春蘭笑道：「回二奶奶的話，昨兒晚上老夫人屋裡的雙喜突然來找奴婢，大概是聽說了咱們院裡的奴婢們都在糊紙盒子，她跟前的幾個丫頭也想領點盒子回去糊。奴婢不敢應她，只說自己作不了主，還得等回主子一聲。」

前些日子，旺兒回來說製藥廠的藥賣得非常好，孫先生又請了好幾個人，可是裝藥的紙盒子也是需要很多，一時找不到那麼多人手。無憂看著自己院子裡的婆子丫頭們事情不多，就放給她們去做，並按照計件工資給她們發錢，多勞多得。多了這項收入，院子裡的婆子丫頭們都興高采烈，晚上都在加班做呢！

無憂想了一下，說：「上次妳不是說妳和雙喜很有些交情嗎？妳不應的話也不好，還讓她們以為妳在我跟前不得臉。可是一句話提醒，一定要讓她們把自己的差事當好，再做這些私下賺錢的事，要是惹了麻煩，我可是不管的。」

「是，奴婢一定都告訴她們。」聽到無憂應了，春蘭自然是高興得很。畢竟她也算是沈家大丫頭裡有些面子的一個，這點事要是辦不到，還真讓人笑話來著。隨後，她又說：「對了，二奶奶，前幾天還有幾個大奶奶那邊的小丫頭跑過來悄悄跟我要這個活計做呢，因為是大奶奶那邊的人，奴婢沒敢應，生怕搞出什麼亂子來。這兩天二奶奶都忙著，也就忘了回她。」

無憂點頭道：「妳做得很對，大奶奶治家很嚴，她那邊的人做這個說不定會惹來什麼是非，妳都擋著好了。」

「是。」春蘭趕緊應道。

這時候，外面的玉竹忽然喊了一聲：「二小姐，旺兒來回話了。」

連翹笑道：「這幾日旺兒來得可勤了，肯定是又送糊盒子的紙張來了。二小姐，這次糊的紙盒子可是跟上製藥的速度了。」

「讓他進來吧！」無憂道。

「是。」這時連翹也幫無憂梳好頭，便趕緊把旺兒叫了進來。

無憂坐在八仙桌前，春蘭已經把早飯端過來，無憂一邊用一邊對進來的旺兒道：「吃過早飯了嗎？」

「一大早就去了製藥作坊一趟，所以還沒有呢！」旺兒笑道。

聽到這話，無憂對一旁的連翹道：「搬個小几過來，讓旺兒坐在小腳踏上吃吧！」

連翹趕緊搬了個小几過來，春蘭、玉竹兩個則盛了清粥，並端了兩盤小菜和幾個花卷過來放在小几上。旺兒憨笑著道過謝後，便坐在小腳踏上吃起來。無憂一時間把幾個丫頭也打發出去用早飯，只留下旺兒在跟前一邊回話一邊吃飯。

「二小姐，府裡的女人就是多，做活也乾淨俐落，這次糊的藥盒子已趕上製藥的進度了。孫先生說現在跟咱們訂藥的藥鋪多了，都願意先付錢等著，還有因為買不到咱們的藥，幾間藥鋪掌櫃吵鬧起來的事呢！」旺兒一邊吃一邊高興地說。

無憂有些驚訝，隨後又囑咐道：「你下次去的時候告訴孫先生，讓他把藥最好平均分配給各個藥鋪，別讓他們因為爭藥而鬧出事來，所謂和氣生財，咱們還是穩穩當當地賺錢比較好。」

「是，小的明兒送藥盒子的時候就告訴孫先生。」旺兒道。

「對了，茯苓回來了嗎？她娘現在怎麼樣了？」無憂一邊吃著小菜一邊問。

「回來了，前天小的和我家那口子把茯苓接回來的。按照您的吩咐，小的給茯苓的娘家帶去些米、麵、油，還有一塊豬肉。那老太太的氣色好多了，自己能下地做飯什麼的，茯苓前天就要過來給二小姐磕頭，是小的攔下了。二小姐您這些日子一直都在研製藥品，哪有時間見她啊，所以就讓她等您啥時候得空了再來。再說二小姐您也不是因為要受她磕頭才幫她，您是心善才施恩的。」旺兒笑道。

「既然如此，那就好了。」聽到茯苓的娘康復了，無憂算是放心地點了點頭。

「那茯苓的娘好是好了，就是可憐了茯苓，這幾日剛回來就天天熬夜糊紙盒子。您想她娘身子這樣，她再厭恨她哥哥嫂子，也得多賺點錢拿回去給他們，才能讓她娘過兩天舒心的日子，唉……」旺兒不得不嘆氣地道。

聞言，無憂便道：「那你就囑咐茯苓別累壞了，下次去莊子的時候拿些莊子產的東西給她帶回去。」

「是，茯苓知道了，肯定又要來給您磕頭呢！」旺兒笑道。

「都是我自己身邊的人，自然不願意看到你們為難受苦，更何況是憐貧惜老的好事，咱們就順手做了。」無憂道。

「二小姐說得是，這些都是可以積德的事。」旺兒趕緊點頭。

主僕兩人一個在桌上吃，一個在小几上吃，過了一會兒，端著碗的旺兒忽然道：「對了，小的有件事忘了回二小姐。就是我們家那口子是個愛說笑的，來這府裡也就一個多月，雖說進不去二門，可是二門外的婆子大娘、小丫頭小廝們可都已混熟了，也聽說了這府裡的許多私密事。」

「什麼私密事？說來聽聽。」對沈家，無憂並不怎麼瞭解，能夠多瞭解一些也是好的。要知道在這大宅門裡，主子奴才們或許有好多背人的事情，她剛來不知道深淺，說不定就會說錯了話、辦錯了事，給自己惹來不必要的麻煩。

旺兒回道：「首先是咱們家的這位管家奶奶，聽說她可是個吝嗇又貪財的主兒。」

無憂一笑，這個她老早就看出來了。不過這也算平常，大抵女人都是愛財又小氣，只要是無傷大雅就好了。

見無憂笑而不語，旺兒繼續道：「這位奶奶身邊的春花，是她從娘家陪嫁過來的，這些年在沈家可是作威作福，和大奶奶的陪房周新家兩口子，幫著這位奶奶沒少剋扣這府裡眾人的月錢和米糧。據說這府裡的採買什麼的，只要經手的，這位奶奶都要扒一層皮。」

這不是和她二娘李氏如出一轍嗎？只不過好像這姚氏又比李氏高明一些，對上對下都裝出一副賢良淑德的樣子，對老夫人又極為尊敬，整天哄老夫人開心。對她和沈鈞也是極為拉攏，並沒有李氏那般的刻薄膚淺。只是時間久了，事情始終是紙包不住火的，家下人等估計也就都明白了。

無憂笑道：「管家奶奶自然也是要些好處的，要不然也對不起操這份心了。」

旺兒轉頭往外面看了看，見四下無人才壓低聲音說：「二小姐，我家那口子聽外面的人說，咱們家大奶奶還私自往外面放印子錢呢！」

聞言，無憂一怔，然後蹙了下眉頭，問：「有這種事？可是聽清楚了？」

這印子錢就相當於現代的高利貸，而且利息極高，就是在古代也是見不得光的。通常放印子錢的人都有勢力和背景，由於利息極高，好多借錢的人都還不起，如果還不起，那簡直就是逼人賣房子、賣兒賣女的，所以這事為許多正直的人所唾棄。要知道沈家也是名門大戶，在朝廷裡世代為官，也是忠良之後，祖上為官也算是兩袖清風，所以這放印子錢的名聲若傳出去，弄不好是會出事的。沒想到這個姚氏竟然連這種缺德的錢也賺，要是被揭發出來，事情就很難善了。

「應該沒錯，我家那口子是聽一個婆子說溜了嘴才知道的。對了，那個婆子和周新家的是遠親呢！」旺兒回答。

「那看來是錯不了了。」無憂點了點頭。

「這事估計老夫人和大爺都不知道，要是讓他們知道，大奶奶可有得受了。據說大爺最注重家風，沈老爺在的時候，可是個大清官，兩袖清風的。」旺兒說。

「這事咱們管不了，也不用管，做好咱們自己的事就好。對了，今年莊子種的藥材都怎麼樣？你可要多盯著點。我想下一季多種些曼陀羅和阿芙蓉，你去打理一下這事，這兩種藥材也許以後能派得上用場。」無憂最後吩咐道。

「是，小的這一、兩天就去辦。」旺兒點頭道。

又聊了些別的，吃過早飯後，旺兒就退下，無憂自然還是研究藥材。不一會兒的工夫春蘭便帶了兩個小廝進來，在院子裡壘了一個燒柴火的大鍋，等到後晌的時候終於完工，而無憂也有了新的工作。

第四十二章

院落的一角，鍋檯前有一口大概四、五尺見方的大鍋，鍋檯下面的柴火燒得很旺，連翹和玉竹兩個不停往裡面添柴火。只見鍋裡燒著滿滿一鍋熱水，春蘭不停地把已經曬乾的曼陀羅花放進大鍋裡，無憂則是站在鍋檯前，手裡拿著一把小號的鐵鍬，不斷地在鍋裡攪拌著。這時候，天氣已經轉熱，站在大鍋前，無憂又不斷地用力攪拌著鍋裡的藥草，不一會兒她就已經香汗淋漓了。

一旁的春蘭見狀，趕緊道：「二奶奶，這可不是您能幹的活兒，還是讓奴婢來吧！」說著就要上前去搶無憂手中的鐵鍬。

「不行，妳不知道火候，我得看著才行。再放點藥草。」無憂的眼睛都沒有離開過鍋裡的沸水。

聽到這話，春蘭趕緊轉身又捧了些許曼陀羅花放進鍋裡，連翹則笑道：「春蘭，我們小姐必須親自看火候才行，這個鍋裡添多少水、放多少草藥還在嘗試，所以咱們還弄不來的。」

「喔。」聽了這話，春蘭才點點頭。她在沈家可是當差多年，哪有讓主子做這種髒活累活的？這種活計連府裡的二流丫頭都不做，她可真是誠惶誠恐，生怕被主子怪罪下來。

這一鍋整整熬了有一個多時辰，直到鍋裡的水都快乾了，鍋裡的藥草汁變成濃濃粥狀的時候，無憂才讓玉竹趕緊拿一個大盆子來，把那些粥狀的東西盛出來放在一邊。然後便讓春蘭把鍋子洗乾淨，又燒了一鍋水，又讓春蘭往鍋裡放藥草。

看到這裡，春蘭有些不明白，便問：「二奶奶，不是已經熬了一鍋，咱們還得熬嗎？」

「那一鍋和這一鍋的藥草分量不一樣，我想看看這兩種分量的藥效到底有多大的區別。」無憂回答道。

「哦，原來還這麼複雜啊。」春蘭點頭說。

「那是當然了，妳以為那麼簡單啊？那豈不是誰也會了。」連翹往鍋檯下一邊添柴火一邊道。

這時候，天色漸漸地暗下來，幾個正在忙活的人並沒有注意到一個身影已經步入院子裡。那個身影看到院落裡這一番熱火朝天的景象，不由得腳下一頓，蹙緊了眉頭。

他那一雙幽深的眼睛，盯住了站在鍋檯前那個穿著碎花布衣裙的人兒。只見她站在夕陽的餘暉下，身上穿著白底帶藍色碎花的褙子，下面是碧綠色裙子，髮髻上還包著青色的頭巾。臉上沒有一點脂粉，素面朝天，頭上除了一根固定髮型的銀簪子，再沒有一點裝飾，活脫脫就是普通民婦的打扮。不過卻有一種異乎尋常的美麗，那種執著和韌性似乎已經打動了沈鈞的心，讓他的心潮跟著澎湃起來。

這時候，玉竹眼尖，一下子便看到沈鈞不知道何時已經站在院子裡，她趕緊福了福身子道：「姑爺回來了。」

站在鍋檯邊的無憂聽到背後的人說話，轉頭一望，只見果不其然，一個黑色身影已經站在離她不遠的地方。拿著鐵鍬的她先是伸手用手背擦了一把額上的汗珠，然後笑道：「你回來了？」

沈鈞邁步走過去，望著大鍋裡那濃濃的藥汁，不禁問：「妳這又是在做什麼？」

無憂用鐵鍬一邊攪拌著那越來越濃的藥汁，一邊回答：「這個是曼陀羅花的藥湯。」

「曼陀羅花？」這個名字他好像聽過，好像也見過，是種很漂亮的白色粉色黃色都有的花朵，不過聽說可是有毒性的。

「嗯，這曼陀羅花全株都有毒性，花朵裡則蘊含著很大的麻性成分，可是上好的麻醉藥。」無憂回答。

沈鈞的眼睛盯著鍋裡那已經泛黑的藥湯說：「妳是用開水煮的方法來提取？」原來她親自做這些辛苦的活計，都是為了給自己研製麻醉藥，沈鈞的心裡一動。

「這個辦法還不知道行不行得通呢！我已經用過水和酒等好幾樣液體來設法萃取這曼陀羅花裡的麻藥成分，可是效果都不是很好，現在只能用這種結晶的方法了。」無憂說這話的時候秀眉微微地蹙著，看得出她已經用過很多辦法都不行了。

此刻，看到無憂的手背不停地擦著額上的汗水，而隨著大鍋裡的藥湯越來越濃，她拿著那把鐵鍬的手也越來越吃力。下一刻，只見沈鈞伸手撩起袍子的一角，俐落地塞在腰間，伸手對無憂道：「我來吧！」

忽然聽到這話，無憂一抬頭，正好迎上沈鈞那雙幽深的眼光，這種眼光好像前些天她見過一次。記得那日他不由分說就搶過自己手中的鐵鍬，然後便彎腰替自己挖坑，想想當日他是真的挖得又快又好，這就是男人的作用。那時她感覺異常的幸福，雖然他其實並不是她實際意義上的丈夫，卻給了她那種可以依靠的感覺。今日彷佛情景重現，她不免一陣恍惚。

看到她愣著不動，沈鈞蹙了下眉頭，用命令的語氣道：「把鐵鍬給我。」

「喔。」無憂便不由自主地把手中的鐵鍬遞到眼前那隻寬厚的大手中。

一刻後，只見那個黑色身影手執一把鐵鍬，在鍋檯前的大鍋裡來回地攪動，非常地執著和賣力。一旁的丫頭們見狀也都是添柴的添柴、搧風的搧風。無憂站在一旁，伸手抹了下額上的汗水，望著眼前那個魁梧的身影忙碌的模樣，不禁嘴角上翹，露出一個似乎帶著幸福的微笑。要說男人幹活和女人就是不一樣，女人再賣力也趕不上男人。攪了一下午，無憂就感覺筋疲力盡，腰痠背痛的，還好這時候他來了。

不多時，沈鈞的額上也冒出不少汗水。無憂見狀，低頭看了一眼自己手中的汗巾，猶豫了一下，然後便心一橫，來到沈鈞的面前，抬手用汗巾幫他擦去額上的汗水。

她突如其來的動作讓沈鈞一怔，執著鐵鍬的手頓時一僵，然後眼眸一垂，看到整整比他矮了將近一個頭的她，正踮腳為自己擦拭汗水。她的動作很輕，那條棉布帕子彷佛輕柔的手一般滑過他的額頭和臉頰，他的眼眸不禁幽暗起來。

可能離他太近的緣故，她都能聞到他身上的汗水味道，是那種充滿陽剛之氣的味道，彷彿帶著陽光與無窮的力量，讓她一陣心跳加速。她都不敢抬頭去看他的眼睛了，因為她彷彿已經感受到他目光的灼熱。

一旁的幾個丫頭大概也看出他們的主子正情意綿綿地望著對方，這裡柴火不用添了，也不用搧風了，幾個人便悄悄地先行退了下去。院落裡一時只剩下他們兩個，還有一旁那幾盞投射著朦朧光芒的燈籠。

擦拭完他的臉頰，無憂一抬眸，正好撞上他那幽深灼熱的眼光，她不由得心裡一慌，趕緊收回自己的手，並且想後退一步。腳後跟卻踩上後面的柴火，不禁低呼一聲：「啊……」然後便身子一歪，眼看就要摔倒在地。

「小心！」就在這千鈞一髮之際，沈鈞的手一鬆，手裡的鐵鍬便落到鐵鍋裡，只見他一隻大手攬住無憂的腰身，便一把將她的身子攬進自己的懷裡。

「啊……」無憂又一聲低呼，身子沒有摔落在地上，反而被擁進了一個寬厚溫熱的懷抱裡。危急之際，她的雙手也不由自主地抓住他胸前的衣襟，心還在為剛才那差點摔個四腳朝天而怦怦跳著。

「妳……沒事吧？」沈鈞低頭問懷裡的人，眉宇一皺，神情之中充滿關切。

聽到頭頂上的問話，無憂一抬頭，正好對上他的雙眼。他鼻端噴灑出的熱氣就吹在她的臉龐上，她不由得臉色微紅起來。隨後，才搖搖頭道：「沒……沒事。」

「那就好。」聽到她的話，沈鈞才放心地點了點頭。

這一刻，無憂還在發愣中，完全沒有她還在人家懷裡的意識，而他的大手還攬著她的腰身，不知道是不願意鬆開，還是真的沒有意識到這一點。

這時候，躲在偏房內的幾個丫頭，在窗子前看到這含情脈脈的一幕，不禁都捂著嘴竊笑，並小聲議論著。

「二奶奶不知道是使了什麼招數，竟然把我們家二爺迷成這個樣子。」春蘭望著外邊那一隻大手攬著那美人腰的情景道。

「什麼叫招數啊？我家二小姐可是最冰清玉潔的了。」連翹在一旁可是聽不得別人說她家小姐一句不好聽的話。

聽到連翹的話，春蘭用自己的肩膀碰了碰連翹的肩頭道：「得，我不就是用了這麼個詞嘛。妳不知道這京城裡有多少傾國傾城的美人都青睞我們家二爺，可是二爺連正眼都不看一眼的。沒想到現在眼裡都是二奶奶，妳看二爺那個眼神啊。唉，我伺候二爺就算沒有十年也有八年，還是頭一遭碰到這事，看來我們家二爺並不是不近女色，而是沒有碰到讓他心儀的女子罷了。」

一旁的玉竹卻看著外面的情景道：「那是因為你們家二爺從前沒有遇到過我們家二小姐這樣的女子。我要是個男人啊，也會喜歡我們家二小姐的。」

聽到玉竹這話，連翹和春蘭看了玉竹一眼，不禁都捂著嘴巴笑起來。

「妳們笑什麼？」玉竹瞪著她們道。

「妳也不看看自己是什麼身分，還喜歡二小姐呢！橫豎她是主子，咱們都是奴才。」連翹伸手用手指戳了玉竹的腦門一下。

玉竹卻理直氣壯地道：「這和身分有什麼關係？兩個人之間的感情是兩顆心的歸屬，跟身分地位一點關係也沒有。」

聽了這話，春蘭不禁笑道：「妳又在胡說什麼，主子就是主子，奴才就是奴才，哪裡能混淆呢？我倒是聽過女奴才可以委身男主子的，名分上就差了點，比通房丫頭好些，頂多也就是混個姨娘罷了。不過我可是還從來沒聽說過女主子嫁男奴才的，恐怕真要是有這事，那男奴才肯定也被女主子的家人給打死了。」

「春蘭說得有道理。」連翹連連點頭。

春蘭說得讓玉竹也無法反駁，不過卻道：「那男主子收女奴才的房也不是真喜歡女奴才的，要是真的喜歡，怎麼捨得讓自己的愛人一輩子屈居人下。」

「就算是男主子願意給女奴才正室的名分，男主子的家人也得同意才行。我還從來沒有聽說過丫頭和奴才當正主子的，戲文上是有，不過那都是騙人的罷了。」春蘭道。

這方，燈火朦朧中，兩個人對望了很久，忽然鼻端傳來一陣有些難聞的氣味。無憂伸手摸了一下鼻子，皺著眉頭叫道：「什麼味道？」

聽到這話，沈鈞的眉頭一皺，朝無憂身後的大鍋一瞥，脫口叫道：「糟了！是不是鍋糊了？」

「啊？」聞言，無憂一把推開沈鈞，望著大鍋著急地道：「唉呀！怎麼辦啊？」

「沒事，我來。」說罷，沈鈞又重新拿起鐵鍬在鍋裡使勁地翻攪那已成了膏狀的物體。

「快點、快點！」無憂著急地叫道，這可是她辛苦半天所得，不能就這樣毀了。

這時候，一直都注意著院子裡情況的三個丫頭，聽到他們的對話，趕緊魚貫地從偏房裡跑出來。她們跑到鍋檯前，滅火的滅火、往火上澆水的澆水，忙碌了一陣子，鍋裡的東西才總算沒再飄出糊味來。

鬆了一口氣後，無憂站在一旁暗暗地責怪自己——怎麼回事？怎麼這樣為色所迷啊？不就是比一般的男子帥了一點、酷了一點嗎？至於如此像失了魂魄一樣嗎？

不久後，膏狀物體便被丫頭們盛入一口不小的缸裡，春蘭笑著對沈鈞和無憂道：「二爺、二奶奶，晚飯好了，要不要擺飯啊？」

相較而言，沈鈞彷彿心情不錯，吩咐道：「趕緊擺飯，我也餓了。」

「是。」春蘭應聲後便趕緊去了。

不久後，外面的事情由幾個小丫頭們收拾，飯菜也已經擺好了。春蘭、連翹和玉竹分別伺候沈鈞、無憂洗了臉和手，便伺候他們吃飯。

飯桌上，一直都是靜悄悄的，無憂一直低著頭吃，並沒有說過話。沈鈞這次也沒有把幾個丫頭都打發下去，她們都在一旁素手而立地伺候著，不時給二人盛飯盛湯。雖然無憂一直都低著頭，但是沈鈞好像心情不錯，眼睛會不時地望望她，然後吩咐下人盛飯遞個東西什麼的。

無憂一直都低著頭吃，很快就把晚飯吃完了。她把飯碗一推，說了一句。「我吃好了，你慢慢吃。」一都沒敢多看沈鈞一眼，便起身走到內間的八仙桌前，佯裝鎮定地伸手取了一本書，低頭翻看起來。

望了坐在另一張桌子前看書的無憂一眼，沈鈞沒有說什麼，轉頭便把自己的碗遞給一旁的春蘭道：「再給我盛一碗飯。」

接過沈鈞手中的碗，春蘭轉身一邊盛飯一邊笑道：「二爺，這是第三碗了，您今兒可是多吃了一碗飯呢！」

「姑爺今兒做活累了，當然要多吃一碗了。」一旁的連翹笑道。

「咱們二小姐也做了不少活，可是也沒有多吃呢！」玉竹在一旁說了一句。

聽到這話，一旁的春蘭道：「廚房已經熬了糖水，等會兒奴婢就給二奶奶端去。」

接過春蘭手中的飯碗，沈鈞沒有多言，低頭一語不發地吃著。過了一刻，才忽然吩咐道：「春蘭，晚飯後打熱水來，我要洗澡。」

「是，奴婢這就交代小丫頭們燒熱水去。」說著，春蘭便轉身退了下去。

洗澡？坐在八仙桌前隨意翻書的無憂聽到這兩個字，不禁愣了下神。他……他不會要在這屋裡洗澡吧？那……那怎麼方便呢？一下子她可是犯了愁。成親這些日子，她也有洗澡，可都是趁著他不在家的時候洗的，他卻一直都沒有在家裡洗過。無憂看得出他也是愛乾淨的人，而且剛剛離他那麼近，幾乎是在他的懷裡，除了剛剛出的汗水，她也沒有聞到他身上有不好的味道，大概平時他也是有洗澡的，不是在軍營中就是在別的地方洗吧？

很快，沈鈞也吃好了晚飯，丫頭們開始往外端著殘羹冷炙，幾個小丫頭便往屋子裡抬熱水，她們也抬來一個很大的木桶，一看就是洗澡用的，放在屋子中央。木桶放得離她很近，小丫頭們往那木桶裡倒熱水，很快屋子裡就有了氤氳的水氣。悄悄往旁邊一瞄，沈鈞飯後在屋子裡來回走著，雙手伸展著筋骨，這一刻，無憂心裡很慌亂。丫頭們都還在，她當然不能躲出去，那樣的話就太明顯，這齣戲還得演下去，可是她感覺自己的心卻是狂跳不已。

沈鈞的神情倒是很自然，在房裡來回走動幾圈後，春蘭便過來道：「二爺，讓奴婢給您寬衣吧？」

聽到這話，無憂的心一抖，仍然佯裝鎮靜，眼睛一直盯著自己手裡的書，只是心卻不知跑到哪裡去了。大概是聽到春蘭要給姑爺脫衣服了吧？連翹和玉竹兩個畢竟沒有伺候過男主人，臉皮也薄，便拿了水桶什麼的悄悄地退下去了。

沈鈞站在那裡任由春蘭給他寬衣，從腰帶、袍子、中衣……一陣窸窣之後，沈鈞的上身已經打著赤膊，露出完美的肌肉線條，下身只穿一條白色的長褲。這時候，沈鈞便抬腿進了木桶，整個人靠在木桶壁上，溫熱的水流淌過他的肌膚，感覺異常的舒服。

春蘭站在沈鈞的身後，拿著熱毛巾為他擦拭著肩膀。這時候，無憂知道該是她表演的時候，夫君在洗澡，她一直坐在這裡不聞不問，當然是不行的，怎麼也得在春蘭面前走個過場，要不然春蘭是會懷疑的。下一刻，無憂便合上書本，站起來，轉身走到充滿氤氳水氣的木桶前，伸手道：「春蘭，把毛巾給我吧！」

「是。」春蘭便趕緊把手中的毛巾遞給無憂。

這時候，靠在木桶裡的沈鈞眼眸一瞇，瞥了無憂一眼，只見她走到他的身後，一雙細柔白淨的手開始用水沾濕那毛巾，往他的肩膀上慢慢擦拭著。這一刻，他感覺自己的心一陣緊繃，然後好像呼吸就被什麼東西阻礙了似的。

為沈鈞擦拭一刻後，無憂便吩咐一旁的春蘭道：「這裡不用妳伺候了，下去吧！」

「是。」春蘭見狀，自然知道現在二爺和二奶奶可是新婚燕爾蜜裡調油的時候，這洗澡的事估計也很纏綿悱惻吧，便趕緊低頭退了出去。

走出房間，轉身輕輕地合上房門。春蘭一轉身，只見連翹和玉竹兩個都站在廊下，看到她出來，趕緊圍上來問：「春蘭，妳怎麼出來了？姑爺不讓妳伺候了？」

聽到這話，春蘭的手在嘴邊做了個噤聲的動作，便拉著她們兩個往院子裡走兩步，小聲地道：「二爺有二奶奶伺候，哪裡還用得著我啊，呵呵……」說完，便低頭壞笑了一聲。

「那咱們什麼時候再進去伺候啊？」玉竹傻傻地問，這個她可是沒有經驗的。

春蘭笑著回答：「咱們就警醒著點，主子什麼時候叫咱們就什麼時候進去伺候，如果不叫的話，咱們也就不管了。」

「嗯。」玉竹點了點頭，便和連翹一起回屋了。

春蘭剛想進自己的屋子，秋蘭卻走過來叫住她。「春蘭。」

春蘭一轉頭，見是秋蘭，便道：「妳今兒怎麼過來了？」

「閒著沒事，來找妳說說話。」秋蘭看了一眼正屋那緊閉的房門，對春蘭道。

「那跟我去我屋子裡說話。」春蘭便拉著秋蘭進自己的屋子。

坐了一刻，見春蘭總是往窗外望，秋蘭問：「妳看什麼呢？」

「二爺在屋裡洗澡，我怕他叫人我聽不到。」春蘭實話實說。

聽到這話，秋蘭先是沈默了一刻，然後問：「那誰在裡面伺候？」

「當然是二奶奶了，還能有誰啊？」春蘭回答。

「這些日子二爺……和二奶奶可好？」秋蘭已經有多日沒看到過二爺，就連清晨練功現在都不讓她伺候，她也曾去偷看過兩次，卻被沈鈞給訓斥回來，就再也不敢去了。

聞言，春蘭先是看了秋蘭一眼，才道：「好，好得很呢，簡直就是蜜裡調油了。誰也沒承想二爺會對二奶奶如此上心，今兒還為二奶奶親自幹活，妳沒看到那兩人卿卿我我的樣子。唉，都說自古英雄難過美人關，看來咱們二爺以前是沒有遇到可心的人呢！」

聽了這話，秋蘭便訕訕的，又坐了一會兒，有一句沒一句地說著話，之後便藉故告辭走了，春蘭也沒有留她。秋蘭走後，春蘭搖了搖頭。她當然明白今日秋蘭是來做什麼的，她也就實話實說了。雖然也看出秋蘭的落寞，但是她打心眼裡只是為秋蘭好，讓秋蘭死了那條心罷了。

這方，房間裡充滿氤氳的水氣，待春蘭走後，無憂掃了一眼面前那充滿肌肉的肩膀，那皮膚也是蜜色的，看得出這是個經歷過風吹日曬的男人。又把毛巾沾濕了在他的肩膀上擦兩下之後，無憂便把毛巾輕輕地放在沈鈞的手裡，道：「我……我有些累，先睡了，你自己洗吧！」說完，便轉身逃也似的跑進裡間，脫了外衣，便上了床，放下床幔。

看到這情景，沈鈞愣了一下，然後嘴角間不禁勾起了笑容。隨後，他拿著毛巾擦拭自己的肩膀和前胸，感覺心情還不錯，輕輕哼起歌來。

躲在床幔裡，無憂的身子靠在床頭上，耳邊聽著那嘩嘩的水聲，心裡卻不那麼淡定了，感覺他彷彿已經擾亂了她那顆一直都從容淡定的心。無憂狠狠地搖了搖腦袋，鑽進被窩裡閉上了眼睛。

也不知道過了多久，外面沒有什麼聲音了。這一天無憂也很累，過沒一會兒便沈入了夢鄉……

第四十三章

這日晚間，沈鈞從外面回來，這時候院子外無人，他便邁步走入房間。不想一進來就看到無憂坐在八仙桌前，似乎眉頭還緊緊皺著，臉部的表情也有些扭曲。大概是看到了他，無憂馬上把衣袖捋下來，抬起頭對上他的眼睛，勉強地笑道：「你回來了？」

沈鈞卻徑直走到她的跟前，疑心道：「妳剛才在做什麼？」

「沒……沒做什麼啊。」無憂回答得有些支吾。

這次，他沒再說什麼，而是一把抓住她的手腕，快速撩起了她的衣袖。無憂一驚，想縮回自己的手，卻已經晚了，她的手臂下一刻便露在他的面前。

沈鈞忽然被眼前那白嫩手臂上的青紫給震住。她的手臂很細、很白，但是白皙手臂上卻有許多塊的青紫，讓人看得觸目驚心。此刻，無憂還在試圖縮回自己的手，但是他的大手卻像鉗子般抓著她的手不放。

下一刻，他便蹙著眉頭出聲了。「這是怎麼回事？」

「我……」無憂支吾一下，見他拉著自己的手腕不放，只好回答：「我在試麻藥。」

聽到這話，沈鈞大大驚訝，瞪著無憂半天沒有說出話來。

看到他的表情，無憂只得認真地解釋道：「對一個大夫來說，以身試藥這是很正常的事情，你不要大驚小怪。」說罷，趁著他不注意，縮回了自己的手。

聞言，沈鈞蹙了下眉頭，才道：「妳可以在兔子、狗或別的動物身上試藥啊。」他不懂，她為什麼非要把自己那白嫩的手臂弄成這個樣子？

「這是麻藥，兔子和狗牠們又不會說話，怎麼知道疼不疼呢？就算牠們會叫，可是也不知道有幾分的疼痛啊。有些藥是必須透過人來試的，而且還要大夫自己來試，這樣才能試出最準確的效果。」無憂無奈地回答。她當然也知道會疼，她又不是傻子，可還是必須由自己試，只有這樣才能研製出最準確的麻藥。因為病人在重傷或沒有意識的情形下，麻藥的分量是很重要的，少了會讓病人痛苦，多了也許會危及病人的生命。要不然在現代也不會把麻醉學單獨列為一門學科，而且一個好的麻醉師也是相當有能力的。

聽到這話，沈鈞沈默半晌。隨後，他一把挽起袖子，露出自己結實的手臂來。看到眼前那富有完美肌肉線條的手臂，無憂不禁皺了下眉頭。「你這是做什麼？」

「以後要試麻藥的話，就用我的手臂來試，我會把感覺非常準確地告訴妳，讓妳記錄下來。」沈鈞很認真地道。

無憂凝視他一刻，只見他的眼神雖然幽深，卻充滿了真誠，她不由得一怔。

也許是看到她的遲疑，沈鈞繼續道：「我皮糙肉厚的很適合試藥，妳一個女人家皮薄肉軟，怎能試藥呢？」

聞言，無憂才笑道：「現在我已經無藥可試，因為上次提取的那些還是不能達到我想要的效果。可是好的方法我現在還一時想不出來。」

看到她有些著急，沈鈞只得勸解道：「好藥是需要大夫反反覆覆試驗的，這才幾天，妳也不要太心急，欲速則不達。」

「嗯。」沈鈞的話挺有道理，有時候思維局限在一處，是很難想出好辦法，比如現在的她就是思維受到限制了。

沈鈞便放下袖子，道：「那妳想到辦法後，再用我的手臂試藥就好。」

看他說得很認真，無憂笑道：「可是會很疼的。」

沈鈞嘴角一扯，道：「我征戰沙場這麼多年，什麼傷沒有受過，這點疼痛捱得住。」

這應該是真的，雖然她沒看過他的身體，但聽說他這個人在戰場上可是身先士卒，而且在外征戰多年，受傷也是難免的，大概他冷硬的性格也是因為戰場的磨礪吧？

沈鈞突然又問：「對了，妳能告訴我提取麻藥遇到了什麼困難嗎？也許我能幫妳想想，雖然醫術上的事我並不太懂，但是我可以去詢問一下我軍營裡的軍醫，畢竟人多了就可以集思廣益。」

沈鈞的話也算是提醒了無憂，也許別人的辦法能夠啟法她的想法也說不定。雖然在這古代沒有現代那些先進的醫療技術和設備，但是她相信勞動人民的智慧。她仔細想了一下，回答：「我現在遇到的最大難題就是如何提取草藥中的精華，結晶、蒸發這些方法我都試過了，卻都不能達到我要的效果。也許我要的是小分子，可是現在有許多大分子的東西摻和在裡面，讓我很難提取出有效的物質。」

「大分子？小分子？那是什麼東西？」對無憂的說法，沈鈞感到很奇怪，從來沒有聽說過這些名詞。

是啊，她這樣說，他一個古代人怎麼會明白呢？低頭想了一下，便對他耐心地解釋道：「這是我給這藥材裡包含的物質取的名字，就是一種物質它比較大，另一種物質比較小，當然這都是相對的，可是這兩種物質混合在一起就是沒有辦法能分離。我這麼說你明白嗎？」

聽完無憂的這番話，沈鈞仍是雲裡霧裡，蹙著眉頭想了好半天，才點頭說：「我大概能明白妳的意思，不過我得再好好想想。」說完，便轉身背著手緩緩地走到書案前，坐在那裡冥思苦想。

看到他那樣子，無憂先是一擰眉，然後又低頭忍不住一笑，心想——她用現代的思想和名詞給他解釋，也難為他了，誰知道他會不會想明白呢？

這日後晌，無憂正歪在榻上休息。忽然，門從外面輕輕地推開，她聽到細微的腳步聲進來。這腳步聲她自然是熟悉的，是連翹的腳步，大概是看到她睡覺的緣故吧，進來後遲遲沒有說話。這時候，無憂連眼皮也沒有抬起地問：「什麼事？」

連翹便趕緊道：「老夫人屋裡的丫頭過來說，老夫人讓您過去一趟呢！」

「現在？」無憂看看外面的天色，正午剛過不久，一般這個時候老夫人都是在休息，怎麼會突然叫她過去呢？

「說是讓您趕快過去呢！」連翹說完，看到無憂臉上有疑惑之色，便又道：「這個時候老夫人本來是在午休，看來肯定是有什麼事。」

一邊聽連翹的話，無憂一邊起床，連翹已經拿了鵝黃色繡金線的褙子過來幫她穿上，然後又理了理頭髮。剛要出門，就見春蘭急急的跑進來。

「怎麼了？慌慌張張的？」春蘭一跑進來，差點就跟無憂撞個正著。

春蘭趕緊躲閃開，低首道：「二奶奶恕罪！奴婢心急了。」

見她如此慌張，無憂知道肯定有事，便道：「妳長話短說，老夫人叫我過去呢！」

「是。」隨後，春蘭便道：「回二奶奶的話，剛才老夫人屋裡的雙喜派了心腹小丫頭過來悄悄告訴奴婢，老夫人大概是因為您給婆子丫頭們糊紙盒子的活計這事來找您呢！」

聽到這話，無憂微微一怔，心想——這事老夫人怎麼會知道？肯定是有人打小報告了吧？

一旁的連翹有些氣憤地道：「老夫人過問這事，是不是要責備咱們二小姐？」

「這個奴婢也不知道，只是雙喜叫小丫頭過來報信，好讓奶奶心裡有個數，別過去了讓老夫人一問，一點準備也沒有。」春蘭看了看連翹，又看了看無憂。

聽完這話，無憂點了下頭，道：「我知道了，春蘭妳跟我走一趟。」

「是。」春蘭趕緊點頭。

一路上，無憂不敢怠慢，步子走得比較快，春蘭跟在後面，笑道：「要說雙喜這蹄子倒也是個實交的，還知道悄悄來報個信。看來奶奶上次讓我給她那個面子還真是不差，您不知道旺兒在給老夫人院裡那幾個婆子丫頭們工錢的時候，還多給了一些呢，只說她們糊的盒子好。您也知道她們可都是託了雙喜的，這樣雙喜也很有臉面。」

聽了這話，無憂一邊往前走一邊點頭道：「既是這樣，妳以後就多和她來往，有什麼需要對連翹說一聲，在她那裡支銀子就是，記住別小氣了。」

「是，奶奶。」春蘭趕緊點頭道。

來到沈老夫人的院落裡，雙喜一看無憂她們來，趕緊迎了出來，含笑福了福身子道：「請二奶奶安。」

「雙喜姑娘快免禮。」無憂笑著虛扶一把，抬頭望望門簾裡面，又問：「老夫人今兒沒歇著？」

「正等著二奶奶您呢，趕快隨奴婢進去吧！」雙喜笑道。

「嗯。」無憂點了點頭，由雙喜引領著掀開竹簾進了屋子。

進到屋內，無憂抬頭望去，只見沈老夫人穿著一身素色家常服坐在椅子上喝茶，不像以往這個時候都是歪在炕上。趁著往前走的空檔，打量了一眼沈老夫人，只見她臉上雖然沒有笑意，但也沒有什麼不悅，眼眸低垂著，根本看不出是喜是怒。無憂上前福了福身子，道：「給母親大人請安。」

聽到聲音，沈老夫人抬眼看了無憂一下，便道：「坐下說話吧！雙喜，給妳二奶奶上茶。」

「是。」雙喜趕緊倒茶去了。

無憂在離沈老夫人不遠處的繡墩上坐下來，陪笑道：「母親今日沒有午休？」

「今兒聽說了一樁事，便睡不著了，所以把妳叫上來說說話。」沈老夫人倒是說話很直白，並沒有寒暄幾句。

這時候，雙喜端一碗茶水放在無憂跟前的小几上，道：「二奶奶請用茶。」

「嗯。」無憂點了點頭。想聽老夫人再說什麼，老夫人卻沈默了一刻，這時，只見雙喜已經悄無聲息地退出去。無憂心想——看來老夫人不想在下人面前說，大概是因為那件事要教訓自己了吧，不過要是把下人都支開，倒也想給自己留幾分面子。

隨後，沈老夫人便發話了。「知道我今兒叫妳來什麼事嗎？」

聞言，無憂便微笑回答：「無憂愚鈍，請母親明示。」

沈老夫人嘴角一扯，把手中的茶碗放在一旁的茶几上道：「我也不跟妳繞彎子，今兒叫妳來是想問問妳，妳現在真在咱們家裡做起生意來了？」

聽到這話，無憂心想——看來老夫人說的還真是雙喜所說的那件事，既然知道了，她也就大方地承認好了，本來這也不算是背人的事。所以便笑道：「母親說的是我那製藥作坊糊藥盒子的活兒放給咱們家的下人去做的事吧？」

聽到回答，沈老夫人瞄了無憂一眼，沒想到她並沒跟自己繞圈子，而是很大方地承認了，感覺這個媳婦也算是個直爽的，便說：「今兒一早我突然想起去年我做壽的時候，妳大嫂給我做的蘇州軟緞小襖，天暖和了穿上很舒服，便讓雙喜去找出來。可是雙喜找了半天也沒找出來，說是前幾天看天氣暖和了，知道我要穿，便交給漿洗那邊去洗了。雙喜就吩咐小丫頭去拿，結果那個小丫頭回來說一個婆子把那衣服洗完後給燙壞了，那婆子一開始還不敢說，直到那個小丫頭去問了，她才承認，這不今兒前晌在這邊跪了好長時候呢！我看她年紀不小，也就算了，罰她以後去二門外頭當差，並扣了兩個月的月錢。」

聽了半天，無憂擰了下眉，心想——老夫人說了半天也沒說到正點上啊，彷彿這跟她放活兒出去也沒什麼關聯吧？不過沈老夫人可不是個說廢話的人，肯定有意思在裡頭，便繼續往下聽著。

沈老夫人果然話鋒一轉。「其實這個婆子平時做事也是很上心的，要不然也不會讓她在我的漿洗上當差。都說她這些日子做活都心不在焉的，問了才知道原來是白天當差，晚上又趕妳放出去的活計，所以晚上睡不好，白天自然就沒有精神當差了，才會一粗心就把衣服燙壞。」

聽到這裡，無憂終於明白了，原來如此，不過好像這事會不會也太巧了一點，怎麼才這幾天就出了事，還弄到沈老夫人這裡來？畢竟無憂也來不及多想，只有含笑道：「原來如此，這事都怪無憂不懂事，真的沒想這麼多。本來我那個製藥作坊最近的藥盒子糊不出來，掌櫃急得什麼似的。我看身邊幾個丫頭都不怎麼忙，便讓她們沒事的時候做做。您說咱們這樣的人家畢竟是不能白使喚家裡人的，母親一直都教導我們要寬待體恤下人，我便想著她們做多少活兒就給她們多少工錢。過了幾日，沒想到好多家下人等都來我那裡想領點活兒幹，說也可以補貼一下家用。我一聽，也是件好事，而且家下人等也都該一視同仁，所以便應了下來。到底是我年輕，經歷得少，就沒有想到這上頭來。」

聽無憂還沒等自己說什麼，便把責任全都攬了過去，而且態度十分懇切，沈老夫人的臉色也漸漸地緩和，點了下頭說：「妳到底年輕，做事還是考慮得不周詳。妳大嫂是個心細的，雖然有時候對下人苛刻了點，但到底也管了這幾年的家，以後有什麼事，妳多問問她就是。咱們這樣的人家不要弄出什麼笑話來才是。」

「母親說得是，明兒我便交代下人把她們做完的活兒都收上來，以後也不再放出去了。至於那個婆子的事，老夫人就別生氣了，明天無憂再請裁縫給您做一件蘇州軟緞衣裳孝敬您。」無憂笑道。

「妳能這樣想就最好了。我也有點乏了，妳先下去吧。」沈老夫人的臉上終於露出了笑容。

「是。」聞言，無憂便趕緊起身，福了福身子後退出去。

等無憂出老夫人的院子，春蘭便趕緊跟上來急切地問：「二奶奶，老夫人找您是不是因為糊藥盒子的事啊？」

「雙喜說得沒錯，是因為那事。」無憂點了點頭。

聽到這話，春蘭便道：「看來雙喜那蹄子還真不愧是老夫人肚子裡的蛔蟲。那老夫人有沒有苛責您啊？」

「沒有，老夫人說話還算有餘地，所以我便趕緊認錯。她老人家也許看我態度算好，便也沒說什麼，只讓我以後注意些罷了。」無憂回答。

聞言，春蘭鬆了一口氣，笑道：「還是二奶奶您聰明。對了，您可能不知道，咱們老夫人的脾氣就是吃軟不吃硬的，您只要順著她，就算是您犯了天大的錯，她也是不會在意的。」

聽到這話，無憂心中想——看來她還真是賭對了一把，自己趕緊把錯都應下來，要是不承認或是態度不好，那可是沒好果子吃了。

路上，無憂吩咐春蘭道：「對了，妳等晚上去雙喜那裡打聽一下，問問到底是哪個漿洗婆子把老夫人的衣裳弄壞的，明天幫我去給她送兩個月的月錢，就說都是我讓她吃了這個苦頭。不過記住，一定要悄悄地，別讓人知道了。」

聽了這話，春蘭趕緊應聲，又道：「二奶奶，奴婢記下了，只是為什麼那婆子弄壞老夫人的衣裳，要您來給她月錢啊？」

瞥了一眼疑惑的春蘭，無憂簡單地回答：「那個婆子是因為晚上糊盒子，白天才懈怠，弄壞了大奶奶去年給老夫人做的那件蘇州軟緞的衣裳，老夫人就罰了她兩個月的月錢，並攆到二門外當差去了。」

聞言，春蘭低頭想了一下，有些奇怪地道：「蘇州軟緞的衣裳？二奶奶，那件衣裳是不是去年老夫人做壽的時候大奶奶給老夫人做的？」

「是啊。」聽到這話，無憂點了點頭，然後疑惑地望著春蘭，覺得怎麼這事春蘭也知道？春蘭也只不過是沈鈞身邊一個大丫頭罷了。

春蘭隨後便把自己的疑惑說出來。「二奶奶，您不知道，這件蘇州軟緞的衣裳大奶奶送來後，老夫人可是喜歡得不得了。我去年無意中聽雙喜說過，老夫人就愛穿這件衣裳，說它又軟又涼快，穿在身上可舒服了。所以雙喜每次都會叮囑漿洗的婆子們要小心地清洗。給老夫人漿洗的都是些麻利的老人，不可能會把她這件最鍾愛的衣裳弄壞，那不是吃了雄心豹子膽嗎？」

「也許是晚上做活太累了？」無憂偏著頭道。

春蘭搖頭說：「這不太可能吧，就算再累、再睏，也不敢把老夫人這件最鍾愛的衣裳給弄壞啊，這事也太巧了。」

聽到這話，無憂便頓住腳步，因為剛才她心裡也對這件事有些疑惑，彷彿是太巧了些。擰了下眉頭，然後說：「妳是說這件事有蹊蹺？」

看見無憂疑惑的眼神，春蘭趕緊低頭道：「奴婢不敢妄說，只感覺就是有……蹊蹺的。」

「那依妳說誰會安排這個蹊蹺呢？」無憂這時心裡也在想——誰會故意弄壞老夫人的衣

裳，然後又都栽到那個漿洗的婆子身上？這件事明擺著就是衝自己來的，大概在這個家裡也就只有老夫人可以隨便地訓斥責備自己了。難道是……姚氏？想想也只有她最可疑，因為能做得這麼蹊蹺的人可不多見。再說在這沈家她是初來乍到，並沒得罪過什麼人，而且這個家裡的女眷就只有她、姚氏和沈老夫人了，當然還有個曹姨娘，她更是和自己八竿子打不著，老夫人自己是不會做這事，那麼就只剩下姚氏了。

要說這個姚氏為什麼會跟自己過不去，這個也不好說，因為但凡妯娌姑嫂之間都會有那麼一點較勁的因素在內，再說從上次給陪房安排差事的事情上，就可以看得出姚氏對自己是有所防備的。畢竟在沈家就只有沈鎮和沈鈞兩兄弟，現在姚氏管家，大概是怕自己觸碰她的利益吧，聽說姚氏管家可算是雁過拔毛，這也是一項不小的收益。

春蘭雖然對無憂畢恭畢敬，但畢竟相處時間有限，好些話還不敢說，只得道：「二奶奶您只管往這裡想，在這府裡您會侵犯到誰的利益。」

聽了這話，無憂一笑，心想——這個春蘭倒是個極為聰明又穩妥的人，在沈家又是家生子，對這府裡的事更是不能再明白了，看來她們是想到一處去了。對於聰明人，無憂是不用多說什麼，只說了一句。「以後什麼事情都替我留意著點。這次雙喜能通風報信，我也不能讓她白操心，明日妳去連翹那裡領十兩銀子，和雙喜每人做一身上好的夏裝去。」

「謝二奶奶賞。」聽到這話，春蘭自然是眉開眼笑的，便趕緊福了福身子。

「嗯。」無憂輕輕點了點頭，不過也擰了下眉頭，心想——這大宅門裡就是是非多，當個妯娌也不得清靜了。

回到自己的臥室後，無憂感覺有些累了，便歪在榻上休息，連翹端了一杯茶過來，道：「二小姐，老夫人到底找您什麼事啊？」

抬眼看了一下連翹，無憂便給她說了個大概。連翹聽了之後，氣憤地道：「這個大奶奶，您又沒招她惹她，她幹麼要這樣來害您啊！她就是小人之心，您一點也沒有跟她在這個家裡爭權奪勢的想法，幸虧老夫人沒有說您什麼，不過肯定在心裡是不喜歡的。真是兩面三刀的，在您面前那樣熱情好心，誰知道專門在背後使壞，這樣在老夫人面前可就顯得她好了，就是不讓您得老夫人的歡心。」

聽了這話，抬眼看了一下火氣十足的連翹，無憂淡淡地道：「妳的火氣太大了，應該喝些菊花茶消消火。」

看到無憂彷彿無所謂的樣子，連翹著急地跺腳道：「二小姐，人家這都在為您著急，您怎麼自己就一點都不在乎呢？人家在您背後這樣捅刀子，您一點也不介意嗎？」

聞言，無憂接過連翹手中的茶碗，喝了一口，眼眸望著前方道：「第一，咱們只不過是猜測而已，並沒有十足的證據說這事是大房那邊幹的。第二，就算這次的事情是她做的，可她卻得不償失。」

「得不償失？為什麼？」連翹疑惑地問。

在連翹的注視下，無憂面帶微笑道：「這次老夫人也沒對我發脾氣，到最後也算是和顏悅色。讓老夫人不喜歡我倒也不差這一次，本來老夫人對我也沒怎麼喜歡。可是她為了這麼一點點的得，卻失去了沈家許多家下人等的心。」

「怎麼說？」連翹問。

「我問妳，在沈家，妳一共給多少下人放了活計？」無憂問。

無憂翻眼想了一下，然後回答：「婆子丫頭們大概有二、三十個吧！」

「這些人晚上做活一個月就可以多賺一個月的月錢，她們都非常高興，還樂此不疲。可是現在我再也不會把活計放給她們，她們也就沒了這條財路，妳說她們恨的是誰？」無憂笑問。

連翹聽了還是不明白，說：「當然恨老夫人了，是老夫人把叫您去，是您沒辦法才不放活的。那些個婆子丫頭們並不知道其實是大奶奶背地裡謀劃這事的啊！」

聞言，無憂微微一笑。「這府裡的婆子丫頭們都成了精，妳以為春蘭能想出來，她們會想不出來嗎？她們大概也都能猜到這始作俑者是誰。」

聽無憂這麼一點撥，連翹便恍然大悟地笑道：「對啊，奴婢怎麼沒想到呢？這樣一來，那些婆子丫頭們都會暗地裡抱怨大奶奶擋了她們的財路。」

「不錯，所以說她才得不償失，一下子得罪了這麼多人。」無憂道。

「可是那些也都是一些下人，大概人家也不怕得罪的。」連翹又擰眉道。

無憂微微一笑，道：「妳說的也是個理，都是一些下人，還都是不怎麼得臉的。可是這些下人可不是一個、兩個，而是幾十個，放眼沈家下人，沒有一百也有八十，這些人就占了多少？而且好多人都是家養的奴才，這幾十個人在這府裡又有多少沾親帶故的，恐怕最少也得占一半吧？」

聞言，連翹便笑道：「噢，奴婢明白了，這下大奶奶那邊可是把這府裡最少一半的奴才都給得罪了，這府裡的下人們可是怨聲載道了。」

無憂同意說：「所以我說她得不償失，要知道得罪這幾十口人是很容易，要想再把她們的心給收回來那就難了。」

連翹直點頭道：「這人啊，就是得行善舉，在背後算計別人的人，是沒有好下場的。」

「因果自有輪迴報應，做事情只要無愧於心就好。」無憂點了點頭。

隨後，無憂在心中盤算了一下，見屋子裡只有她和連翹兩個，便說：「算算娘懷孕大概也有四個多月了吧？」

連翹趕緊點頭道：「可不是嗎？二小姐，等到五個月就顯懷了。」

無憂低頭想了一下，說：「過兩天咱們回去一趟，這件事也該是告訴祖母和爹的時候了。」

「啊，對了，您吩咐百合做的那些小衣服什麼的，也不知道做好了沒有，這次回去要不要一塊兒帶給大奶奶啊？」連翹忽然想到。

「也好。」無憂點了點頭。

第四十四章

這日晚些時候，無憂正站在書案前練字。萃取麻藥的方法她一直都沒有想到，腦袋都有些疼了，這兩天乾脆不想了，估計也想不出個所以然來，便一直站在這裡練字。毛筆字她在這一世可是寫得很不錯，也是她在這個世界除了醫術以外唯一能拿得出手的技藝了。不過這個「飛」字她一直都寫不好，因為它是繁體字，總感覺寫得沒有氣勢，便站在這裡練了許久、許久……

無憂提筆站在書案前，眼睛盯著宣紙上那個複雜的飛字出神，總感覺不太滿意。正在這時候，門簾突然從外面挑開，一道黑色身影快步走了進來。

無憂一抬頭，只見沈鈞的臉上此刻帶著一抹興奮、一抹焦急，在他那張永遠如同冰塊一樣缺少表情的臉上，同時出現這麼多表情還真是很難得呢！

「今日怎麼回來得這麼早？」無憂擰了下眉問。

「我想到辦法了！」沈鈞沒有回答無憂的話，而是答非所問。說話的時候，他抬起一隻手，只見他的手裡提著一個籃子。

無憂好奇地往那竹籃裡一看，只見裡頭鮮血淋漓的，不禁一皺眉頭。「那……那是什麼？」鼻端也迅速聞到了一抹血腥味。

「牛膀胱。」沈鈞回答。

「啊？」聽到這三個字，無憂有些目瞪口呆。「你……你拿這個來做什麼？」

「當然是有大用處。」說完，沈鈞便對外面喊道：「春蘭！」

春蘭一聽喊聲，趕緊掀開簾子跑進來。「二爺？」

「去拿一塊妳二奶奶那天在鍋裡煮的那些草藥膏子，放在鍋裡兌水再煮成汁來。」沈鈞轉頭吩咐著春蘭。

春蘭愣了一下，感覺有些奇怪，怎麼費了那麼大的力氣煮成的膏子，現在又要煮成汁呢？不過畢竟不敢多問，趕緊點頭應聲。「是。」便轉身出去了。

此刻，無憂聽到沈鈞的話不禁愣在當場。她低頭想了一刻，便若有所悟地抬頭望著沈鈞。「你是怎麼想出這個辦法的？」

「妳先別管誰想出來的，就說這個辦法可不可行？」沈鈞的語氣有些急切。

無憂低頭想了一下，轉身走出書案，一邊在屋子裡踱步一邊道：「牛膀胱可以從液體裡過濾東西出來，這種薄膜的過濾不是人能用手動來完成的，這個方法確實巧妙，我怎麼就沒有想出來呢？」說著，無憂還有意無意地伸手打了一下自己的頭。

聽到無憂說這個方法應該可行，沈鈞的臉上露出得意之色。轉身把手中的竹籃放在書案上，然後坐在一旁的椅子上說：「我想了幾天，也沒有個好辦法，就召集軍營中所有的軍醫過來，把難題跟他們說，他們也都沒什麼好點子。倒是一個在軍營中的二把刀（注）軍醫說了一個用牛膀胱的方法，說他在老家的時候，看到一個農婦用這個牛膀胱給她的孩子過濾藥湯，我便派人去宰牛的鋪子買來了這幾只牛膀胱。」

聽完沈鈞的話，無憂不禁心想——還是勞動人民最聰明，好多高明的點子都是在民間傳播的。看來她的思想還是太局限於以前的技術和設備了，其實許多天然的東西就是最好的設備。

「那還等什麼？咱們趕快去找春蘭試試。」無憂說著便要往外衝。

看她是一刻也等不及了，沈鈞只好提著竹籃道：「好吧！」

這時候，無憂朝著沈鈞燦爛一笑，那笑容宛若三月之桃花，九月之白菊，讓人忍不住一看再看，都移不開眼。這一刻，沈鈞真的有那麼一刻走神了。

「趕快啊！」見他杵在那裡不動，心急的無憂沒注意到他那望著她的幽深眼眸，拽著他的胳膊便出了屋子。

院落裡，大鍋又被燒起，連翹、玉竹和春蘭不停地添柴火並往大鍋裡倒水。沈鈞和無憂站在大鍋前，眼睛望著那已經變成黑色湯汁的藥湯，神情既專注又緊張，如果這次成功的話，麻醉藥也就實驗成功了。

「可以了，熄火吧！」無憂看看鍋裡的藥湯濃稠度已經差不多了，就吩咐丫頭們不要再添柴火。

注：二把刀，稱對某項工作知識不足、技術不高的人。

隨後，沈鈞便讓丫頭們把牛膀胱拿來，放在水盆裡，用水瓢不斷地往牛膀胱裡澆藥湯，等牛膀胱裡的湯藥滿了，便用手提起牛膀胱。只見有液體從牛膀胱裡流出來，還有一部分形如渣子的東西留在牛膀胱裡。

「二小姐，快看。」連翹指著牛膀胱裡的東西喊道。

「我看到了。」無憂的眼睛一眨不眨地盯著牛膀胱裡的那些渣子。

沈鈞也很緊張，盯著那些東西問：「怎麼樣？這個辦法有用嗎？」

無憂此刻已經按捺不住心中的喜悅，彎彎的眉毛猶如天上的新月般，眼眸燦爛有神地道：「雖然我不知道這些東西的藥效夠不夠作成麻醉藥，但是我知道這個辦法應該行得通，因為這些東西比之前我用其他方法提取的藥效會強很多。」

「是嗎？」聽到無憂的話，沈鈞也是振奮得很。畢竟，麻醉藥對他的軍隊來說太重要了。如果有很好的麻醉藥，那些在戰場上負傷的軍士就會得到良好的醫治，還可以有效地緩解他們的痛苦。

「實際效果要試驗過之後才知道。」無憂回答。

聽到這話，沈鈞先蹙了一下眉頭，緊接著便道：「在我身上試驗好了。」

「啊？」聽到這話，無憂一怔。

這時候，旁邊幾個丫頭也都一愣。連翹和玉竹好像明白其中的意思，畢竟她們跟著無憂也不是一天兩天，試藥這件事情她們還是知道，而春蘭就不太明白了。

沒等無憂再說話，沈鈞便吩咐一旁的連翹道：「連翹，把那些渣子弄乾淨，然後送進來。」說完，他便轉頭朝屋子的方向走去。

看到他的背影進了屋子，無憂才轉頭看了連翹一眼，說：「去吧！」

「是。」連翹這時候才緩過神來，趕緊跟去了。

回到屋裡，沈鈞已經站在書案前，他正看著那一疊宣紙上寫的飛字，感覺這個字寫得還算不錯，便伸手拿起一張紙舉起來看。

看到這情形，無憂走到書案前。這時候，沈鈞一瞥對面的無憂，問：「這是妳寫的？」

「嗯。」無憂點了點頭，然後問：「怎麼了？」

「沒什麼，這個字寫得不錯。」雖然說得輕描淡寫，但沈鈞心裡卻是有幾分欽佩的，因為能寫好這個字的女人不多。他也是喜歡寫字的，而且也苦練了許多年，對這個字倒也頗有心得。

無憂先是扯了下嘴角，然後詢問：「那你認為這個字哪裡寫得不足？」

「在女人中這個字已經寫得很好了。」沈鈞馬上回答。

這句話讓無憂蹙了一下眉頭，馬上抬頭道：「我們就說這個字，別說女人男人的。」

聞言，沈鈞扯了下嘴角道：「『飛』這個字如果是男人來寫，會讓裡面這個『升』字寫得更有力些，這樣才能讓這個字看起來更加渾厚穩當，也更有氣勢。」

聽到沈鈞的話，無憂立刻恍然大悟，馬上低頭望著自己寫的那個字說：「怪不得我總感覺這個字哪裡寫得不對勁，原來是裡面的這個『升』字寫得太輕了。」說罷，她便快步轉過書案，伸手拿過毛筆，馬上低頭使勁寫了一個飛字，抬頭一看，果然是好看了很多，不禁一笑。

低頭看著那個飛字，沈鈞說：「這樣好看多了，不過如果再改動一下，那就更好了。」

無憂馬上偏頭問：「哪裡改動一下？」

聞言，沈鈞想說但又感覺說不清楚，便伸手拉了一下她的胳膊，她便站到他的身前，然後他用自己的大手握住無憂的手。

「哎……」感覺自己的手被他那溫熱的大手一碰，無憂立即低呼一聲。

沈鈞卻絲毫不以為意，他的手握著她的手先在硯臺裡蘸了一下墨汁，然後在宣紙上開始一筆一畫地寫了一個很大的「飛」字。此刻，無憂感覺自己彷彿被籠罩在一抹奇怪的氛圍中，鼻端都是屬於他的氣息，耳後被他的氣息噴灑著，她的心都在顫動，心好像都不在那個「飛」字上面了。

這一刻，沈鈞似乎呼吸也有些困難起來，鼻端聞到一抹很清淡的幽香，那抹香氣沁人心脾。當「飛」字寫完以後，他的大手仍舊握著她的玉手，沒有馬上放開，而她也是一僵，彷彿忘了推開他。這一刻，屋中的空氣似乎瞬間凝住了，兩個人都感覺呼吸有一些侷促。他站在她的身後，眼睛望著她的後耳和腮，那碧綠色的耳墜在臉龐輕輕顫動，彷彿就像他此刻的那顆心一般。

就在他們僵持的這一刻，竹簾突然撩開來，連翹手裡端著托盤走進來，一邊走一邊道：「姑爺、二小姐，東西都清洗乾淨了。」

聽到聲響，沈鈞和無憂立刻反應過來。一個馬上鬆手，轉身背過身子去，另一個則是趕緊挪開一步，和他拉開了一點距離，沈鈞還故意咳了兩聲。

隨後，無憂趕緊道：「放在那邊吧！」

「是。」不明就裡的連翹看到姑爺和二小姐這般恩愛，彷彿還怕見人似的，便偷笑了一下，把托盤裡的東西放在一旁的八仙桌上，然後退了出去。

連翹走了之後，屋子裡的氣氛有些侷促，彷彿讓人喘不上氣來似的。無憂伸手摸了一下自己的臉頰，感覺有些火燙，她趕緊轉過書案，一邊說話一邊走到八仙桌前。「也不知道這回的藥效怎麼樣？」她好像都在沒話找話說了。

聽到無憂的話，沈鈞也趕緊走過來。隨後，兩個人的眼睛都往那碟子裡的膏狀物望去，畢竟兩個人這些天最期待的事情還是這麻醉藥。看了一刻，只見沈鈞忽然挽起衣袖來，把胳膊伸到無憂的面前。

「你……」看到眼前那充滿肌肉的胳膊，無憂怔了一下，心想——他真要讓自己拿他試驗啊？

「試藥啊！」沈鈞很認真地道。

「這……」無憂不禁有些犯難起來。

「趕快啊！」沈鈞堅持道。

此刻，看到沈鈞臉上那認真得像個孩子似的神情，無憂禁不住搖頭笑笑，然後耐心地解釋道：「這個麻醉藥必須由我自己來試，因為我要先試試效果，才能再讓別人去試，要不然我根本就不知道該用多少藥量。」

「這樣？」聞言，沈鈞蹙了眉頭。

「不過我謝謝你的好意。」無憂笑道。

「應該是我謝謝妳才是，是妳幫我研製麻醉藥。」沈鈞糾正道。

聽到這話，無憂轉身朝外走了兩步，道：「其實就算你不找我幫忙，我也想研製麻醉藥。有了好的麻醉藥，治病救人時會方便很多，我只是在幫自己的忙而已。」

「可是妳也幫了我的忙，這份謝意我會一直記在心裡的。」沈鈞很認真地道。

「那隨你吧！」無憂淡淡一笑。

隨後，兩個人對望了一眼，大概都感覺有些不好意思吧？沈鈞往外望了一眼，便道：「天都快黑了，我還真有些餓了呢！」

「那我讓春蘭去廚房看看晚飯好了沒？」無憂笑道。

「嗯。」沈鈞點了點頭。

無憂便趕緊往外走出去，一隻手還撫住胸口，感覺那裡彷彿跳得非常快……

接下來幾日，無憂一直都在試藥，連翹和玉竹都在跟前幫忙。連翹便央告春蘭去二門外旺兒處找百合拿東西，春蘭很爽快地答應了。

一進院子，旺兒媳婦就看到春蘭，趕緊笑道：「春蘭姑娘怎麼有空到我們這裡來啊？」旺兒媳婦劉氏是個伶俐熱情的，來了幾個月，便和這二門外的婆子丫頭們都相處得不錯，春蘭出來過幾次，所以也很熟絡了。

「二奶奶讓我來問百合姑娘，二奶奶要的那些東西都準備好了嗎？」春蘭笑道。

劉氏一聽，趕緊拿個小板凳過來，並用手絹擦了擦，殷勤地笑道：「姑娘先坐坐，這裡我剛買了些瓜子，妳嗑著，我這就去叫百合來。」說完便趕緊走了。

春蘭也不客氣，坐在小板凳上，抓了一把瓜子就嗑起來。不多時，只見旺兒媳婦帶著一個長相十分嫵媚漂亮的姑娘來，春蘭雖然來過幾次，卻從來沒見過這個百合，這一看不由得愣了一下。因為這府上丫頭大概也有幾十個，還沒有一個長得比百合漂亮的，心裡一下就明白了，怎麼二奶奶都讓百合和茯苓住在這二門外呢！

這時候，劉氏笑著伸手接過百合手裡一個不小的包袱，轉身遞給春蘭。「姑娘回去轉告我們姑奶奶，百合已經把東西都準備好了，要是再缺什麼，就儘管叫個人來告訴一聲。」

「好，我會回二奶奶的。」說著，春蘭便伸手接過劉氏手中的包袱。

「姑娘提著這包袱沈不沈，要不要我幫妳送進去啊？」劉氏笑道。

「不用了，這點東西我還提得動。」說著，眼睛又有意無意地瞅了百合一眼，才轉身走了。

春蘭提著包袱一路進了二門，穿過迴廊，剛想進院子，不想卻有個聲音叫住了她。「春蘭。」

春蘭一回頭，見是老夫人屋裡的雙喜過來了。春蘭一看到雙喜，趕緊轉身走過去，笑道：「雙喜，妳怎麼有空過來啊？」

「我剛去外面吩咐一聲，老夫人過幾日去上香需要準備的香油紙燭，要不然我哪裡有空出來啊？妳也知道，老夫人一要什麼東西，那些個丫頭都弄不清楚的。」雙喜道。

「老夫人就是一時也難以離開妳的，要不然妳怎麼會在這府裡這麼得臉呢！」春蘭笑道。

聽到這話，雙喜嘟了嘴唇，道：「春蘭，咱們和秋蘭幾個也都是一起長大的，妳說這話可真不由得讓人噁心。咱們都是做奴才的，幸運的得到主子的歡心，不幸運的就得挨打受罵。現在有主子喜歡，咱們就得臉，等有一天沒主子撐腰了，咱們這些人還不知道怎麼樣呢！」

雙喜的幾句話就把春蘭給說得笑不出來。是啊，她們這些個做奴才的，命運可不是如此？根本不受自己控制，碰上個仁慈的主子，生活會好很多，要是碰上個厲害刻薄的，那真是命苦了。

見春蘭因為自己的話不高興，雙喜趕緊岔開話題，眼睛瞅著春蘭手中的包袱，問道：

「咦，這麼大個包袱裡面是什麼啊？」

「我也沒看，是二奶奶吩咐一個她娘家陪嫁來的丫頭做的，大概是衣服吧！」春蘭回答。

「讓我看看。」說著，雙喜便上前解開包袱，從裡面拿出兩件小衣服來。

「呀！真漂亮啊！」看到那精緻的小襖、小肚兜，雙喜摸著那上面繡的花樣不禁唏嘘起來。

「這活計做得真精緻，連老夫人屋裡的針線娘子都趕不上呢！」春蘭看了那些小衣服後也不禁附和道。

看過這些小衣服，雙喜不禁擰了下眉頭，道：「春蘭，妳說這些東西都是二奶奶交代她的陪嫁丫頭做的？」

「是啊。」春蘭趕緊點頭。

「那是不是……」雙喜不禁有了聯想。

「妳是說……」春蘭也是個聰明人，一點就透。

「二奶奶有喜了？」隨後，兩個人不禁同時說了一句。

「妳在二爺和二奶奶身邊伺候，這兩個月二奶奶來沒來那個妳不知道嗎？」雙喜見春蘭也是一副驚訝的樣子，不禁奇怪地問。

「我在二爺和二奶奶跟前伺候是不假，可是二奶奶這些私密的事她是不讓我們碰的，我們只是做一些端茶倒水待人接物的活兒罷了。」春蘭解釋道。

隨後，雙喜便把那些小衣服重新放回包袱裡，拍了拍那包袱道：「這麼大的喜事，怎麼二奶奶也不告訴老夫人一聲呢？老夫人還不喜歡得像什麼似的。」

「大概還沒機會吧，我估算著也快了。想來也是怕弄錯，等胎象穩定了才會說出來。妳知道二奶奶本身就是個大夫，這方面還是比較謹慎吧。」春蘭道。

「大概是吧。好了，出來半天，老夫人可能要找我了，我先回去了啊。」說完，雙喜便趕緊走了。

第四十五章

接下來兩日，無憂試藥後，藥效確實增強了不少，但還是不太夠的樣子，這就可以看出用牛膀胱的方法是找對了。隨後她又改進一番，改用羊膀胱，因為羊膀胱比牛的小，薄膜也細，過濾性就更好。這次提取的藥又增加了不少，她和沈鈞自然都是格外高興。

既然麻醉藥的研製已經有了突破性的進展，無憂便交代連翹在家裡先過濾製出一批麻醉藥，以便她大範圍的試藥，自己則是找一天風和日麗的日子，回稟沈老夫人，帶著玉竹和茯苓回薛家去看看，畢竟兩個多月了，十分想念家人，更有些擔心朱氏的身體。

三輛豪華馬車緩緩地停靠在薛家大門口的時候，宋嬤嬤、平兒和幾個家下人等早已經在此等候了。

玉竹先跳下馬車，轉頭扶著無憂也下了馬車。宋嬤嬤和平兒便趕緊迎了上來，都福了福身子，滿面笑容地道：「給姑奶奶請安。」

聽到這句姑奶奶，無憂微微一笑，道：「都是自家人，何必如此多禮。娘和祖母她們在何處？」

平兒上前扶著無憂一邊往裡走一邊回道：「回姑奶奶的話，都在大廳等著您呢！今兒一早接到沈家派人送信來說您要回來，老太太、大爺和大奶奶都高興得不得了，這不，今兒大爺告了假，連衙門都沒去呢！」

「家裡一切可好？」聽到這話，無憂不禁一笑。

「好，一切安好。」一旁的宋嬤嬤趕緊點頭回答。

一時間，眾人都簇擁著無憂步入薛家大門，後面的小廝們都出去往車上抬東西下來。無憂難得回來一趟，自然帶了不少禮品，當然這也都是沈鈞派人準備的。沈鈞還問無憂是否要陪她一起回來，無憂心想她這次回來只不過是想看看家人，主要是看看朱氏，他一來畢竟是勞師動眾，反而不好說話，所以便婉言拒絕了。不過他還是吩咐下人，把此次出行都安排得妥妥貼貼。

步入大廳後，無憂看到薛家人幾乎都在此了。薛老太太坐在正座上，旁邊坐著薛金文，另一旁的椅子上坐著朱氏、李氏還有薛蓉，只是薛義不在，大概是去學裡了吧？

「無憂給祖母、爹、娘、二娘請安。」無憂走到屋子中央，福了福身子。

「回來就好、回來就好，趕快給姑奶奶上茶。」薛老太太看到無憂甚是高興。

「無憂，娘可想死妳了。」朱氏看到無憂進來，早已起身來到她的身邊，抓住她的手，不由得淚先流下來。

看到朱氏好像有些發福了，不過氣色尚好，看來身體還不錯，心中也就鬆了一口氣。再看她流淚的樣子，無憂不覺心一酸，趕緊道：「娘，女兒這不是回來了嗎？您應該高興才是啊。」說完，便拿著手帕為她擦眼淚。

這時候，朱氏才擦了眼淚，趕緊笑著點頭道：「是高興，高興。」

此刻，一旁的李氏則是笑著走過來，上上下下打量無憂，不禁奉承道：「姑奶奶這次回來，可是更加容光煥發了。姊姊，您瞧瞧這打扮、這衣著、這氣派，真是沒得說呢，真真是大將軍夫人的氣派！」

今兒無憂穿的是淺青色帶暗紋的褙子，領口處還鑲嵌著珍珠，很優雅大氣。頭上梳著高髻，戴了一套鑲嵌藍寶石的赤金首飾，很耀眼雍容，這身打扮用現代的幾個詞語來形容，就是低調、高端、大氣。眾人都是打心眼裡敬服，只有坐在一旁的薛蓉似乎眼睛裡帶著一絲不屑。不過無憂和這個庶妹一直也沒什麼感情，根本也就不理會她。

隨後，無憂便坐在一旁，眾人都陪著她閒話家常。說著說著，薛老太太朝大廳門外看了一眼，好奇地道：「今日不是說周家來人嗎？怎麼都到這個時候了還不來呢？」

聽到這話，薛金文也皺了下眉頭，說：「要說也是啊，再過半個多時辰可就是正午了。」

聽到他們的話，無憂不禁有些疑惑，這周家是誰？上門來做什麼？只聽李氏說了一句。

「不來罷了，難不成還讓咱們求他們家嗎？」

無憂更覺得奇怪，無意中掃了薛蓉一眼，只見她坐在那裡鐵青著臉色，一副極其不高興的樣子。這時候，薛老太太道：「恐怕是因為湊不到銀子買幾項像樣的禮物過來才拖到現在吧？其實咱們家也知道周家的情況，能免的就都免了，快派人去外面看看，別是他們到了不敢進來呢！」

「是。」薛金文點了下頭，趕緊招呼興兒親自去外面看了。

這時候，無憂終於說話了。「祖母，這周家是什麼人？上咱們家來做什麼？」

聽到無憂的問話，薛老太太才笑道：「妳這些日子不在家，不知道家裡的事。這周家跟咱們家是隔了兩條街，雖然家境貧寒，但是這周家公子卻是學問好。今年剛剛二十歲，十五歲就中了秀才，十八歲又中了舉人，而且長得也是一表人才。所以我便託了媒人去說親，想把蓉姊兒嫁到周家去。」

聞言，無憂不禁一怔，心想——薛蓉畢竟也已經十六、七歲，是到了該訂親的年齡。轉頭望了薛蓉一眼，只見她的眼神淡淡的，彷彿還充滿不屑。她知道這個薛蓉仗著自己長得漂亮，又通些才藝，所以平時也是心高的，大概她想嫁的人不是達官貴人就是商賈巨富，肯定是看不上這貧寒的窮書生。而且剛才李氏的話語中也都表現出來，李氏更是勢利，她可是還仗著女兒想攀附一門好親事呢！

「那可說成了這門親事？」無憂隨後笑問。

「算是成了，那媒婆回來說那周公子的母親是十分樂意的。唉，妳不知道這位周公子的母親長年有病，早年便死了丈夫，一個人帶著一兒一女相依為命，倒也可憐，好在這位周公子是塊讀書的料，以後肯定能夠金榜題名的。我便想著給蓉姊兒說這門親事，現下雖然清苦了些，但好歹咱們家也可以幫襯一下，吃飯穿衣還是不成問題的。苦熬些年月，說不定以後也可以做一位官夫人呢！」薛老太太語重心長地道。

聽到這話，無憂心想——其實也難為老太太的一片苦心了，薛家門第並不高，不過也是官宦之家，現在她又嫁入高門，也算是水漲船高了一點。不過論實力還是差得遠了，而且薛蓉又是庶女，要想結一門好親事也不容易。大概也只有兩條出路，一是給官宦人家做偏房，二是嫁給官宦人家的庶子為妻，可是這兩條出路也是會憋屈一輩子。偏房是個妾，自然是不用說了，這官宦人家的庶子地位也比嫡子要差遠了，根本就上不了檯面。要是能找個有前途的年輕男子做正室，說不定以後這個人會飛黃騰達，到時候也算是苦盡甘來，糟糠之妻以後自然是不必說了，只是眼下要受些苦罷了。這也算是一條很好的出路，畢竟作為正妻，以後是不用受那些閒氣的。只是李氏和薛蓉都是勢利、目光短淺的人，她們是否能夠明白老太太的這片苦心呢？

果然這時候李氏便說話了。「老太太說得固然有道理，可是誰知道這位周公子到底能不能進士及第呢？聽說這周家現在只有五間瓦房，就一個小丫鬟並一個看門的老頭，城外也就幾十畝的薄田，那位周夫人還是個藥罐子，這幾十畝地都不夠給她買藥。咱們蓉姊兒從小也算是嬌生慣養，嫁過去能受得了這份苦嗎？萬一這周公子一輩子也考不上進士，家裡沒有營生，也沒有一技之長，這日子可怎麼過啊？」

「現在周公子已經中了舉人，聽說勤奮好學，也算是才高八斗，不出幾年肯定能中進士的。妳們女人就是頭髮長見識短。」薛金文沈下臉道。

這時候，薛蓉彷彿有話要說，又有些難以啟齒。無憂看在眼裡，嘴角一扯，伸手端過一碗茶水來低頭喝著，心裡卻在想——這薛蓉肯定是不會心甘情願嫁給貧苦人家的，老太太和爹這次應該是白忙了。

李氏當然仍舊幫女兒說話。「大爺，就算是我頭髮長見識短好了，咱們現在可是為了蓉姊兒以後的幸福著想啊，你說咱們就不能找個現成嫁過去就能享福的？」

薛金文瞥了李氏一眼，問：「哪有這樣的好事？蓉姊兒……蓉姊兒的身分妳不明白嗎？她就算能夠嫁到高門大戶，那不是偏房也是庶妻，這身分地位就差遠了。」

「那也比去過那清苦的日子強些吧？」李氏嘟囔著道。

李氏的話立刻就讓薛金文發怒，伸手便把茶碗重重地放在桌上，只聽一陣瓷碗碰撞桌子的聲音，薛金文沒好氣地道：「說妳目光短淺就是目光短淺，放著嫡妻不做，偏偏讓女兒去做偏房做庶妻，妳這是為女兒著想嗎？虧妳還是個母親！」

見薛金文發怒了，李氏和薛蓉都不敢說話，一時氣氛有些緊張，朱氏趕緊道：「大爺，您別生氣，妹妹她也是為了蓉姊兒著想，怕蓉姊兒以後過得不好罷了。」

「只是我的命沒有姊姊的好，姊姊的兩個女兒一個在宮裡做女官，一個嫁入了侯爺府。唉，我的蓉姊兒就命苦了，要是嫁去那樣的人家……」說著說著，李氏竟然也哭天兒抹淚起來。

薛老太太一聽，滿臉的不悅，沈聲道：「妳哭天兒抹淚的做什麼？我還沒死呢！」

薛老太太的怒喝一下子就讓李氏不敢再哭了，眾人也都不敢再說話，一時間，氣氛有些僵。好在這時候，興兒慌忙地跑進來，稟告道：「稟告老太太、大爺，周家夫人帶著周公子來了。」

薛金文看了老太太一眼，然後問：「現在人在哪裡？」

「就在二門外。小的去外面找，發現周家母子帶著一個老人家正在外面躊躇，所以小的就趕緊把他們請進來了。」興兒回答。

「趕快請進來。」薛老太太發話道。

「是。」興兒點頭後趕緊去了。

這時候，李氏和薛蓉的臉色相當不好看，無憂冷眼旁觀，心想——這件事不知道要怎麼收場了。說實話，如果這門親事成了，薛蓉能夠修身養性的話，倒也算是一樁好姻緣，想必那位周公子應該是不錯的，要不然老太太和爹也不會選這個人。

不多時，只見興兒帶著三個人走進來，為首的是一位年紀約四旬多的婦人，布衣布衫，髮上插著一支木簪，臉色蠟黃，一看就是長期營養不良造成的，不過眉目倒是很慈善。旁邊攙扶著她的是一位清瘦修長的男子，相貌堂堂，舉止文雅，可見祖母和爹的眼光是不差的。雖然這個年輕人現在清瘦，臉色也有些蒼白，但是印堂紅潤，應該是個有福之人，配薛蓉的話也算是郎才女貌，以後這個年輕人肯定不會長期居於貧賤之流。

只是好像薛蓉並不這麼看，這對母子走進來後，她就沒有拿正眼看過，且眼眸中充滿了鄙夷之色。他們母子身後還跟著一位年紀約六旬以上的老人家，手裡提著兩盒東西，彷彿是糕點之類的，對上門提親的人來說是相當寒酸了。

這時候，薛老太太朝朱氏使了個眼色，朱氏趕緊起身迎了上去，笑道：「這位就是周夫人吧？」

那周夫人雖然面黃肌瘦，倒是很知禮，馬上微笑道：「您就是薛家大奶奶吧，我今日帶著兒子來給老太太請安，也請大奶奶的安。」

「咱們馬上就是親家了，不用客氣。平兒，趕快給周夫人和周公子上茶。」朱氏趕緊道。

那周公子在母親的示意下，上前朝薛老太太和薛金文請了個安。「小生給老太太、大爺請安。」

「免了、免了，趕快看座。」薛老太太說話的當口，一雙眼睛可是在這周公子的身上看了個遍，越看越滿意，不自覺地笑容都爬上臉龐。

坐定之後，那老人家便把手裡提著的東西放在一旁的桌上，周夫人臉上有些訕訕的，勉強笑道：「想必老太太也知道我們家的情況，我年輕守寡，身體也不爭氣，家裡實在拿不出什麼像樣的聘禮，只能買些糕點過來以表我們的心罷了。說到底也是我這個做娘的對不起兒子和未來的媳婦。」說著，周夫人的眼眸中便泛起淚光。當然，眼光倒是在薛蓉身上打量了一下。只見薛蓉的眼睛抬也不抬，根本就看不上他們這副窮酸相。

那周公子看到母親如此，很是難受，說了一句。「娘，您這說的什麼話，您生兒養兒，哪裡還有對不起兒子的？」

薛老太太見狀便趕緊道：「親家母，妳多慮了，我們家其實也強不了多少，根本就不看重這些。咱們兩家好歹祖上都是讀書人，只要孩子肯唸書，以後都會好起來的。」

「那就借老太太的吉言了。」周夫人笑道。

無憂仔細地觀察一下那周公子，感覺他身上還真是有種讀書人的清高和傲骨，只是生不逢時，落魄至此。不過看他倒是很孝敬母親，態度也是不卑不亢的，絲毫看不出想巴結奉承的樣子，所以覺得這個年輕人還是很不錯的。這時候，平兒已經端了茶水來，無憂身旁的茯苓趕緊過去幫忙，把茶水一一放在周夫人和周公子的面前。

薛老太太看著這位周公子很是滿意，便悄悄地看了看兒子，薛金文也是喜歡讀書人的，便衝著薛老太太點了點頭。薛老太太便會意了，對那位周夫人笑道：「親家母，今兒不如就把兩個孩子的婚事定下來吧？」

周夫人自然高興，趕緊點頭道：「就依老太太的意思辦好了。」

不過，聽到婚事馬上就要定下來，一旁的薛蓉卻是坐不住了，很著急地瞅著李氏。李氏知道自己再不說話可就來不及了，便在這個時候插了一句，道：「定下來也不難，只是這聘禮怎麼說？」

此話一出，周夫人的笑容便僵在臉上，支吾了一刻，才道：「這位是二奶奶吧？媒人去我們家說親的時候也是知道我們家的……情況。我們家這些年實在是沒有多少進項，這聘禮我也只能把我當初的陪嫁拿出來了。」

「娘。」聽到這話，一旁的周公子蹙了眉頭想制止。

「你別多說話。」周夫人卻是斥責了兒子，周公子便不再說話，不過臉色卻是很難看。可以看得出來，這位周公子平時也是很聽母親的話。

周夫人的話讓李氏一笑，那笑容裡還帶著一抹鄙夷，問：「不知周夫人當初有多少陪嫁呢？」

聞言，周夫人遲疑了一下，看得出是有些尷尬的，隨後才回答：「本來有兩套金飾，不過這些年也都變賣貼補家用了。現在只剩下兩套銀飾，一對玉鐲，再沒其他的了。」

「什麼？兩套銀飾和一對玉鐲就要把我們蓉姊兒娶走？周夫人，妳不是在開玩笑吧？我們蓉姊兒雖說是庶女，但好歹也是六品吏部主事的女兒，這要是傳出去還不得讓人家笑掉大牙啊！」李氏的聲音一下子就尖銳起來。

李氏的話讓周夫人和周公子簡直就是無地自容了，好在薛金文這個時候制止了李氏，斥責道：「妳是怎麼跟親家母說話的？趕快閉嘴。」

李氏很不服氣，不過也暫時閉嘴不說話了。

薛金文趕緊笑著對周夫人道：「周夫人，蓉姊兒的娘說話不中聽，妳別往心裡去，不過當娘的疼女兒的心是可以理解的，不如就用那一對玉鐲作為聘禮，那兩套銀飾您還是自己留著佩戴好了。你們家的情況我們也是瞭解的，我們只圖周公子是個好後生，以後只要對蓉姊兒好就是了。」

「那是當然，我肯定拿小姐當作親閨女看待，就是我兒子也只會疼愛媳婦的。」周夫人趕緊表態道。

薛金文點點頭，說：「至於我們家的陪嫁麼，我們打算給蓉姊兒陪送一個丫頭、一百畝地、一千兩銀子外加金銀首飾衣料糧食和家具器皿，總之足夠你們家過上幾年的了。」

聞言，那周公子的臉上已是鐵青，周夫人卻面露喜色，陪笑道：「謝謝親家公，我們真是不知道說什麼好了，以後文鵬肯定會對蓉姊兒好的。他以後也會努力讀書，以期早日能夠中了進士，到那時候蓉姊兒就能跟著文鵬享福了。」

「文鵬肯定是錯不了的。」薛金文也笑道。

這時候薛蓉突然站起來，眼睥斜睨著周文鵬，聲調充滿鄙夷地說：「享福？哼，別說這還沒有中進士，就算中了進士又能享什麼福？到時候最多也就只是七、八品的小官，那點俸祿銀子頂多也就夠一家大小吃饅頭吧！」

薛蓉的話讓周文鵬的額上都起了青筋，一雙眼睛死死地瞪著薛蓉，可以說臉上已經充滿了羞愧和尷尬。周夫人卻仍然滿臉含笑地隱忍著說：「蓉姊兒，誰也不能一口吃個胖子，這仕途之上也要慢慢經營的。當然，總要妳和文鵬吃幾年的苦，熬過去就有好日子過了。」

「熬？熬多久？三年？五年？十年？還是二十年？二十年後也許他真的能做個三、四品的官，可那個時候我都多大了？到那個時候還有什麼意思？總之，這門婚事我絕對不會同意的！」薛蓉最後很堅決地說出了自己的決定。

聽到薛蓉如此沒有規矩，薛金文氣得直拍桌子。「婚姻自古都是父母之命、媒妁之言，還輪不到妳來作主！」

「要嫁您自己嫁，我死都不會嫁給他們這種人家的！」薛蓉跺腳道。

這時候，那個周文鵬卻騰地站了起來，道：「薛三小姐，妳不嫁給周某，周某無話可說，可是請妳不要侮辱人。我們這樣的人家又怎麼了？我們家是窮，但是不偷不搶，妳根本沒資格侮辱。再說這門婚事也不是我們家想高攀的，這可是你們家派人來說媒的。」

周文鵬的話讓李氏很惱火，便直接叫嚷道：「既然不想高攀我們家，那還來我們家做什麼？」

聽到這話，周文鵬也是氣憤異常，轉而便拉著母親道：「娘，這門婚事咱們高攀不起，趕快走吧！」

可是，周夫人卻不肯走，央告著薛老太太和朱氏道：「老太太、大奶奶，這門婚事可不是我們先求的，是你們自己願意的，現在這樣真讓我們無地自容了。」

薛老太太見狀，趕緊好言相勸道：「周夫人，都是我們教女無方，您別往心裡去。」

「我們孤兒寡母的雖然不容易，但我們家是真心想娶三小姐。看來三小姐看不上我們，也罷了，強扭的瓜不甜，我們就告辭了。」說著，周夫人便難過地流下了眼淚。

看到母親流淚，周文鵬很難過，扶著周夫人就走。不想周夫人不知道是傷心過度，還是身體本來就不好，腳下一軟，竟然就歪倒在兒子身上。

「娘？娘？您怎麼了？」周文鵬一見，可是嚇壞了，抱著周夫人的身子焦急地叫喊著。

見周夫人半昏死過去，眾人一陣驚慌，不過李氏和薛蓉只是白了一眼，很是厭惡的樣子。無憂和茯苓、玉竹倒是很快跑過去，無憂趕緊指揮丫頭們道：「趕快把周夫人安置在椅子上。」

「是。」玉竹和茯苓趕緊幫著周文鵬把周夫人安置在椅子上，無憂則伸手把了周夫人的脈。

周文鵬不明就裡，馬上道：「妳這是做什麼？」

一旁的茯苓開口解釋道：「周公子，這是我們家二小姐，她可是名醫，給您家夫人把一下脈，萬一有事也好替您周全。」

聽到這話，周文鵬不說話了，不過眼睛卻直盯著自己的母親和無憂。一刻後，無憂對這位周夫人的情況便了然於心，鬆開她的手腕，道：「沒什麼，只是平時體弱，今日又有些急火攻心，回去好好調養調養就好了。茯苓，趕快給周夫人倒杯茶來喝。」

「是。」茯苓趕緊應聲去倒茶。

周文鵬卻對薛家人沒有一個好印象，拒絕道：「不必了，你們薛家的茶我們喝不起。」

周文鵬一時氣憤，無憂也能理解，而且這個人也有些讀書人的清高，不是那種攀炎附勢的小人，無憂對他這個人算有些欣賞，絲毫不生氣地道：「周公子，只是喝杯茶讓您母親休息一下而已，何必義氣用事呢？我薛家對你們沒有惡意，就算是今日婚事不成，也不用成為仇人。再說令堂現在確實需要熱茶來抒解一下心中的鬱結，你不希望她一出去又昏倒在外面吧？」

聽到這話，周文鵬看到母親那氣息微弱的樣子，終究是不忍，便沒有再說什麼。這時候，茯苓已經端了一杯熱茶過來，周文鵬趕緊伸手接了，遞到母親的面前，輕聲道：「娘，趕快喝杯熱茶。」

「嗯。」周夫人點了下頭，便在兒子的幫助下把那杯熱茶都喝了。

過了一刻，周夫人精神好了一點，周文鵬便道：「娘，不早了，咱們也回去吧？」

「可是這婚事……」周夫人顯然還有些不死心。

周文鵬卻道：「兒子現在還不想成親，日後再說吧！」

「嗯。」周夫人含淚點了點頭。

周文鵬扶起母親，轉頭望了無憂一眼，說了一句。「謝了。」便扶著母親一路走了。

「這……唉……」薛金文見狀，重重地嘆了一口氣。

薛老太太也是沈了臉色，對李氏母女道：「今日錯過了這門婚事，希望妳們以後不要後悔就是。好了，我也累了，扶我回去歇著吧！無憂，這些日子妳娘可想妳了，趕快陪妳娘回屋子說說話吧！」

「是。」無憂趕緊點頭。隨後，薛老太太在燕兒的攙扶下回屋，李氏和薛蓉也都沈著臉回去了。

無憂扶著朱氏回到後院，笑道：「娘，您先回屋，女兒想去自己原來住的屋子看一眼再過來。」

「也好，畢竟妳住了那麼多年，肯定也是懷念的。」朱氏點了點頭。

「玉竹，妳扶大奶奶回屋吧，有茯苓跟著我就好了。」無憂吩咐道。

「是。」玉竹扶著朱氏走了，茯苓則跟著無憂進了她的閨房。

進了房間後，無憂看到她的房間陳設還和以往一模一樣，一丁點的改變都沒有，而且窗明几淨，可以看得出有人定時來打掃的，心想——這些肯定是朱氏吩咐的，因為姊姊的房間在姊姊入宮後也是如此，可見她的拳拳愛女之心。這個房間她住了十七、八年，這些年的記憶也在腦海中穿梭著……

見無憂在屋子裡看了許久，茯苓上前笑道：「二小姐，您累了？要不要休息一下？」

無憂轉身坐在一旁的椅子上，道：「不必了，我有事要吩咐妳去做。」

「二小姐儘管吩咐。」茯苓上前道。如果說茯苓以前只因為無憂是主子，她是奴才所以才任其差遣，可是現在卻是打心眼裡敬服，並且認為無憂是自己的知遇恩人。自從上次看過娘親後，她的病情就大有好轉，而且現在茯苓每個月都可以回去看看，能夠如此真是死也無憾了。所以為無憂做牛做馬也是心甘情願。

無憂道：「剛才那位周夫人妳也看到了，有些病，不過並不嚴重，實則是長期營養不良造成的，看看他們母子倒也怪可憐的。」

茯苓趕緊道：「可不是嘛。唉，貧賤了就是沒人看得起。那位周公子倒是相貌堂堂，不過三小姐也是個心高的，怎可能看得上呢？」

「想想也是咱們薛家羞辱了人家，所以我開了方子，妳到街上去抓幾服藥，給那周夫人送去。另外再拿些吃食和布疋過去，權當咱們薛家向他們賠罪。讓旺兒陪妳去，完事之後你們就直接回沈家。」無憂吩咐道。

聞言，茯苓笑道：「二小姐真是活菩薩，那位周夫人能碰到您，也是她的福分了。」

「去吧！」無憂一笑，並不以為然，只是剛才為那周夫人把脈的時候，感覺她一心都是為了兒子，身體虛弱成那樣，也算是觸動了她的心弦。

「是。」隨後，茯苓便趕緊出去辦事了。

獨自看了一眼這昔日的閨房，無憂便起身來到朱氏的房間，母女再見，自然是有說不完的話。

朱氏歪在榻上，無憂坐在榻前，宋嬤嬤和平兒在底下伺候著。無憂先是為朱氏把了脈，然後笑道：「娘，這個小東西在您的肚子裡長得可是好得很呢！」

聽到這話，朱氏鬆了一口氣，說：「可不是嗎？感覺他常常在肚子裡踢我呢，好像這次的感覺跟懷妳們姊妹倆的時候不太一樣。」

一旁的平兒聽到這話，趕緊道：「奴婢就說這一胎肯定是位小公子，奶奶還說我胡說。」

「依老奴來看，好像也是和以前懷兩位姊兒的時候不一樣呢！」宋嬤嬤當然也希望朱氏能夠生下一名男丁。

聞言，無憂一笑，心想——依照她的診斷，這一胎應是男孩無疑，不過還不想把話說出來，萬一有什麼，便不太好了，所以道：「不管是弟弟或妹妹，只要娘和孩子平安就好了。」

「我也是這個意思，這幾年這些個事我也都看淡了。」朱氏雖然這麼說，還是想要男孩的。

「對了，娘，您的身子也快要五個月，是時候可以告訴祖母和爹了，要不然可就要顯懷了。」無憂提醒道。

「嗯，這一、兩日我就打算告訴他們。」朱氏點點頭。

「宋嬤嬤和平兒以後可得更加小心謹慎才是。」無憂囑咐著。

宋嬤嬤和平兒自然知道無憂所指，趕緊點頭道：「二小姐放心，我們會時時刻刻守著奶奶，直到奶奶順利生產那一刻為止。」

「那就好了。」無憂笑著點點頭。

第四十六章

從薛家探親回來後，無憂便潛心研究麻醉藥的用量。這日午後時分，她大著膽子做最後一次嘗試，看是用多少分量的麻藥足以讓人昏睡過去人事不知。她兌水喝下小半碗麻藥後，便感覺身子越來越麻，頭腦越來越不清醒，她努力地想抬起手都沒辦法，心想——大概這個用量就差不多了。

正在此時，耳邊恍惚地傳來開門聲，歪在椅子上的她努力地睜著眼皮，但眼皮依舊是很沈重。依稀看到一個穿著黑色衣服的男子走進來，當看到她這個樣子的時候，自然是驚恐萬分地跑過來，扶著她的手臂，蹙著眉頭問：「妳怎麼了？妳是哪裡不舒服？」

「沒……沒事。」無憂最後的記憶，就是看到一張無比急切的臉，隨後她便徹底地閉上眼睛，剩下的事情再也不知道了。

看到無憂閉上眼睛，怎麼搖晃也不醒，沈鈞抱著她急切地喊道：「無憂？無憂？」此刻，看到她昏死在自己的懷裡，沈鈞感到無比恐懼，他不知道發生了什麼事情，只得打橫抱起她朝外面大喊：「來人！來人！」

外面的人聽到很大的喊聲，連翹和玉竹馬上進來道：「姑爺？二小姐？這是怎麼了？」

她們看到無憂昏死在姑爺的懷裡，一時也慌了手腳。因為無憂怕她們擔心，並沒有告訴她們自己午飯過後試藥的事，只是藉口自己睏了，支走她們罷了。

「快去請大夫！」沈鈞焦急地道。

「玉竹快去請大夫。姑爺，讓奴婢先給二小姐看看。」說著，連翹便上前抓起無憂的手腕把起脈來。

沈鈞忘了連翹也是個大夫，且自小就跟在無憂身邊的，便把希望都寄託在她身上。這一刻，沈鈞明確地知道自己是那般的緊張和無助。經歷生死這樣的事，他以前在戰場上幾乎是每日都會發生，這些年來他的心早已經過千錘百鍊，有時候雖然難過，卻不足以震撼他的心。可是這次他卻異常恐懼，生怕懷裡的人會有事，也是在這一刻，他清楚地體會到懷裡的這個女人對他很重要。

把過脈後，連翹的臉色便沒那麼沈重，對表情凝重的沈鈞道：「姑爺，請放心，二小姐應該是吃了麻醉藥，大概過一個時辰就會醒來了。」

「麻醉藥？」聽到這話，沈鈞的眼眸一瞥，果然看到八仙桌上放著一個碗，碗旁邊放著一只小瓷瓶。這時候，他才算鬆了一口氣，便抱著無憂走到床邊，輕輕地把她放在床上，埋怨道：「怎麼她一個人試藥，也不讓妳們在一旁看著，萬一出了事怎麼辦？」

「二小姐並沒有說要試藥，只說睏了，想休息，便把我們都支走了。」連翹解釋道。

「出去吧！」沈鈞沒有耐心聽她解釋，便對連翹揮了揮手。

「可是……」連翹哪裡放心，仍想在一旁伺候。

「有我守著她就好了。」沈鈞說了一句，便坐在床前的繡墩上，眼睛專注地望著躺在床上的人。

「是。」連翹不得已，只得退出去。

連翹走後不久，玉竹便叫了大夫過來。為了慎重起見，沈鈞讓那大夫又給無憂把了脈，再次證實確是因為麻醉藥引起的短暫昏迷，他才總算放了心。打發那大夫走後，房間裡就只剩下沈鈞和仍然昏睡的無憂。

他靜靜地坐在床前，深邃的目光望著眼前的人兒。她安靜地躺著，漆黑的髮絲散落在枕頭上，一雙眼睛微微閉著，兩排睫毛如同兩把小刷子般貼在臉上。他從未曾如此專注認真地看過她，他發現她其實長得很耐看，雖然沒有傾國傾城的美貌，卻讓人感覺異常舒服，那潔白如瓷般的面頰在陽光下散發著瑩瑩玉潤的光芒。他伸出手去，用手背輕輕地撫摸著她的臉頰，感覺自己的呼吸都有些困難，嘴角也扯起一抹微微的笑意，心想——現在她睡著，就讓他放肆一下好了。如果她是清醒的，他還真會顧慮很多，不過心中也感覺自己是不是有些乘人之危啊？

這個女人確實給了他不一樣的感覺，她的善良，她的淡定，她的智慧，她的溫婉，她的倔強，都在這些日子裡深深地吸引了他，他的心彷彿為她敞開了。雖然不知道以後會怎麼樣，但是這一刻沈鈞清楚地認識到，也許他和她以後將不會如此單純了。

他足足守了她一個多時辰，當然也看了她一個多時辰。雖然時候很長，但是他彷彿仍然沒有看夠似的，直到她清醒過來。

「嗯……」一聲微微的囈語後，無憂緩緩地睜開眼來。

「妳醒了？」看到她醒了，沈鈞的臉上露出欣喜。

睜開眼睛，看到一張英俊的面孔正望著自己，無憂不禁有些發怔，支支吾吾地問：「我……我這是在哪裡啊？」

聽到她的話，沈鈞卻和往常冷冰冰的表情不一樣，竟然對她綻放出一個溫柔的笑容。「怎麼，妳都忘了？妳自己悄悄喝下麻醉藥，結果就不省人事了，害得我們可是虛驚一場。」

聽到這話，無憂蹙了下眉頭，馬上想起了午後的事，隨後才道：「我……我睡了多少時候了？」

「大概有一個半時辰吧！」沈鈞回答。

「這麼久？這麼說我的用量是差不多了。」無憂喃喃自語著。

看著眼前這個「任性」的女人，沈鈞立刻收起笑容，板著一張臉道：「麻煩妳以後再試藥的時候，告訴我或是下人們一聲好嗎？妳這樣萬一有什麼事，妳叫我……叫我們如何是好？」說出一個我字後，沈鈞似乎感覺有些不妥，立刻就把「我」改成了「我們」。

看著眼前的人笑容收起得那麼快，無憂心想——好不容易笑了一下，結果現在又板起了一張臉。隨後，她便道：「放心吧，麻醉藥的用量我已經都試好了，以後再也不用試了。」

「真的？」聽到這話，沈鈞喜出萬外。

「嗯。」無憂點點頭。

咚咚……咚咚……

這時候，房門突然被敲響了。

「進來。」無憂朝外面喊道。

隨後，房門打開，連翹和玉竹走進來，看到無憂醒了，欣喜地笑道：「二小姐，您醒了？您沒事吧？」

「沒事。」無憂說著便伸手理了下頭髮，並翻身穿上繡花鞋子下了床。

「剛才廚房派人來問晚飯好了，是不是可以傳飯了？」連翹笑道。

聽到這話，無憂抬頭望了一眼外面，只見天色早已暗下來，這時候玉竹已經點燃屋子裡的燈火。無憂笑道：「怪不得肚子有些餓了，原來天都黑了，傳飯吧！」

「是。」連翹應聲後趕緊去了。

不多時，丫頭們已經把飯菜擺上桌子，沈鈞和無憂也坐了下來。無憂轉頭看到桌上的湯盅，看了裡面的湯水一眼，不禁蹙起眉頭，問：「怎麼又是雞湯？中午不是已經做過雞湯了嗎？」

聽到問話，一旁的春蘭趕緊道：「二奶奶，這是老夫人特意吩咐廚房為您準備的，還派人過來一再地叮囑奴婢，讓奴婢看著您喝下去呢！」

聽到這話，無憂不禁有些好奇，迎上對面沈鈞的眼眸，不禁好奇地道：「說來也是怪了，這幾天母親每天都會吩咐廚房燉各種湯送過來，而且還都是大補的。」

「大概是想替妳補身體吧！」沈鈞說了一句。

「我身體好好的補什麼啊，再說以前老夫人也沒有這麼關心過我啊。」無憂還是摸不著頭腦。

聽到這話，沈鈞好像感覺也不太對勁。

這時候，一旁的春蘭笑道：「二奶奶，不如明天奴婢找個時間悄悄地去問問老夫人身邊的雙喜，她可是老夫人肚子裡的蛔蟲，老夫人心裡想什麼，她最清楚不過了。」

「那倒也好。」無憂笑了笑。抬頭望了望對面的沈鈞，發現他沒有言語，大概也是默許了。

隨後，兩個人便吃起飯來。這次，沈鈞沒有把丫頭們都打發出去，大概是感覺和無憂在一起獨處很彆扭吧？其實他是喜歡和她獨處的，只是這一次感覺很尷尬，不，應該是用緊張這個詞來形容了。呵呵，他沈鈞什麼時候也會在一個女人面前緊張了？在內心不禁也是訕訕地笑笑。

翌日一早，春蘭便去了老夫人的院子裡，找到雙喜悄悄地問了，然後趕緊回來回話。正巧這個時候沈鈞還沒有走，和無憂兩個洗漱過後正在用早飯。

春蘭走進來，在飯桌前福了福身子，道：「二爺、二奶奶，奴婢剛從老夫人那裡回來，悄悄地拉過雙喜來問，可把緣故都問清楚了。」

聽到這話，沈鈞抬眼看了春蘭一下，問：「到底是什麼緣故？」雖然老夫人現在對無憂也算是和順，但是畢竟還沒有心疼她到每日都吩咐廚房燉補品的地步，所以這件事沈鈞心裡也有些疑惑。

倒是春蘭是一臉的喜色，道：「二奶奶，您還記得前幾日讓奴婢去二門外找百合拿您要的東西嗎？」

「本來我是讓連翹去的，不過她正忙著，便讓妳去了。」無憂想了想道。

春蘭笑道：「奶奶記得不錯。當日奴婢去取東西，回來的時候正巧碰到雙喜，雙喜一時好奇，便打開包袱看了看裡面的東西。」

聽到這話，無憂蹙了下眉頭，然後抬眼望著春蘭那一臉的笑，心想——那裡面可都是小孩子的東西，難不成……

果不其然，春蘭笑道：「記得當時奴婢和雙喜看到那些小孩子的衣服都是愣了一下呢，然後雙喜就猜到大概是二奶奶您有……」

「有什麼？」見春蘭抿嘴不語了，沈鈞有些慢半拍地問。

天哪，她能說那些東西是她為母親準備的嗎？怎麼現在會造成這麼大的誤會？無憂真是無語了。

隨後，春蘭便笑道：「二爺難不成還不知道嗎？二奶奶，您可真沈得住氣，這麼大的事二爺還不知道？想必雙喜已經告訴老夫人，說這兩日老夫人高興得跟什麼似的，人也精神了不少。所以這幾日一直都囑咐廚房給您換著花樣地燉補品呢！」

聽到這話，無憂徹底暈了。天哪，這誤會大了！

此刻，沈鈞卻愣愣地望著無憂，問：「什麼事我怎麼不知道啊？」

這時候，無憂的臉都脹得通紅了，望著沈鈞，半晌都沒有說出個所以然來。

沈鈞只好望著春蘭問：「春蘭，妳說。」

「啊？」春蘭望望無憂，然後才道：「二爺，二奶奶……二奶奶不是有喜了嗎？」

聽到這話，沈鈞一愣，然後轉眼望向無憂。無憂這個時候臉都紅了，趕緊否認道：「妳們……妳們誤會了，我怎麼會有喜呢？真是開玩笑。」這幫人也真會聯想，只不過看到幾件嬰兒的衣服就說她有喜了，她和沈鈞最多也就是握了下手，怎麼可能有喜呢？

無憂的話讓連翹、玉竹和春蘭都是一怔，還是連翹笑道：「二小姐，您這是在說什麼話，您和二爺成親也好幾個月了，有喜是很正常的事。可是奴婢們怎麼一點都不知道？不會您連奴婢們都瞞著吧？」

「是啊，要是咱們家大奶奶和老太太知道您有喜了，肯定會高興壞了的。」玉竹也在一旁幫腔道。

「我……」她們的話讓無憂都不知道該怎麼說，只能支支吾吾地解釋。「我自己就是個大夫，我的身體我會不知道嗎？這根本就是個誤會，我根本就沒有懷孕，再說那個包袱裡的衣服都是給我娘準備的，真正有喜的是她。」

聽到這話，連翹恍然大悟，玉竹和春蘭怔了一下，便趕緊道：「啊？是大奶奶有喜啊，我們還以為是您有喜了呢！」

「我……我怎麼可能？」無憂低頭嘛著嘴，低聲地說了一句，心想——這可好了，現在連老夫人都認為她有喜了。

倒是一旁的沈鈞最先反應過來，伸手握住了無憂的手。

感覺自己的手背一熱，無憂一抬頭，便撞上了沈鈞那幽深的眼神，隨後便聽到他那清朗的聲音。

「妳現在沒有也不必沮喪，妳我成親的日子尚淺，以後我們還是來日方長的。」

「啊？」聽到這話，無憂一愣，心想——這個沈鈞，倒還挺會演戲的。

接著，沈鈞竟然衝她一笑，繼續道：「不過我們也應該努力才是了。」

努力？聽到這個詞，無憂的臉唰地就更紅了，心想——這個沈鈞，就算是演戲，有必要在這麼多人面前說這樣輕佻的話嗎？這時候，她想縮回自己的手，可是他的大手卻攥著自己的不放。拿眼睛偷偷瞄了旁邊的幾個丫頭一眼，見她們都在看著自己，她又不好強硬把手縮回來，只能繼續由他握著，只感覺心突突地跳，不但臉頰，彷彿連身上都熱了起來。

這時候，春蘭忽然道：「唉呀，二奶奶沒有喜，豈不是讓老夫人空歡喜一場？這件事既然是由奴婢和雙喜而起的，不如等晚上夜深人靜了，奴婢就偷偷地去找一下雙喜，讓她暗地裡把這件事回明瞭好了，省得再起什麼風波。」

聞言，沈鈞道：「妳想得很周到，就這麼辦好了。」

「是。」春蘭趕緊點頭。

隨後，沈鈞便悄然放開無憂的手，無憂趕緊把手縮回來，並放在桌子下的腿上。悄悄一抬頭，發現沈鈞今日臉上不像以前那般的清冷了，不知道是不是自己看錯了，他嘴角間彷彿還掛著一個似有若無的笑。大概是看她看著他，他的眼睛也朝她這邊望來。見他的眼睛看過來，無憂便趕緊垂下頭，端起碗來快速地吃著飯。看到她如此，沈鈞沒有說話，扯了下嘴角，繼續吃飯……

不過，這頓飯吃得彷彿沒有以前那般從容自在了。

晚飯過後，幾個丫頭正在收拾那些殘羹冷炙，春蘭忽然進來道：「二爺，沈言求見。」

「讓他進來。」沈鈞說了一句。

隨後，沈言進來了，先是看了一眼坐在椅子上的無憂，然後拱手道：「二爺？」

「有話就說。」沈鈞瞄了沈言一眼，知道他是見無憂在，不知道該說不該說。

無憂見狀，倒也不言語，低頭喝著茶水。沈言隨即稟告道：「二爺，秦大人派人來請，說是在梅閣等您，有要事相商。」

無憂心中一動，心想——沈鈞和秦顯也算是要好的朋友，不過據她所知，自從自己嫁給沈鈞後，他們的來往就不那麼多了。今日都已經到一更天的時候，秦顯突然派人來請，而且還去什麼梅閣，想想應該是有什麼要緊事了。

聞言，沈鈞蹙了下眉頭，然後道：「去備馬。」

「是。」沈言應聲後便出去了。

隨後，沈鈞便站起來，對著坐在椅上低頭喝茶的無憂說了一句。「我去了，晚上妳自己先睡就好，不必等我。」說完，便轉身走出房間。

無憂當然知道他這幾句話都是說給一旁丫頭們聽的，她和他又不是真夫妻，何必睡覺還要等他呢？

沈鈞走後，一時間，房裡只剩下無憂和幾個丫頭。春蘭提著茶壺給無憂續上了溫熱的茶水，笑道：「二奶奶，奴婢看著現在二爺好像變了一個人似的。」

聽到這話，無憂不禁抬頭望著春蘭問：「這話怎麼說？」

春蘭含笑回答：「二爺以前可是十天半月的也不笑一次，現在彷彿一看到二奶奶，嘴角間都勾著笑容呢！」

無憂不語，低頭喝了一口茶，道：「是嗎？」

「是啊，而且您沒看到，剛才您昏迷不醒的時候，二爺那緊張的樣子呢！」春蘭道。

這時候，連翹和玉竹也走過來，連翹說：「是啊，二小姐，剛才姑爺可是急得不得了呢！抱著您在房間裡打了好幾個轉。」

玉竹又說：「知道您沒事的時候，姑爺就把我們都支走了，一個人守著您一個多時辰呢！」

聽到這裡，無憂不禁一愣，然後抬頭望著玉竹問：「妳說什麼？這一個下午都是他守著我？」想想剛才她一睜開眼睛，確實是只有他一個人在，不過她倒是沒有想到他能一個人守了她好幾個小時。

「是啊，奴婢還進來送了一趟茶水，看到姑爺就那樣坐在床邊，眼睛一眨不眨地盯著您看，那神情又緊張又深情。」連翹這個時候插嘴道。

聽了這話，無憂的臉上微微一紅，手攥成一個拳頭，不過心裡卻很舒暢。這個時候她眼中彷彿都是剛才她醒來的時候他的表情，她還能回憶起他那雙幽深而專注地望著自己的眼睛。這一段時間，她和他是相處得不錯，可好多時候也只是在老夫人、家下人等面前演戲而已。不過好像這戲演得是越來越逼真了，會不會他們兩個不知不覺中都已經入戲太深，只是都還不自覺呢？

「看到主子們這般恩愛，我們這些做奴婢的也跟著開心。」玉竹在一旁笑道。

「那是，主子高興，咱們也就高興了；主子不高興，咱們也快樂不了。咱們的一生可都是跟著主子連在一起，這才叫一榮俱榮，一損俱損呢！」春蘭在一旁道。

不過，這時候，她們的話無憂卻是一句都沒有聽進去，她的心神早已經不知道飛到哪裡去了。

這晚，無憂看書看到很晚，其實她手中的書是沒有看進去的，坐在那裡一個晚上總是伸長脖子往望外。她也知道自己是在等他，只是等到快三更天的時候，他也沒有回來。最後在連翹的再三催促下，她才上床睡了，不過還是給他留了一盞燈火。

大概三更天的更鼓響起了很久後，睡意朦朧的無憂才聽到門輕輕地打開又合上的聲音，然後是一陣細微的腳步聲。聽到他上了床榻，無憂睜開眼睛，看到為他留的燈火已經熄滅了，想問他一聲，可是實在是太晚了，怕打擾他休息，便選擇沒有開口。

許久之後，無憂聽到輾轉反側的聲音，才知道他也是睡不著，便開口道：「你是不是有事情睡不著？」

床榻上的人遲疑了一下，才回答：「沒有。」

「秦大人找你有事？」無憂又問。

「有一點事。」沈鈞回答。

見他並不想和自己說，無憂便沒再往下問，只是不知怎的卻突然來了一句。「這麼晚了人家梅閣不打烊嗎？」梅閣這個地方她上次忘了聽誰說，據說那梅閣的老闆娘叫什麼梅娘，好像跟沈鈞是舊識，上次玉郡主還闖進梅閣找過那個梅娘的麻煩呢！

沈鈞愣了一下，才說：「酒家自然是要等到客人都走了才會打烊。」

聽到這麼一句輕描淡寫的話，無憂內心不免有些氣惱。其實剛才自己問了一句梅閣的時候，她就已經後悔了，在內心直怪自己，她怎麼問了這麼一句呢？好像自己在吃醋一樣，然而她又有什麼資格吃醋呢？她又不是他什麼人，最多不過是名義上的妻子。下一刻，無憂便翻了個身，閉上眼睛睡覺，再也不理會身旁那個人。

「梅閣的老闆娘跟我和秦顯都很熟，早年我也曾經有恩於她，我和秦顯去了自然是待若上賓，所以是不會打烊的。」隨後，忽然傳來了沈鈞的聲音。

無憂愣了一下，因為以他的性格，應該是不會說明的，他是在對她解釋嗎？不過她心裡卻很受用，於是便裝作輕描淡寫地道：「那個老闆娘是不是叫梅娘？」

「妳怎麼知道？」沈鈞有些疑惑。

無憂一笑，回答：「當日玉郡主大鬧梅閣，這樣的事我想不知道也很難吧？」

沈鈞笑著搖了搖頭。「玉郡主認為我是因為梅娘才不肯娶她。」

「那是不是呢？」無憂緊接著問。

「如果是因為梅娘，我不早就娶了她，何必要等這麼多年？」沈鈞說。

這話倒也在無憂的預料之中，又問：「那你當年對那梅娘有什麼恩情啊？」

「大概是五、六年前的事。梅娘也是個苦命人，嫁入夫家當日她丈夫就暴斃了，婆家人都認為她不祥，便將她賣給了官妓，不過她誓死不從。那日我恰巧碰到她，見她被打得遍體鱗傷很是可憐，便出銀子幫她贖了身，並且資助她本錢，讓她開了這家酒坊謀生。」沈鈞彷彿回憶起當年的事。

聽了這個故事，無憂不禁道：「這也算是英雄救美吧？」

「可以這麼說，梅娘確實是長得很漂亮。」沈鈞點頭道。

聽到這話，無憂立刻感到心裡不怎麼舒服，回了一句。「那你們怎麼就沒有成就一段奇緣佳話呢？」

「她不是我所喜歡的。」沈鈞立刻回答。

「那你喜歡什麼樣的女子？」無憂接著問。

「嗯……」沈鈞支吾了一下，才回答：「不能太漂亮的。」

「啊？你真是奇怪，你們男人不都喜歡漂亮的嗎？」無憂都有些不相信沈鈞的話了。

「太漂亮的既任性又麻煩，還是長得普通點，在家裡放心些。」沈鈞回答。

「還有呢？」這個理論倒也勉強成立。

「外柔內剛，最好是還能有些本領，我以後要是不能帶兵打仗了，也不至於餓死。」沈鈞回答。

「呵呵……」無憂捂著嘴巴笑了起來，心想——這個沈鈞，好像現在說話挺幽默的，還真有點不像他了呢！

「妳笑什麼？」沈鈞問。

「沒什麼，感覺你想得挺現實。」無憂笑道。

他們又說了不少，大概直到四更天以後才慢慢地不說話，一同沈入了夢鄉……

一連幾日，沈鈞都是早出晚歸，臉色也有些凝重，似乎是發生什麼事了。無憂問過一、兩次，不過沈鈞都說沒事，見他不說，無憂也就不再問了。

這日午後，老夫人就派人過來請，說是有重要的事讓她趕緊過去。無憂立刻有一絲不好的預感，所以不敢怠慢，儘快理了理頭髮便趕過去。

來到老夫人的房間，只見沈鎮和姚氏都在，沈老夫人坐在羅漢床上，眾人臉上都有些凝重。看到這情形，無憂知道肯定是又有變故了，趕緊上前福了福身子，道：「給母親請安。大哥，大嫂。」

「弟妹來了？」姚氏今日不同往日，臉上並沒有以往的笑容。

「坐下吧！」老夫人看了無憂一眼，臉上也沒有笑容。

無憂見狀，便退後兩步，坐在一旁的繡墩上。抬頭看看沈鎮的臉上似乎也很嚴肅，然後眼光又轉向老夫人，只見老夫人心神不寧地轉頭問在一旁侍候的雙喜道：「再去看看，二爺回來了沒有？」

「是。」雙喜趕緊應聲去了。

這時候，無憂不禁低頭想——近日來沈鈞的臉色也很凝重，看來沈家是有大事發生了？果不其然，沈老夫人隨後開口道：「不知鈞兒這幾日跟妳說過有言官彈劾咱們家的事沒有？」

聽到這話，無憂一怔，心想——言官也就是御史，那可是皇上的眼線。凡是朝中的大臣都有可能被彈劾，而且這種事有的空穴來風，有的確有其事，不過就算是沒有其事，大多也不能全身而退，所以朝中官員都很怕得罪言官。這次有言官彈劾，可見事情應該是比較嚴重了。

無憂趕緊回道：「這幾日只看到他臉色凝重，而且早出晚歸的，問了兩句，又說沒事，所以並不知道這事。」

沈老夫人點頭道：「他怕妳擔憂，所以沒說也有可能。鈞兒從小就懂事，在我這裡也都是報喜不報憂，今兒要不是幾個老親說起來，我還不知道呢！還有鎮兒，你也是，知道了這事怎麼也不稟告我，讓我到現在還蒙在鼓裡。」

聽了母親的責備，沈鎮趕緊低首道：「實在是怕母親知道了擔心，才沒敢告訴母親。再說二弟作為將領，一向是身先士卒，不敢謀私，所以這次的事情大概也是無中生有，並沒有什麼大礙。」

「你兄弟的為人我自然是知道的，但是現在咱們可是得罪了人，朝廷中的左右兩位丞相都不會為鈞兒說話，也許還會落井下石，或者這些事情就是他們弄出來的，要我怎能不擔心呢？唉，可惜霜兒在宮裡並不得寵，要不然也可以在皇上面前美言幾句。」沈老夫人最後嘆了口氣道。

「母親，咱們現在只要不連累霜兒就好了，她在宮裡也是步履艱難。」沈鎮道。

聽了這話，沈老夫人臉上露出一抹傷感。正在這時候，雙喜進來道：「回稟老夫人，沈言回來了。」

「趕快叫他進來。」沈老夫人趕緊道。

隨後，沈言便神色慌張地進來，單膝跪在地上道：「沈言參見老夫人、大爺、大奶奶、二奶奶……」

「你家二爺現在在哪裡？」來不及聽完沈言請安，沈老夫人便打斷了他的話。

「稟告老夫人，二爺在宮裡等候聖上的裁奪。」沈言回答。

聽到這話，沈老夫人一凝神，追問：「你一直都跟著你家二爺，趕快詳細地跟老身說說這到底是怎麼回事。」

聞言，沈言不敢隱瞞，趕緊回道：「回稟老夫人，最近幾日有言官上書朝廷彈劾二爺，據說罪名是什麼治家不嚴，放印子錢，迫使人家賣兒賣女還債，還有什麼家裡的奴才仗勢欺人等罪名，據說還是查有實據的。」

一旁的姚氏這時面如土色，坐在那裡大氣不敢出，連臉都不敢抬了。

聽了沈言的話，又看看姚氏的神情，無憂立刻明白是怎麼回事了。看來是有心人想拿沈鈞的錯處，只是沈鈞這個人實在是沒有什麼小辮子讓人抓，只有把家裡人的事情拿出來說事了。

沈老夫人不禁憤怒地道：「放印子錢？還迫使人家賣兒賣女？鈞兒怎麼會做這種事？還什麼查有實據，這簡直就是欲加之罪何患無辭嘛！」

看到老夫人怒容滿面，沈言偷偷朝姚氏坐的方向瞄了一眼，又道：「老夫人，這些事二爺都已經認下了。」

聞言，沈老夫人馬上站起來，急切地道：「你說什麼？咱們沒有做過的事怎麼能認下呢？實在不行就讓皇上派人查好了，難不成他們言官彈劾什麼咱們就都認下了，哪有這樣的道理？」

「老夫人請息怒，二爺自有二爺的道理，二爺讓沈言回來回稟老夫人，皇上念在他還有用處，能帶兵打仗，所以也不會有性命之憂的。請老夫人放心，面聖之後他就會回來的。」沈言低首道。

沈老夫人雖然心中有滿腹疑問，但是知道沈鈞不回來就什麼也問不出來，便吩咐沈言道：「你趕快去二爺身邊周全著點，有什麼事情趕快回來稟告。」

「沈言告退。」隨後，沈言便退了出去。

沈言走後，沈老夫人十分擔憂，沈鎮和無憂只得勸了幾句，姚氏一直呆愣地坐在椅子上。幾個人就這麼一直坐著，直到黃昏時分，外面喊了一句。「二爺回來了！」眾人趕緊起身，望著一個黑色身影從外面走進來。

看到兒子平安回來，沈老夫人上前伸手扶住沈鈞，上下打量了幾眼，嘴裡念叨道：「鈞兒，你還好吧？面過聖了沒有？皇上怎麼處置你的？」

無憂和沈鎮等站在一旁，也都盯著沈鈞看，只見他臉色雖然有些憔悴，但是還算正常，想想大概也沒有什麼大事，他能夠平安回來，都鬆了一口氣。無憂心中剛才可是千迴百轉，她發現自己對他的擔心早已經超出了普通朋友的範疇。

聽到母親的話，沈鈞先是抬頭望了沈鎮和無憂一眼，然後便攙扶著沈老夫人一邊坐下一邊回答：「母親放心，孩兒已經面過聖，只是受了一些訓斥而已。」

坐在羅漢床上，沈老夫人不放心地問：「只是一番訓斥那般簡單嗎？」

聞言，沈鈞臉色一凜，陪笑道：「還有就是革職留用。」

「什麼？革職？這麼說你的威武大將軍官職，說沒有就沒有了？」沈老夫人驚詫地問。

看到母親很憂心的樣子，沈鈞只得輕描淡寫地道：「母親，這不是還有留用嗎？邊關這些年都有大小戰事，皇上是用得著我的，肯定過不了多久就會官復原職。」

「我知道你說這些話都是讓我放心而已，哪裡有那麼簡單？對了，我聽說這次言官彈劾你是因為什麼放印子錢，還迫使人家賣兒賣女的，咱們家哪有這樣的事情？你沒有跟聖上解釋嗎？」沈老夫人蹙著眉頭問。

聽到這話，沈鈞抬頭看了面如土灰的姚氏一眼，才耐心地回答：「娘，咱們沈家宗族還有家下人等幾百口人，估計這樣的事情難保沒有，現在有人一心要整垮我，咱們也是防不勝防的。雖然兒子都認下了，可是皇上還是瞭解咱們家，知道可能不是咱們幹的，都是下面的人倚仗權勢狐假虎威而已。再說這次皇上也沒有嚴辦，只讓兒子革職留用在家裡閉門思過。這些年我一直都甚少在家，還真感覺有些累了，想休息休息。這樣也好，以後可以多些時間陪著母親您了。」

「我一個孤老婆子用不著你陪。你說得倒也在情在理，那戰場上刀劍不長眼的，也省得讓我擔心了。這樣也好，你在家裡好好守著你媳婦兒，給我趕快多生幾個孫子孫女，我也就高興了。」沈老夫人最後點頭道。

聽了這話，無憂的臉一紅，想必雙喜把上次的事情跟老夫人解釋過了，知道她現在還沒有懷孕吧？這時候，沈鈞的眼睛朝她這邊瞟了一眼，和她的眼光正好相撞，那抹眼神中似乎還帶著灼熱。無憂趕緊垂下眼簾，感覺自己的心都在怦怦亂跳似的。

「母親說得極是，我和無憂以後會加倍努力的。」沈鈞隨後便道。

「那就好。」沈老夫人欣慰地拍了拍沈鈞的手。

隨後又說了一些話，沈老夫人見天色已晚，她坐了大半天也乏了，便叫兒子媳婦們都回去休息了。

——未完，待續，請看文創風368《藥香賢妻》4

初試啼聲　驚豔四座／灩灩清泉

2015年11月出版

寡妻怕夫纏

她自認心臟夠大顆，沒談過戀愛就出車禍穿越了沒關係！
一穿越就變成寡婦，還帶個拖油瓶也沒關係！
成日忙著賺錢謀生，還要應付難搞親戚統統沒關係！
但是那無緣相公竟還活著，甚至渴望與她再續前緣?!
這這這……大大有關係啊！

文創風 350 1

江又梅辛苦打拚大半生，一場車禍卻讓所有成就統統歸零，
不但上演荒謬的穿越戲碼，醒來還有個五歲男孩哭著喊她娘！
定睛一瞧才發現身處的屋子還真是家徒四壁，隨時都有斷糧危機……
也罷，山不轉路轉，要知道，女強人的字典裡沒有「服輸」兩個字，
憑她聰明的商業頭腦、勤快的設計巧手，還怕翻不了身？
哪怕孤兒寡母日子大不易，她也能為自己、為兒子掙得一片天！

文創風 351 2

要在古代生存沒有想的那麼簡單，小自美食服飾，大至農耕投資，
江又梅包山包海，力拚第一桶金，誓要讓兒子小包子過上寬裕日子，
偏偏寡婦門前是非多，前有親戚碎嘴，後有惡鄰逼嫁，
連坐在家中都能遇上侯府世子爺，要求暫住養傷，還不許人拒絕！
這世子爺可不是顆軟柿子，問題出在他看她的眼神竟藏著太多憐惜，耐人尋味，
更令人發毛的是，他長得極為眼熟，分明是放大版的小包子，
這……不會是她想的那個答案吧？不妙，大大不妙！

文創風 352 3

當一切蛛絲馬跡都指向，他極可能是她那早該屍骨無存的「前夫」，
侯府為了不讓血脈流落在外，甚至情願明媒正娶，也要迎她入門，
但難道高高在上的世子要求再續前緣，她就該心存感激笑著接受？
更何況她的事業正待展翅高飛，才不想嫁人束縛自己，
怎奈小蝦米鬥不過大鯨魚，她哪裡有選擇的餘地？
既然逃不掉嫁人的宿命，江又梅只能爭取析產別居，
留在鄉下，遠離京城是非地，對這沒有感情的丈夫眼不見為淨！

文創風 353 4

江又梅本打算與丈夫分隔兩地、各過各的生活，從此相安無事，
豈料他竟死活賴著不走，猛烈攻勢讓她招架不住，險些束手就擒，
然而儘管他再三起誓不會再有別的女人，卻敵不過四面八方的壓力，
這不，連太后都要親自指婚賜平妻，若抗旨可是掉腦袋的事！
眼看距離幸福只差一步，辛苦建立起的踏實日子卻危在旦夕，
如今又回到進退兩難的窘境，下一步該如何是好?!

文創風 354 5 完

身在豪門，隨時都有禍事臨門——
相公才躲過抗旨拒婚的死罪，被逼往窮山惡水剿匪去，
好不容易凱旋而歸，卻又捲入皇位爭奪的風波中！
當年他為了不負誓言，拚死抗旨，教她動容不已，
兩人攜手走過這番風雨，早已在患難中生了真感情，
哪怕局勢凶險，侯府上下再度面臨抄家滅門的危機，
只要能與他生死與共，不論天涯海角、黃泉碧落，她都甘之如飴！

第239期 小灰 胖灰

冰冰寶兒 / 新竹縣

2014年12月29日，胖灰成為了我們家庭的一分子。會想認養胖灰，一切都起源於我姐姐的貓兒子「球球」住我們家開始。

本來，我們家只有一個貓兒子「胖喵」，一直以來，胖喵都過著獨生子的生活。直到球球來寄住後，開啟了胖喵的另一面，這時才發現，原來，貓咪也是需要有伴的。於是在球球寄住結束後，心裡燃起了一個念頭，我們想要再養一隻貓咪來和胖喵作伴。

於是，開始搜索各大領養網站及管道，尋找適合我們家的新成員。就這樣，看見了「巷口躲貓貓」發布的領養訊息。當時，一看見胖灰，心裡覺得就是牠了。那眼神和表情，和胖喵實在太相似，相信牠們一定會相處得很愉快。

胖灰來到家中也快一年了，從一開始害怕的眼神，到現在餓了會討吃、討摸；睡覺時，還會來陪睡，有時還會追著自己的影子自high，我們常常被牠逗趣的行為惹得哈哈大笑。

真的很謝謝胖灰的加入，除了陪伴胖喵外，更調劑了我們的生活。用愛真的會改變毛小孩的性情，希望大家能用領養代替購買。每一個毛小孩，都值得被愛。

第244期 小黃 波波

黃小姐 / 新北市板橋

波波是來新家後改的名字，雖然不知道波波是怎樣的成長過程，才讓牠這麼膽小跟怕人。但我相信，會來我家，就是一個新機緣，讓波波有全新的開始，學著交新朋友，學著相信人。

來新家3個月，波波的作息穩定了，但是交貓朋友就有點慢。看牠吃飽飯後精力十足地撲玩具，心中就覺得——波波啊！在這裡，你要做的就是，放心地吃睡玩，我看你吃得很滿意，睡得很久，但是玩的時間卻很短，在這裡朋友多啊，牠們等著跟你一起跑跑，你要加油噢！

豆貴妃：
哼～～這位新來的波波妹妹現在倒是挺得寵。
米貴人：
姊姊，波波妹妹長得如此嬌俏可人，多些寵愛也無可厚非啊。

第249期芒果弟 弟弟

Danny / 台南永康

當初是在貓咪公寓認養了回回，後來上班回來看牠總是不開心的樣子，想說一定是原來的同伴都沒了剩下牠一個，所以決定再領養一隻貓才有伴可以玩，後來又去貓寓，看到芒果兄弟，一身雪白的，又沒攻擊性，經過一番內心掙扎後才決定領養弟弟，實在是因為我家不夠大到可以一起帶回兄弟，否則家裡會被牠們拆了吧。

弟弟現在可是活潑的搗蛋鬼，最愛趁我睡覺時跑到床邊搞破壞，有一次被我發現又要搞破壞，就偷偷裝睡要嚇牠，牠被我一嚇居然從二樓跳下去（樓中樓），結果換我被牠嚇到，幾時偷練這功夫的要嚇誰呀！

現在弟弟也比以前胖多了，回回也超疼牠的，我捉弄弟弟時回回還會生氣呢～～然後就是換回回被我捉弄，弟弟就會奸詐地在一旁偷看。家裡有了這兩隻毛小孩，心情也輕鬆多了，回家看到牠們就很開心。雖然要先收拾被破壞的東西，不過這就是貓咪的天性——愛搞破壞與好奇心，也是牠們讓我又愛又恨的地方。

第252期捲捲 Vivienne / 台中市

注意到捲捲是因為狗屋出版社在書中刊登認養貓文。文章中捲捲在甕仔雞店討生活那段讓我的心酸酸的，剛好家裡還可以再養隻貓，就決定是牠了。

捲捲很快適應家中尚有大姊和二姊的情況，非常尊敬兩位貓咪姊姊，但捲捲愛玩，常主動騷擾兩位姊姊。三隻貓打打鬧鬧的，妳呼我個巴掌，我偷抓妳的尾巴……

牠非常非常親人，一點也不像小浪浪，坦白講是「非常黏」，常讓我好氣又好笑。有了這三姊妹，讓我的家庭生活製造了更多歡笑。

米貴人：
姊姊，我也十分尊敬您呢！
豆貴妃：
……（有這麼一回事嗎？！）

你孤單嗎？你寂寞嗎？

新的一年給自己添個家人，
陪你一起感受「原來你是我最想留住的幸運～～」

238期 Hank

帥氣忠心的Hank正等著被新家人呵護，如果你願意，牠將是最忠實顧家的好男孩！趕快來信給Hank一個溫暖的家喔！
（聯絡人：吳小姐→ivy0623@yahoo.com.tw）

249期 芒果哥

可愛的芒果弟已經被認養嘍，那麼帥氣的芒果哥怎麼可以落於人後呢 ?! 趕快把芒果哥帶回家吧！弟弟、哥哥都需要你的愛護。
（聯絡信箱：saaliu@yahoo.com.tw）

253期 缺缺

溫和乖巧的缺缺，親狗、親貓，也親人。牠可以和諧地和貓咪躺在同一個小窩，也能靜靜地被抱在腿上休息，如果你被牠乖巧的模樣給融化了，趕快來信成為牠的「一心人」！
（聯絡人：張小姐→o2kiwi387@gmail.com）

256期 Didi和Gigi

傻氣可愛的Didi和Gigi，只要有食物就可以讓牠們開心好久，趕快來信聯絡，與牠們一起享受單純而美好的「能吃」小確幸吧！（聯絡人：愛媽Christine→ccwny210@gmail.com）

文創風
367

藥香賢妻 3

國家圖書館出版品預行編目資料

藥香賢妻 / 靈溪著. --
初版. -- 臺北市 : 狗屋, 2016.01
冊 ; 公分. --（文創風）
ISBN 978-986-328-540-3（第3冊：平裝）. --

857.7 104024664

著作者 靈溪
編輯 王佳薇
校對 黃薇霓 周貝桂
發行所 狗屋出版社有限公司
地址 台北市104中山區龍江路71巷15號1樓
電話 02-2776-5889～0
發行字號 局版台業字845號
法律顧問 蕭雄淋律師
總經銷 知遠文化事業有限公司
電話 02-2664-8800
初版 2016年1月
國際書碼 ISBN-13 978-986-328-540-3
原著書名 **《医路风华》**，由瀟湘書院（www.xxsy.net）授權出版

定價250元
狗屋劃撥帳號：19001626
網址：love.doghouse.com.tw E-mail：love@doghouse.com.tw